Für meine Mutter

Michael Peters

Vetulus de Montanis und die Gebeine des Heiligen Sebastian

Bibliografische Information der Deutschen Nationalbibliothek: Die Deutsche Nationalbibliothek verzeichnet diese Publikation in der Deutschen Nationalbibliografie; detaillierte bibliografische Daten sind im Internet über dnb.dnb.de abrufbar.

1. Auflage, 2022
© 2022 Michael Peters
Herstellung und Verlag: BoD – Books on Demand, Norderstedt

ISBN: 978-3-7568-3824-0

1

Es mag kurz vor Mitternacht gewesen sein, als der Mann in schwarzer Kutte durch die Tür des Gasthauses auf den dunklen Marktplatz wankte. Die Kälte überfiel ihn wie ein Schlag. Eisige Winde trieben Schneeflocken durch die Nacht. Den Mond verdunkelten, das eine ums andere Mal, schnell dahinziehende, tiefhängende Wolken. Torkelnd suchte der einsame Zecher seinen Weg.

Der Unglückliche fühlte sich hundeelend. Er entleerte seinen Mageninhalt und die Blase in den frisch gefallenen Schnee neben einem Haus nahe der Stadtmauer. Er zuckte erschreckt zusammen, als sich unvermittelt eine Hand auf seine Schulter legte.

»Was ist mit dir, mein Bruder? Hast du den Wein nicht vertragen? War der Trunk ein wenig zu sauer? Ach nein, ich vergaß, du trankst ja Bier. Dann hat es sicher am Essen gelegen«, spottete der Hinzugetretene.

Der teuflische Verführer hatte auf ihn gewartet. Jetzt oder nie! Auf einen Schlag wurde er wieder nüchtern und nahm all seinen Mut zusammen:»Ich werde nichts von dem tun, was du von mir verlangst! Ich versündige mich nicht! Ich hatte es dir bereits gesagt. – Ohne mich! Tu so, als ob wir uns nie kennengelernt hätten. Und du solltest deine Pläne ebenfalls aufgeben, bevor du dich weiter ins Unglück stürzt.«

Sein Gegenüber lachte höhnisch auf. Ängstlich starrte der ernüchterte Zecher in die stechend schwarzen Augen. Auf der linken Stirnhälfte verunstaltete ein Feuermal das Antlitz, an jener Stelle, an welcher der Leibhaftige sein Horn trägt. In ähnlicher Gestalt erschien ihm der Teufel in den Albträumen, die ihn Nacht um Nacht peinigten.

»Es gibt für uns keinen Weg zurück! Die Sache ist zu weit vorangeschritten. Ich werde diesen Auftrag auf jeden Fall ausführen. Sie werden uns beide am höchsten Galgen baumeln lassen, wenn du dein geschwätziges Maul nicht hältst. Und vergiss nicht, da gibt es noch jemanden, der uns die Eingeweide aus dem Leib reißen wird, sollte die Sache schiefgehen. Schlag es dir aus dem Kopf! Denk lieber an die Träume und sehnlichsten Wünsche, die du dir in Zukunft erfüllen kannst. Du musst nichts weiter tun, als deine Klappe zu halten. Den Rest erledige ich und morgen verschwinden wir auf Nimmerwiedersehen.« Der Mann mit dem entstellten Gesicht schmeichelte und drohte gleichzeitig.

»Ich werde nicht vergessen, dass ich dem Herrn mein Leben geweiht habe. Für meine Sünden wartet auf meine Seele die ewige Verdammnis. Ich werde beichten und Gewissen erleichtern.«

»Bist du verrückt geworden? Einen Teufel wirst du tun!«

»Versündige dich nicht!«

»Was ist das für eine Narretei? Welch ein irrsinniger Gedanke, beichten zu gehen? Der Pfaffe rennt doch sofort zu seinem Bischof oder schlimmer noch, direkt zur weltlichen Obrigkeit und schwärzt uns an!«

»Die Beichte ist ein heiliges Sakrament, die du nicht verspotten darfst. Jeder, der das Geheimnis der Beichte verletzt, versündigt sich.«

»Ich bin es satt mit dir zu streiten! Du wirst mir meine Pläne nicht durchkreuzen. Du hast es nicht anders gewollt.«

Der ernüchterte Zecher starrte an sich hinunter. Aus seiner Brust ragte der mit Leder umwickelte Griff eines Messers.

Verwundert stellte er fest, dass er trotz des heftigen Stoßes keinen Schmerz verspürte. Dunkelheit umfing ihn und er sah in der Ferne ein tiefrotes, bedrohlich flackerndes Licht, das sich Schritt für Schritt näherte. Züngelnde Flammen packten ihn und rissen ihn mit sich fort.

2

Dem regnerischen und viel zu kalten Herbst und Sommer des Jahres 1439 folgte ein langer und eisiger Winter. Zu den Gottesdiensten des Heilig-Drei-Königs-Tages stapften die Gläubigen durch kniehohen Schnee. Eingehüllt in wollene Umhänge, tief ins Gesicht gezogenen Kappen, Schals und Kopftücher drängten sich die Gottesdienstbesucher zum Altar. Sie hofften, dass ihnen wenigstens das Ewige Licht etwas Wärme spenden würde. Der neu ernannte Aichacher Stadtpfarrer Hanns Frankfurter, der dieses Amt in den vorangegangenen Jahren bereits als Vikar ausgeübt hatte, las die Messe mit fröstelnder Stimme und spendete den Leib des Herrn mit zitternden Fingern. Vorsichtig nippte er am Kelch mit dem in das Blut Jesu gewandelten Messwein, als ob er Angst hätte, dass es zu Eis erstarrt sein könnte.

In den hinteren Reihen saß ein Besucher der Messe, der früher nur dann den Weg ins Gotteshaus gefunden hatte, wenn es nicht zu vermeiden war: Simon Schenk, der Bader-meister. Er gehörte jetzt, zur großen Verwunderung seiner Frau und seiner Freunde, zu den regelmäßigen Kirchgän-gern. Der Pfarrer sah diese Läuterung mit Wohlwollen. Er war sich aber nicht sicher, welchen Grund es für diesen Sinneswandel gab, denn bei der Beichte sah er den Bader weiterhin nicht.

In der Nacht vor dem Drei-Königs-Tag plagten Simon Albträume, wie in vielen Nächten zuvor. Kriegsknechte stürmten sein Haus und verwüsteten die Räume. Wie gelähmt musste er zusehen, wie sie seinen Kindern Gewalt antaten. Als sich einer der Wüteriche über seine Frau hermachte, sah er diesem direkt in die hassverzerrte Fratze. Er zuckte zusammen. Es schien, als sähe er in einen Spiegel. Simon erkannte sich selbst. Schweißgebadet und schreiend wachte er auf. Seine Frau Barbara saß jammernd im Bett und schlug ihm mehrmals ins Gesicht.

»Simon, wach auf! Simon, was hast du bloß? Es wird jede Nacht schlimmer, sogar die Kinder bekommen Angst. Was hast du denn wieder Schreckliches geträumt? Ich bitte dich, erzähl mir von deinem Traum.«

Der Bader lag schweißüberströmt auf dem Rücken. Es war noch dunkele Nacht, und so konnte Barbara sein schreckensbleiches Gesicht nicht sehen. Er schüttelte den Kopf und stammelte: »Nichts ist – gar nichts.«

»Das kann doch nicht sein, du musst es mir erzählen. Dann geht es dir sicher besser.«

»Ich kann mich an nichts erinnern. Ich weiß nicht mehr, wovon ich geträumt habe. Erst dein Geschrei hat mich geweckt«, log Simon und rieb sich seine von den Ohrfeigen, geröteten Wangen.

Wie sollte er seiner Frau diese immer wiederkehrenden Albträume erklären? Konnte er ihr sagen, dass ihm jede Nacht die Toten erschienen, die ihn seit seiner Soldatenzeit im Bayrischen Krieg verfolgten? Sollte er ihr eingestehen, was er selbst dem Pfarrer nicht beichtete? Sollte er von den Bauern berichten, die sie so lange folterten, ihre Frauen und Töchter schändeten, bis sie ihnen ihr letztes Versteck verraten hatten? Sollte er ihr das Blutgeld zeigen, welches unter dem Küchenfeuer vergraben lag? Sollte er ihr von Gesa berichten, mit der er vor einem Jahr in Augsburg war, in die er sich unsterblich verliebt und mit der er die Ehe gebrochen hatte? Nichts von alledem würde er tun. Er musste dies mit sich und dem Herrgott alleine ausmachen.

Die Eheleute krochen wieder unter den Berg aus Schaffellen und Wolldecken, der sie vor der eisigen Kälte schützte, die durch die zahlreichen Ritzen der hölzernen Dachsparren ins Schlafgemach drang. Ein dünner Flaum aus Schneekristallen bedeckte alles. Das Ehepaar hoffte, erneut einschlafen zu können. Simon stopfte sich ein mit Schafwolle gefülltes Kissen in den Rücken und versuchte, im Sitzen Schlaf zu finden. Der Bader bemühte sich, an etwas Schönes zu denken, um damit die Angstzustände zu vertreiben. Er träumte von Gesa. Nun hatte er zwar wieder mit seinem schlechten Gewissen zu kämpfen, aber diese Gedanken waren tausendmal angenehmer als die Albträume von den Geistern, die das Leben seiner Liebsten bedrohten.

Am nächsten Morgen verspürte niemand aus der Baderfamilie das Bedürfnis, aufzustehen. Letztlich gab sich Simon einen Ruck und sprang aus dem Bettkasten. Die Kälte ließ ihn frösteln. Schnell streifte er sich die Beinkleider über, wickelte Fußlappen um die Beine, zog den Kittel an und schlang sich zusätzlich eine wollene Decke um die Schultern. Er fror immer noch jämmerlich, denn alle Kleidungsstücke außer denen, die er im Bett auf dem Leib trug, waren klamm. Der Bader hangelte sich die steile Treppe in den Wohnraum hinunter. Dort fachte er zuerst das Feuer unter dem eisernen Kessel mit der Brühe vom Vortag an. Wie jeden Morgen war noch ein Rest Glut vorhanden. Er musste nur ein wenig trockenes Reisig draufwerfen, damit die Flammen neue Nahrung fanden. Dann legte er weitere Holzscheite nach. Kurz darauf breitete sich angenehme

Wärme aus. Nun folgte ihm Barbara in das Wohngemach. Die beiden Kinder ließen sie noch schlafen.

3

Ein dick vermummter Knecht des Gasthauses zum Goldenen Stern am Oberen Tor räumte den frisch gefallenen Schnee im Hof des Anwesens. Nachdem er den Weg zu den Stallungen und der Hütte, in der das Bier gebraut wurde, von der weißen Pracht befreit hatte, setzte er die Arbeit außerhalb des Grundstücks fort. Erst schaufelte er die Hofeinfahrt frei, damit das Tor geöffnet werden konnte. Im Anschluss stapfte er um den durch einen hohen, hölzernen Zaun begrenzten Besitz herum, um nach dem Rechten zu sehen. Der Brauknecht schlurfte links in Richtung des Oberen Tores und bog dann in die Gasse ein, die direkt an der Stadtmauer entlangführte. Am Abschluss des Grundstücks befand sich ein mit Büschen bewachsenes Gelände.

Der Knecht machte kehrt, um zurück ins Warme zu gelangen und stolperte. Vor seinen Füßen verbarg sich etwas Großes, Längliches unter der weichen, kalten Pracht. Er stieß mit dem Fuß mehrmals dagegen. Der von dem weißen Tuch überzogene Gegenstand widerstand dem Druck, ließ sich ein wenig wegschieben. Was mochte das nur sein? Der Mann bückte sich und schob den Schnee zur Seite. Es kam eine Hand und fünf steife, blassblaue Finger zum Vorschein. Der Brauknecht schnappte nach Luft und lief laut schreiend, mit den Armen wild herumfuchtelnd, zurück ins Gasthaus.

»Hilfe! Kommt schnell! Ich habe einen Toten gefunden. Da liegt eine Leiche hinterm Haus.«

Eine Stunde später hatte sich, trotz der eisigen Kälte am Ort an dem der Tote lag, eine große Menschenmenge versammelt. Die Stadtknechte hielten mit ihren Spießen die neugierigen Bürger zurück. Der Stadtbüttel Emmeran Wagner, Ludwig Kroiß der Hauptmann der Stadtwache und Aichachs Bürgermeister Chuntz Zellmaier untersuchten die Leiche und die nähere Umgebung. Den Schnee hatte in der Zwischenzeit irgendjemand zur Seite gefegt. Ein Mensch lag auf dem Bauch, mit einer schwarzen Kutte bekleidet, die durch einen dünnen Ledergürtel zusammengehalten wurde. Den Kopf verdeckte die mit dem Mönchsgewand vernähte Kapuze. Bleiche Waden ragten unter dem groben Stoff hervor. Die Füße steckten in dunkelbraunen, abgetragenen Schuhen. Emmeran Wagner und Ludwig Kroiß bückten sich, packten den Leichnam an den Armen und drehten ihn auf den Rücken. Jetzt sah man, dass sich unter dem Toten eine große rote, gefrorene Blutlache gebildet hatte. Diese haftete als dunkelrote, festgefrorene Eisplatte am Stoff über dem Brustkorb fest. Mit seinem Dolch schlug der Hauptmann der Stadtwache den Eispanzer in Stücke, die wie kleine, rote Bälle durch die Luft spritzten. Im Anschluss schnitt er den Stoff des Gewandes auf und legte eine daumenbreite Stichwunde frei.

Die Spitze eines Dolches oder Messers war genau zwischen der fünften und sechsten Rippe in den Körper eingedrungen und hatte das Opfer sofort getötet. Es war vermutlich nicht einmal mehr in der Lage gewesen zu schreien.

»Nicht schon wieder ein Mord«, stöhnte Chuntz Zellmaier. »Diese Geschichte wird dem Herzog zu Ohren kommen und ihm überhaupt nicht gefallen. Vielleicht verschiebt er sogar seinen Besuch, den er im Frühjahr geplant hat. Möglicherweise befürchtet unser Fürst, bei uns wären die Straßen nicht sicher. Hier finden inzwischen mehr Morde statt als in der Residenzstadt.«

»Das stimmt doch nicht! Außerdem konnten wir bisher alle Verbrecher fassen und ihrer gerechten Strafe zuführen. Auch in Ingolstadt geschehen Morde, von Augsburg ganz zu schweigen. Der Herzog hat immer seine Leibgarde dabei, die passen schon auf, dass ihm nichts geschieht. Und außerdem sind wir auch noch da«, versuchte der Hauptmann der Stadtwache den Bürgermeister zu widerlegen. »Du wirst sehen, den Kerl, der diesen Mönch auf dem Gewissen hat, fassen wir in Kürze.«

»Dein Wort in Gottes Ohr«, seufzte Chuntz Zellmaier. »Kennt einer diesen armen Teufel?« Er musste unpassenderweise lachen. »Teufel passt nicht wirklich, es scheint sich wohl um einen Mönch zu handeln. Es muss ein Fremder sein. Ich habe ihn noch nie vorher in der Stadt gesehen. Wisst ihr vielleicht, um wen es sich handelt?«

Die beiden Angesprochenen schüttelten die Köpfe und Emmeran Wagner antwortete: »Mir ist der Tote noch nie über den Weg gelaufen. Es könnte sein, dass der Herr Pfarrer den Mönch kennt. Er scheint dem Augustinerorden anzugehören.«

Mit lauter Stimme fragte Ludwig Kroiß die umstehenden Schaulustigen: »Hat jemand von euch diesen Mann schon einmal gesehen?«

Die Menge drängte sich ein Stück nach vorne, um einen besseren Blick auf die Leiche zu erhaschen. Nachdem ihn zuerst niemand zu kennen schien, meldete sich aus den hinteren Reihen eine Stimme zu Wort. »Wie er heißt, weiß ich nicht. Aber gesehen habe ich ihn schon einmal.«

»Komm nach vorne und berichte!«, forderte ihn der Bürgermeister auf. »Ach, der Korbinian! Also, du kennst den Toten?«

»Was heißt kennen?« Es war still geworden und die Umstehenden drängten sich dicht zusammen, um auch kein Wort zu versäumen.

Verärgert sah sich Ludwig Kroiß um. »Verschwindet, das geht euch gar nichts an.« Ein unwilliges Raunen ging durch die Menge, aber niemand machte Anstalten sich zu entfernen.

Korbinian Gulden, der Wirt des Gasthauses zum Goldenen Stern erklärte:»Lasst uns rüber ins Wirtshaus gehen, da sind wir ungestört. Außerdem ist es dort warm und ein Bier habe ich auch für euch.« Sie folgten dem Gastwirt. Derweil waren die Stadtknechte bemüht, die schaulustigen Bürger von dem Toten fernzuhalten.

Nachdem jeder einen Krug Bier vor sich stehen hatte und der Wirt die wenigen frühen Gäste vor die Tür gesetzt hatte, fuhr er mit seiner Schilderung fort.»Ich weiß nicht, wie er heißt. Aber er war gestern zusammen mit einem anderen Mönch bei mir in der Wirtschaft. Ich glaube, der zweite gehörte ebenfalls dem Augustinerorden an.«

»Was wollten sie?«, unterbrach ihn der Büttel.

»Ja, was meinst du? Was will jemand im Gasthaus? Essen wollten sie und etwas trinken, natürlich.« Der Wirt schüttelte geringschätzig den Kopf.

»Hast du etwas von dem aufschnappen können, was sie gesprochen haben? Sprich frei von der Leber weg«, ermunterte ihn der Bürgermeister.

»Also ich habe nichts mitbekommen. Sie saßen da hinten in der Ecke.« Er wies mit der Hand in eine dunkle Nische der Gaststube mit dem Ausgang zum Hof.»Sie unterhielten sich sehr leise. Wenn wir ihnen etwas gebracht haben, schwiegen sie, bis wir wieder außer Hörweite waren. Außerdem geht es jeden Abend bei uns hoch her und du verstehst manchmal dein eigenes Wort nicht mehr. Die beiden haben es sich schmecken lassen und dem Bier und Wein kräftig zugesprochen. Anfangs waren sie guter Dinge, später haben sie angefangen, sich zu streiten.«

»Hast du aufgeschnappt, um was es bei dem Streit ging?«, frage Ludwig Kroiß.

»Nein, ich habe keine Ahnung. Als Wirt siehst du sofort, wenn die Gäste beginnen sich zu streiten. Manchmal drangen auch Schimpfworte herüber, die ich zwei ehrbaren, frommen Kirchenmännern gar nicht zugetraut hätte.«

»Denk nochmal nach, vielleicht hast du irgendetwas aufgefangen«, ermunterte ihn Ludwig Kroiß.

»Ich sagte euch bereits, mein Schankraum war rappelvoll und es war laut. Ich musste die Gäste bedienen und konnte nicht jedem hinterherspionieren. Sie haben sich halt gestritten. Das kommt in meinem Gasthaus täglich vor. Das Außergewöhnliche war, dass sich zwei Kirchenmänner in der Wolle hatten.«

»Vielleicht hat einer der Gäste oder deiner Bediensteten etwas aufgeschnappt?«, Ludwig gab nicht auf.

»Das glaube ich nicht. Meine Leute hätten es mir erzählt und die meisten Gäste waren zu der Zeit, als die beiden Mönche in Streit gerieten, bereits stinkbesoffen. Ich spucke auch nicht in den Becher.«

»Korbinian, was taten die beiden nach ihrem Streit?«, der Bürgermeister setzte die Befragung fort.

»Eigentlich nicht mehr viel. Der eine Mönch stand auf, zahlte die gesamte Zeche und ging hinaus. Wenig später folgte der andere, der jetzt da hinten tot in der Gasse liegt.«

»Ist diesem noch jemand gefolgt oder hast du später etwas Ungewöhnliches bemerkt?« Emmeran Wagner war der Ansicht, dass er für die Befragung zuständig wäre.

»Nein, da war nichts mehr. Niemand ist dem Mordopfer gefolgt. Zu später Stunde sind die letzten Zecher dann aufgebrochen. Von den Saufbrüdern konnte kaum noch einer aufrecht gehen. Eine sichere Hand für einen gezielten Stich mit dem Dolch hatte bestimmt keiner mehr von denen.«

»Ist einer von den Geistlichen schon früher mal bei dir eingekehrt?« Emmeran fragte weiter.

»Nein, ich habe beide noch nie vorher gesehen.«

»Denke nochmal genau nach! Ist sonst noch etwas Besonderes an diesem Abend geschehen?«, wollte der Büttel wissen.

»Wartet mal, da fällt mir noch etwas ein. Der Ermordete zahlte mit einer Silbermünze, die er aus einem schweren Lederbeutel hervorholte, den er an seinen Zingu ...., an seinen Zingulu ... - an seinen Gürtel halt, gebunden hatte. Da war sicher ein Batzen Silber drin. Ich dachte immer, die frommen Männer müssten in Armut leben. An mehr kann ich mich beim besten Willen nicht erinnern.«

»Denk nochmal nach, dir fällt sicher noch etwas ein.« Ludwig Kroiß ließ nicht locker.

»Nein, da gibt es nichts – ehrlich nicht! Der zweite Mönch, der nicht da draußen liegt, hatte sich die ganze Zeit die Kapuze seines Habits soweit über den Kopf gezogen, dass man kaum etwas vom Gesicht erkennen konnte. Das kam mir schon merkwürdig vor, denn meine Gaststube ist immer gut geheizt und man konnte eigentlich nicht frieren. Wartet! Jetzt fällt es mir wieder ein! Als die beiden sich stritten, rutschte einmal die Kapuze nach oben – da sah ich es!«

»Was?«, riefen alle drei gleichzeitig.

»Ja, das Mal!«

»Was für ein Mal?«

»Das Mal halt! Der Mönch hatte ein Mal auf der Stirn! Ein großes rotes Mal auf der linken Seite – feuerrot! Als ob jemand dem Teufel an dieser Stelle ein Horn abgebrochen hätte. Er verbarg es sofort wieder unter seiner Kapuze. Der Klosterbruder wirkte erschrocken, als er bemerkte, dass ich sein Gesicht gesehen habe. So, mehr weiß ich jetzt wirklich nicht!«

Nachdem die drei das Wirtshaus verlassen hatten, begaben sie sich ins Amtszimmer des Bürgermeisters. Dort besprachen sie, wie es weiter gehen sollte.

»Was wissen wir bis jetzt? Im Gasthaus stritten sich zwei Mönche, die bei uns niemand kennt. Heute Morgen lag einer von beiden erstochen in der Gasse und der andere, möglicherweise sein Mörder, hat ein rotes Mal auf der Stirn«, fasste Chuntz Zellmaier ihre Erkenntnisse zusammen.

»Das ist ziemlich wenig, aber ein bisschen mehr wissen wir schon. Es handelt sich vermutlich um Augustinermönche.« Der Hauptmann der Stadtwache krauste nachdenklich die Stirn.

»Und was hilft uns das? Gar nichts!«, stieß der Büttel ungehalten hervor.

»Doch, das hilft uns schon! Augustiner gibt es nicht so viele und in Aichach sowieso nicht. Außerdem können wir den Pfarrer fragen, ob er uns weiterhelfen kann. Wenn Männer des geistlichen Standes in der Stadt sind, werden sie sicherlich bei ihm vorgesprochen haben.«

»Gute Idee! So machen wir es! Ich gehe gleich zum Pfarrer.« Damit trennten sie sich. Der Bürgermeister machte sich auf den Weg zum Pfarrhof.

4

Hanns Frankfurter hatte sich, nachdem er die Frühmesse in der eiskalten Stadtpfarrkirche gelesen hatte, zurück ins warme Pfarrhaus begeben. Dort wollte er sich mit einem ausgiebigen Frühstück von den Anstrengungen der ersten

Morgenstunden erholen. Es waren, wie zumeist unter der Woche, wenige Gläubige erschienen. Fast nur alte Frauen schleppten sich trotz der eisigen Kälte in die Kirche. Zusammen mit zwei Messdienern verrichtete er den frühen Dienst am Seelenheil der Stadt und ihrer Bürger.

Es pochte heftig an die Pforte des Pfarrhofs. Der Pfarrer dachte zuerst an irgendwelche morgendlichen Bittsteller, die beabsichtigten ihm seine kostbare Zeit zu stehlen. Dann öffnete sich die Tür und die Hauswirtschafterin ließ den Bürgermeister Chuntz Zellmaier herein. Überrascht sprang der Geistliche auf.

»Gelobt sei Jesus Christus«, grüßte der Eingetretene und klopfte sich den Schnee von seinem Umhang und den Stiefeln.

Missbilligend betrachtete der Geistliche die sich rasch ausbreitende Wasserlache, bevor er antworte: »In Ewigkeit – Amen! Du bist ein seltener Gast bei mir im Pfarrhaus. Es muss wichtige Gründe geben, die dich zu so früher Stunde zu mir führen. Was kann ich für dich tun? Bis du in Nöten und willst die Beichte ablegen? Oder ist in der Stadt etwas Schreckliches vorgefallen und du benötigst den Rat der Kirche?«

»Du scheinst es noch nicht gehört zu haben, aber es ist erneut ein Mord geschehen.«

»Nein, um Gotteswillen? Das höre ich zum ersten Mal. Nach der Frühmesse hat es mir keiner zugetragen. Hört das denn nie auf? Schon wieder ein Mord! Das Verbrechen nimmt überhand! Sitte und Moral verfallen, die Leute denken nur noch an das Hier und Jetzt und ihr irdisches Wohl. Um ihr Seelenheil besorgt sind nur noch die alten Weiber, die mir schon zur Frühmesse den Beichtstuhl belagern, obwohl sie von gestern auf heute kaum Gelegenheit hatten, Sünden zu begehen. Wer wurde denn umgebracht?« Der Geistliche wirkte einerseits betroffen, andererseits deprimiert über den vermeintlichen Verfall der Sitten.

»Leider kennen wir das Opfer nicht. Deshalb bin ich ja zu dir gekommen.«

»Ja, willst du eine Messe für den Toten lesen lassen? Für die Versehung mit den Sterbesakramenten ist es zu spät, dazu muss noch ein Hauch Lebens in einem Körper sein. Übrigens, seit wann kümmert sich die Stadt um so etwas?« Der Geistliche wirkte verwirrt.

»Da musst du keine Angst haben, die Stadt nimmt sich nicht der Aufgaben der Kirche an. Wir dachten uns, du kennst den Ermordeten, weil es sich um einen Augustinermönch handelt.«

Chuntz Zellmaier blickte in die vor Entsetzen weit aufgerissenen Augen des Pfarrers, der erbleichte.

»Was sagst du da? Ein Mönch wurde ermordet?« Hanns Frankfurter bekreuzigte sich.

»Ja, so ist es! Am besten kommst du mit und schaust dir den Leichnam an. Vielleicht kennst du ihn und außerdem kannst du dich, da er ein Vertreter der Kirche ist, gleich um die Beisetzung kümmern.«

Am Oberen Tor traten der Bürgermeister, der Pfarrer und zwei Messdiener in die Gasse, zwischen dem Gasthaus zum Goldenen Stern und der Stadtmauer. Am Ende des Grundstücks war immer noch eine große Menschenmenge aus aufgeregt diskutierenden Bürgern versammelt. In diesen kalten Wintertagen gab es für die Bewohner der Stadt wenig Abwechslung. Umso größer war die klammheimliche Lust an Ereignissen, von denen man später noch seinen Enkelkindern erzählen konnte.

Der Bürgermeister drängelte sich fluchend durch die Menschenmenge, während der Pfarrer ein silbernes Glöckchen läutend mit seinen beiden Helfern hinterdrein hastete. Durch eine Gasse in der murrenden Menge erreichten sie den Ort des Verbrechens. Die Leiche war in der Zwischenzeit mit einer zerschlissenen, alten Pferdedecke bedeckt worden. Emmeran Wagner zog sie zur Seite. Nachdem Hanns Frankfurter einen Blick auf den gefrorenen Leichnam geworfen hatte, wurde er noch ein wenig blasser und bekreuzigte sich.

»Kennst du ihn?«, erkundigte sich der Bürgermeister.

»Ja… Ja, ich kenne ihn!«, stotterte der Geistliche.

»Sag schon, wer ist der Ermordete?«, bedrängte ihn Chuntz Zellmaier.

»Der Ärmste, es ist so furchtbar. Es handelt sich um Bruder Anselm der Augustiner Chorherren des Klosters Indersdorf. Wie schrecklich! Welche Sünde, einen Mann der Heiligen Mutter Kirche zu ermorden.«

»Da hast du sicherlich recht. Aber jeder Mord ist eine Todsünde, auch wenn er an einem armen Bettler begangen wird. Weißt du, was der Augustiner bei uns wollte?«, löcherte der Bürgermeister den Stadtpfarrer.

»Er überbrachte mir eine Botschaft des Abtes.«

»Kann das etwas mit seinem Tod zu tun gehabt haben?«

»Nein, das kann ich mir überhaupt nicht vorstellen. Ich beabsichtige, wenn der Winter vorbei ist, dem Abt und dem Kloster Indersdorf einen Besuch abzustatten.«

»Euer Bruder Anselm traf sich am gestrigen Abend im Gasthaus mit einem zweiten Mönch, vermutlich ebenfalls einem Augustiner. Es gab einen heftigen Streit zwischen den beiden. Ist dir ein weiterer Augustinermönch bekannt, der sich in unserer Stadt aufhält?«

»Ich weiß nichts über einen zweiten Mönch in meiner Pfarrei. Bruder Anselm hat keinen erwähnt und auch niemand von meinen Gläubigen. Es ist zudem nicht üblich, dass sich zwei Männer der Kirche in aller Öffentlichkeit, noch dazu in einem Wirtshaus, besaufen und herumstreiten.«

»Du kannst ja in aller Ruhe darüber nachdenken. Vielleicht fällt dir später noch etwas ein, was hilfreich sein könnte, um Licht in diese abscheuliche Angelegenheit zu bringen.«

»Dieses schreckliche Verbrechen lässt mich sicher in nächster Zeit nicht zur Ruhe kommen. Ich werde mich um den Toten kümmern. Wir lassen eine Messe in unserer Pfarrkirche für ihn lesen und sorgen dann dafür, dass sein Leichnam in das Kloster nach Indersdorf überführt wird.«

5

Der Badermeister Simon Schenk richtete am folgenden Morgen seine Badestube für die tägliche Arbeit her. Immer öfter geriet er mit seiner Frau wegen seiner ständigen Niedergeschlagenheit und Desinteresses an den alltäglichen Dingen des Lebens in Streit. Er riss sich nun zusammen. Simon versuchte, seinem Tageswerk so nachzukommen, wie er es seit eh und je getan hatte. Er wollte seiner Gemahlin keinen Ansatzpunkt für neuerliche Auseinandersetzungen liefern. Das Feuer unter der Kochstelle verbreitete wohlige Wärme in dem Raum, in dem sie sich tagsüber aufhielten, das Essen zubereiteten und arbeiteten. Es klopfte an der Tür.

Simon wunderte sich, dass zu dieser frühen Stunde jemand seine Hilfe benötigte. Möglicherweise quälten einen Aichacher nachts die Zähne oder zwickte ein anderes Gebrechen. Er begab sich zur Haustür und öffnete sie einen Spalt, damit die mollige Wärme im Haus blieb.

Er stand wie vom Donner gerührt und stammelte:»Ihr?«

»Gelobt sei Jesus Christus!«

»Ihr?«

»Ja, ich!« Der Stadtpfarrer Hanns Frankfurter wirkte genervt. »Willst du mich nicht hereinbitten oder lieber weiter in der Kälte warten lassen? Das Grüßen scheinst du auch verlernt zu haben.«

»Ja, selbstverständlich! In Ewigkeit! Amen! Kommt doch schnell herein! Ihr seid natürlich jederzeit herzlich willkommen! Hochwürden, bitte entschuldigt meine Respektlosigkeit! Ich war einfach überrascht.«

Simon schossen tausend Gedanken durch den Kopf. *»Was zum Teufel will der Pfarrer hier? Hatte seine Frau sich bei der Beichte verplappert? Hatte der Geistliche etwas über sein sündiges Vorleben erfahren? Das konnte nicht sein, darüber wusste außer Ludwig Kroiß niemand in Aichach Bescheid und der würde sich eher die Zunge abbeißen, als seinen Freund zu verraten.«*

Der Bader war heilfroh, dass er schon angekleidet war. Er zog die Beinlinge hoch und strich seinen Kittel glatt. Mit den Fingern ordnete er das zerzauste Haar und wischte sich eine Strähne aus dem Gesicht. Simon räumte schnell die schmutzigen Teller, Holzlöffel und Becher vom Tisch, die noch vom Abendessen herumstanden. Er versteckte seine grauen, übelriechenden Fußlappen, die auf einem der beiden Holzstühle lagen, hinter dem großen Kasten im Raum. Dann bat er den Besucher, Platz zu nehmen. Hanns Frankfurter blickte sich angewidert um und ließ sich auf der vorderen Kante der Sitzgelegenheit nieder.

»Was kann ich für Euch tun, Hochwürden? Wir sind nicht auf Besuch eingerichtet und deshalb kann ich Euch nur wenig anbieten. Ich habe nur noch abgestandenes Bier vom Vortag und frisches Wasser. Es tut mir sehr leid.«

Der Geistliche schüttelte sich innerlich bei dem Gedanken, hier bewirtet zu werden. »Danke, lass es gut sein, mein Sohn. Ein Diener des Herrn ist mit wenig zufrieden. Ich habe heute Morgen schon eine Kleinigkeit zu mir genommen und bin gekommen, um mit dir zu sprechen.«

Sofort waren bei Simon alle Sinne auf Vorsicht eingestellt. »*Der Kerl will etwas von dir! Du musst auf der Hut sein! Das kann nichts Gutes bedeuten!*«

»Ich freue mich, dass Ihr meinem bescheidenen Heim einen Besuch abstattet. Was kann ich für Euch tun?«

Barbara, die Geräusche vernommen hatte, kam die Treppe herunter. In dem Moment, als sie den Besucher erblickte, blieb sie wie angewurzelt auf der untersten Stufe der Stiege stehen. Sie trug noch ihr Nachtgewand.

»Ja, um Himmels Willen, der Herr Pfarrer!«, rief sie nach einer Schrecksekunde, drehte sich um und flüchtete in die oberen Räumlichkeiten zurück. Beide schauten Barbara erstaunt hinterher.

»Ja mein Sohn, ich möchte dich um einen kleinen Gefallen bitten.«

»Gerne, Herr Pfarrer. Ich werde mein Möglichstes tun, um Euch zufrieden zu stellen. Soll ich Euch den Bart stutzen oder die Tonsur rasieren? Habt Ihr ein Gebrechen, das Euch quält, vielleicht sogar an einer unschicklichen Stelle? Ich kann schweigen wie ein Grab. Geld würde ich von einem Mann der Heiligen Mutter Kirche natürlich niemals annehmen.«

Der Stadtpfarrer blickte den Bader entrüstet an. »Nichts von alledem. Ich möchte dich darum bitten mir in einer Angelegenheit zu helfen, die Verschwiegenheit und einen klugen Kopf erfordert.«

»Aha ....«

»Du hast doch sicher schon vom Mord an dem Augustinermönch gehört, den sie am Oberen Tor gefunden haben.«

»Sicher darüber haben meine Kunden gesprochen. Was habe ich damit zu tun?«

»Du könntest mir in einer schwierigen Angelegenheit behilflich sein.«

»Habe ich Euch richtig verstanden? Ausgerechnet ich soll Euch helfen?«

»Genau darum bitte ich dich.«

»Ich wundere mich, Ihr wart doch in der Vergangenheit immer der Meinung, ich sollte mich nicht in diese kriminalistischen Vorgänge einmischen. Das wäre die Aufgabe des Büttels und der Männer des Herzogs, aber nicht die eines Badermeisters. Ihr überrascht mich.«

»Das dachte ich auch einmal. Jedoch haben mich deine Erfolge überzeugt, dass du der geeignete Mann für die Aufgabe bist, die ich dir antragen möchte.«

»Verstehe ich Euch richtig? Soll ich den Mörder finden? Kommt Ihr im Auftrag der Stadt?«

»Nein, das sollst du nicht. Der Büttel wird sich darum kümmern, dass der Verbrecher seine gerechte Strafe erhält. Dich benötige ich für etwas anderes.«

»Ihr mögt mich für begriffsstutzig halten, aber ich kann Euch nicht folgen.«

»Ich möchte, dass du für mich auf eine Reise gehst.«

»Auf eine Reise?«

»Ja, auf eine Reise!«

»Aha… und wozu soll das gut sein?«

»Das will ich dir gerne erklären. Ich möchte, dass du den Leichnam des verstorben Bruder Anselm in sein Kloster nach Indersdorf überführst und ihn dort dem Propst Erhard Prunner übergibst. Du erhältst ein Fuhrwerk und zwei Knechte, die dich begleiten.«

Simon hatte es die Sprache verschlagen. Er zitterte vor Wut und Empörung. Es gelang ihm nur mühsam, sich zu beherrschen.

»Simon, bleib ruhig! Reg dich nicht auf! Wenn du den Pfarrer beleidigst, wirst du nie mit der Kirche ins Reine kommen. Außerdem gefällt es Barbara bestimmt, wenn du dem Pfaffen zu Diensten bist. Der will nur dafür sorgen, dass du dich nicht in die Ermittlungen in dem Mordfall einmischen kannst. Ganz raffiniert, der Kerl. Da steckt irgendeine große Sauerei dahinter«, dachte der Bader.

Bevor er antworten konnte, kehrte seine Ehefrau Barbara zurück und kam die Treppe herunter. Simon und der Geistliche staunten. Sie hatte sich das Gewand angezogen, dass sie sonntags zur Messe trug und ihr Haar mit einem Kopftuch züchtig verhüllt. »Grüß Gott! Was für eine Überraschung, der Herr Pfarrer in unserem bescheidenen Heim? Womit haben wir die Ehre verdient?«

»Grüß Gott, Baderin! Ich habe mit deinem Mann etwas zu besprechen.«

»Hat er Hochwürden irgendetwas angeboten?.... Nein?... Ja, Simon so geht das nicht, was soll Hochwürden denn von uns denken?«

»Baderin, mach dir keine Umstände, ich möchte nichts essen oder trinken, ich bin nur gekommen, um deinen Mann um einen Gefallen zu bitten.«

Barbara blickte den Pfarrer zweifelnd an und wollte sich zu ihnen setzen.

»Ich möchte mit deinem Mann alleine sprechen!«, fügte der Geistliche energisch hinzu. Barbara erhob sich beleidigt und entschwand erneut ins Obergeschoss.

Simon hatte durch die Unterbrechung Zeit gewonnen, um sich zu beruhigen. »Hochwürden, ich verstehe Euch nicht. Ich soll den Leichnam nach Indersdorf überführen? Ist es nicht sinnvoller, dass ihn ein Vertreter des geistlichen Standes begleitet, der auf dem ganzen Weg für sein Seelenheil betet? Als Bader hätte ich ihm vielleicht helfen können, solange er noch am Leben war, aber jetzt doch nicht mehr.«

»Nein, ich möchte, dass du die Aufgabe übernimmst.«

»Ich habe ein Geschäft und viel zu tun, außerdem habe ich eine Familie mit zwei Kindern zu versorgen. Wie soll das gehen?«

»Es ist eine Plage mit euch Aichachern, ihr denkt immer zuerst an den schnöden Mammon. Ist dir der Lohn Gottes nicht genug dafür, dass du eine gute Tat für einen seiner unglücklichen Diener verrichtest?«

»Hochwürden, ich will nicht unbotmäßig sein, aber mit dem Lohn Gottes wird meine Familie nicht satt und bei einer Reise mit einer Leiche auf dem Buckel bin ich frühestens in einer guten Woche wieder zurück.«

»Du bekommst ein Ochsenfuhrwerk gestellt und zwei Knechte mit auf den Weg.«

»Damit geht es auch nicht schneller und hinter mir herziehen werde ich den Sarg bestimmt nicht.« Dafür erntete er einen erbosten Blick des Geistlichen.

Simon kam eine Idee, wie er aus dieser Geschichte wieder herauskommen könnte und schlug vor. »Ich werde mir Euer Angebot noch einmal durch den Kopf gehen lassen und morgen früh gebe ich Hochwürden Bescheid.«

»Das ist zu spät! Ich wünsche, dass du sofort aufbrichst! Der Ermordete soll so schnell wie möglich seinen Frieden finden und von seinen Klosterbrüdern in geweihter Erde würdevoll bestattet werden.«

»Aber ….«

»Nichts, aber! Wir werden dir deinen Verdienstausfall ersetzen und dem Herrgott solch einen Dienst zu tun wird dir am Tag des Gerichts angerechnet werden.«

Der Bader dachte nach. Wenn er ein gutes Werk verrichten würde, könnte dafür ein Teil seiner Sünden getilgt werden. Es wäre sinnvoll zu fragen, was er für seine Dienste herauszuhandeln könnte. »Also, ihr würdet mir einen Ablass gewähren?«, erkundigte sich der Bader scheinheilig.

»Glaubst du, ich wäre der Heilige Vater in Rom?«

»Verzeiht mir! Ich dachte nur.....«

Der Pfarrer war sofort misstrauisch geworden: »Hast du gesündigt, mein Sohn? Ich habe dich noch nie bei mir im Beichtstuhl gesehen.«

»Natürlich lege ich regelmäßig die Beichte ab, aber in der Spitalkirche. Es gibt immer wieder lässliche Sünden«, er blickte die Stiege hinauf, wo seine Frau verschwunden war. »Man sieht ein hübsches Frauenzimmer und hat dann schon mal unkeusche Gedanken. Aber mehr ist nicht gewesen.«

Der Bader nahm an, dass die neuerlichen Lügen sein Sündenkonto nur wenig erhöhen würden.

»Lieber Simon, wenn du zurückgekehrt bist, bei mir gebeichtet hast und aufrichtig bereust, werde ich dir im Namen des Heiligen Vaters einen Ablass deiner Sünden gewähren.« Der Geistliche freute sich, ein reuiges Schaf seiner Gemeinde auf den rechten Weg zurückgeführt zu haben.

Der Bader rieb sich innerlich die Hände. So einfach war es also, von den Seelenqualen erlöst zu werden. Ein kleiner Zweifel blieb, ob sich der Allmächtige so leicht übers Ohr hauen ließ. »Hochwürden, ich habe mich mit freudigen Herzen entschieden. Es ist eine große Ehre für mich, diese Aufgabe für Euch und die Heilige Mutter Kirche zu leisten und die sterblichen Überreste des Mönchs zurück zu seinen Brüdern im Kloster Indersdorf zu bringen. Diese Reise wird für mich wie eine Wallfahrt sein, die ich zum Gebet und innerer Einkehr nutzen werde. Ich muss nur noch ein paar Sachen packen und mich von Frau und Kindern verabschieden. Dann kann es losgehen.«

Simon stand auf und erwartete, dass der Pfarrer jetzt aufbrechen würde. Hanns Frankfurter druckste auf einmal herum. »Da wäre noch etwas, was ich mit dir besprechen müsste. Außerdem habe ich eine wichtige Botschaft an Erhard Prunner den Propst des Klosters, die du ihm nur persönlich übergeben darfst. Vorher musst du mir aber auf die Heilige Schrift schwören, dass du alles, was du nun von mir erfährst, für dich behältst und mit niemandem darüber sprichst. Gerade deinen Spezln gegenüber hast du Stillschweigen zu bewahren, dem Bürgermeister Chuntz Zellmaier und dem Hauptmann der Stadtwache. Schwörst du mir das?«

»Jetzt scheint es ja richtig spannend zu werden«, dachte der Bader. »Natürlich könnt Ihr Euch auf mich verlassen. Das schwöre ich beim Leben meiner Mutter. Meine Lippen werden verschlossen sein, wie ein Grab.«

»Deine Mutter ist vermutlich schon lange tot«, knurrte der Pfarrer.

»....dann eben auf alles, was mir heilig ist!«

»Du schwörst auf die Heilige Schrift und alle Heiligen!«

»Natürlich tue ich das. Ihr könnt Euch auf mich verlassen!«

»Das will ich dir dann auch geraten haben. Die Baderzunft ist ja nicht gerade für ihre Verschwiegenheit bekannt. Solltest du den Schwur brechen, so wird deine Seele der ewigen Verdammnis anheimfallen«, drohte der Geistliche.

»Ich sagte doch, Ihr könnt mir vertrauen. Also, wie lautet die Botschaft, die ich überbringen soll?«

»Ich muss dir erst ein paar Dinge erklären, damit du die Nachricht verstehst. Der Propst des Augustiner Stiftes

Indersdorf hat den Bruder Anselm zu mir geschickt. Er führte ein Schreiben mit sich, in welchem stand, dass Erhard Prunner mir behilflich sein wollte, Reliquien des Heiligen Sebastian für die hiesige Stadtpfarrkirche zu beschaffen.«

»Aha?« Simon verstand nichts.

»Du weißt doch, dass der Heilige Sebastian der Schutzheilige der Stadt Aichach ist.« Er sah den Bader fragend an.

»Das weiß ich wohl, da gibt es ja auch die Sebastianskapelle an der Straße nach Inchenhofen.«

»Wenn wir diese wertvollen Reliquien des Heiligen für unsere Kirche erwerben könnten, so würde das unsere Pfarrkirche Mariä Himmelfahrt zu einem wichtigen Zentrum des Glaubens im Lande machen. Für die Stadt und ihre Bewohner brächten die bald zu tausenden herbeiströmenden frommen Pilger großen Wohlstand. Es entstände ein neuer bedeutender Wallfahrtsort im Bayernland. Zahlreiche Pilger würden nach Aichach strömen, um Beistand in ihren Notlagen zu erbitten. Wie du sicherlich weißt, ist der Heilige Sebastian Nothelfer bei anfliegenden Krankheiten wie der Pest, die gerade in der heutigen Zeit als Strafe Gottes über uns Menschen gekommen ist. Denke an den Schrein der Heiligen Drei Könige in Köln und die Bedeutung, welche die Stadt dadurch für die Welt des Glaubens gewonnen hat.«

»Und was hat das Ganze mit dem toten Mönch zu tun? Ich verstehe Euch noch immer nicht.«

»Jetzt komme ich zu dem Teil der Geschichte, den du für den Rest deines Lebens in deinem Herzen bewahren musst. Der Bruder Anselm überbrachte mir das Angebot seines Propstes, dass er Reliquien des Heiligen für mich beschaffen könnte. Drei Pfeilspitzen, die den Körper des Heiligen durchbohrten, zwei Ampullen gefüllt mit dem Blut aus den

Wunden des Gemarterten, außerdem drei Rippen, die Schädeldecke, drei Zähne und die Knochen einer Hand des heiligen Märtyrers.«

»Das ist ja unglaublich. Warum hat sie der Augustiner nicht gleich mitgebracht?«

»So einfach, wie du es dir vorstellst, ist die Sache nicht. Die Reliquien sind noch bei einem Händler im Land der Welschen. Die Augustiner wollten den Handel vermitteln. Die heiligen Gegenstände sollen eintausend Goldgulden kosten, fünfhundert als Anzahlung und fünfhundert bei der Lieferung.«

»Das ist ja ungeheuerlich viel Geld. Wo wollt Ihr das hernehmen? Ihr habt dem Mönch hoffentlich gesagt, das wäre zu teuer.«

»Nein, nicht ganz. Ich dachte an das Wohl unserer Kirche und der Stadt. Ich habe Bruder Anselm fünfhundert Goldgulden überreicht.« Der Pfarrer wand sich vor Unbehagen.

»Um Himmels willen, wo ist das Geld jetzt?«

»Es ist verschwunden und mein Mitbruder liegt erschlagen im Schnee.«

»Weiß das der Bürgermeister schon und wo hattet ihr so viel Geld überhaupt her?«

»Du hast mir geschworen mit niemandem darüber zu sprechen und du wirst dein Versprechen halten.« Die Stimme des Geistlichen ließ nichts Gutes ahnen. »Der Bürgermeister erfährt kein Wort! Das Geld stammt aus den Rücklagen, die wir für die Renovierung der Pfarrkirche gebildet haben. Ich dachte, wenn wir die Reliquien erst einmal haben, kommt das Geld durch die Spenden der frommen Pilger schnell wieder herein. Dann können wir das Haus Gottes tausendmal schöner herrichten, als es uns heute möglich wäre. Für den Rest der Summe hätte ich die Gläubigen der Stadt um Spenden bitten müssen.«

»Oder bei den zwei Aichacher Juden wegen eines Kredits fragen müssen«, dachte der Bader. »Das ist wirklich unglaublich! Was kann ich jetzt in der Sache genau für Euch tun?«

»Ich möchte, dass du Bruder Erhard Prunner von unserem Unglück berichtest und sagst, dass wir versuchen werden, dass Gold noch rechtzeitig aufzutreiben. Er soll seine Mittelsmänner hinhalten, damit ich Zeit gewinnen kann.«

Simon war sprachlos. »Ihr wollt also dem verlorenen Geld neues hinterherwerfen? Dazu benutzt Ihr die milden Gaben, die sich unsere Gläubigen vom Mund abgespart haben.«

Wütend faucht ihn der Pfarrer an. »Was unterstellst du mir? All mein Tun dient ausschließlich dem Lob und der Ehre unseres Herrn und der Festigung des Glaubens meiner Gemeinde. Dir steht es nicht zu, das zu beurteilen. Dir fehlt der Blick fürs Große und Ganze und vermutlich auch die erforderliche Festigkeit im Glauben. Ich erwarte von dir, dass du meine Anweisungen befolgst und sie nicht in Frage stellst. Es wird keiner mehr die Kosten beklagen, wenn Aichach erst einmal ein großer Wallfahrtsort geworden ist. Tausende Pilger werden dann den Wohlstand der Stadt und ihrer Bürger mehren.«

Der Bader versuchte, sich zu beruhigen. »Ist ja gut, Hochwürden! Ich werde keine Fragen mehr stellen und tun, was Ihr anordnet. Aber vergesst nicht, mir die Absolution zu erteilen, wenn ich zurück bin.«

»Das Wort eines Mannes der Kirche sollst du nicht in Frage stellen. Du nicht! Ich erwarte ebenfalls von dir, dass du herauszufinden versuchst, wo die 500 Goldgulden geblieben sind und wer Bruder Anselm ermordet hat. Am Abend vor dem Mord saß der Augustiner im Gasthaus zum

Goldenen Stern mit einem zweiten Mönch desselben Ordens zusammen. Es gab Streit, bevor sie sich trennten. Womöglich hat diese Auseinandersetzung mit dem Verbrechen zu tun. Du solltest dich im Kloster Indersdorf umhören, wer dieser zweite Mönch gewesen sein könnte. Sobald du etwas in Erfahrung gebracht hast, kehrst du so schnell wie möglich nach Aichach zurück.«

»Was heißt so schnell wie möglich? Mit dem Ochsenfuhrwerk brauchen wir zwei Tage bis wir in Indersdorf sind. Dann soll ich Erkundigungen einziehen. Im Anschluss brauchen wir zwei Tage für den Rückweg. Also eine Woche bin ich mindestens unterwegs, wenn nichts Unvorhergesehenes dazwischenkommt.«

Innerlich kochte Simon vor Wut und er dachte: *»Du alter Betrüger hast mich schön drangekriegt. Ich soll für dich Ermittlungen anstellen und deine Lumpereien decken. Von der Stadt habe ich jedes Mal einen großen Batzen als Belohnung erhalten. Du entlohnst mich mit ein paar Gebeten und einem Fetzen Papier, von dem ich nicht einmal weiß, ob er etwas nützt. Und ich muss gute Miene zu diesem bösen Spiel machen.«*

6

Wenig später traf Simon im Pfarrhaus ein. Vorher hatte er sich von Barbara und den Kindern verabschiedet. Seine Frau ließ ihn diesmal ohne größere Bedenken ziehen, da ihr Gatte etwas für sein Seelenheil tat. Das Wohlwollen des Pfarrers bedeutete ihr sehr viel. Der Bader hatte sich sein Schwert umgegürtet, steckte seinen Dolch in den Gürtel, legte sich eine Wolldecke über die Schultern, verstaute ein wenig Proviant und einige Silberstücke in einem Lederbeutel. Im Pfarrhof stand ein mit zwei Ochsen angespannter einachsiger Karren bereit. Darauf befand sich der notdürftig aus groben Brettern zusammengezimmerte Sarg. Zwei ältere Knechte in zerschlissener Kleidung harrten daneben in der Kälte aus. Sie machten auf Simon keinen vertrauenerweckenden Eindruck.

Der Pfarrer betrat den Hof und klopfte Simon aufmunternd auf die Schulter. »Grüß Gott! Schön, dass du so schnell kommen konntest! Dann solltet ihr sofort aufbrechen. Erst einmal stelle ich dir deine gottesfürchtigen Mitreisenden vor.«

Er wies auf den Älteren seiner Reisebegleiter, der nicht den Eindruck machte, als ob er den Strapazen der Reise gewachsen wäre: »Das ist Josef, ein gottergebener Knecht, der uns oft im Pfarrhof zur Hand geht.« Der Angesprochene blickte Simon unfreundlich an, ohne zu grüßen.

Der Geistliche stellte ihm seinen zweiten Begleiter vor, der einen kräftigen, aber heruntergekommenen Eindruck machte: »Und jener dort ist Georg! Zu dritt wird es euch ein Leichtes sein, die Aufgabe zu erledigen.«

Georg blickte weder seinen Auftraggeber noch den Bader an, sondern grunzte unwillig.

»Das kann ja eine lustige Reise werden«, dachte Simon, blieb aber still.

»Und hier hast du Geld.« Der Pfarrer drückte dem staunenden Badermeister zwei kleine Münzen in die Hand.

»Das müsste für euch drei reichen. Ihr findet sicher einen Bauern, der euch für Gottes Lohn in seinem Stall übernachten lässt. Wenn ihr Glück habt, bekommt ihr sogar noch eine Schüssel Brei dazu. Geht sparsam mit dem Geld um, fromme Gläubige haben es sich mühsam vom Munde abgespart.«

Simon zitterte vor Empörung, die er nur schwer unterdrücken konnte. »Hochwürden, das ist aber sehr großzügig von Euch!«

Dem Pfarrer war jede Art von Ironie fremd. »Das stimmt! Danke Gott dafür.«

»Ihr sagtet, ich solle so schnell wie möglich zurückkehren, aber ich kann das Pferd nicht sehen, dass Ihr bereitstellen wolltet.«

»Ach ja, Georg bring das Reittier her.« Der jüngere der beiden Knechte entfernte sich.

Der Bader konnte das Tier hören, bevor er es sah. Ein durchdringender Schrei tönte aus dem kleinen Stall des Pfarrhofes, ein sich immer wiederholendes »iah, iah, iah...«. Simon stand wie zur Salzsäule erstarrt, als Georg den widerborstigen Esel an einem um den Hals geschlungenen Seil durch die Stalltür zerrte.

»Das ist nicht Euer Ernst«, stieß Simon hervor.

Verständnislos blickte der Geistliche den Bader an. »Ihr wolltet ein Reittier, dort steht es.«

»Ja, aber...«

Zornesröte stieg dem Pfarrer ins Gesicht. »Der Esel ist dem Herrn wohl nicht gut genug? Ist dir bewusst das der Heiland, unser Herr Jesu, am Palmsonntag, kurz bevor er sein Leben für unsere Sünden gab, auf einem Esel in Jerusalem einritt? Was gut genug für unseren Herrn ist, sollte auch gut genug für einen Bader sein!«

Resigniert hob Simon die Schultern. »Ist schon gut!«, und leise fügte er hinzu. »Der Heiland hatte es ja auch nicht eilig.«

Der Geistliche überreichte Simon ein versiegeltes Schreiben, das er dem Propst des Augustinerstifts Indersdorf überreichen sollte. Dann brachen die drei mit dem Leichnam des ermordeten Mönchs auf. Simon band den Esel hinten am Karren fest. Er wollte verhindern, dass ihn jemand mit am Boden schleifenden Beinen, auf dem Grautier sitzend, die

Stadt verlassen sah. Als sie den Pfarrhof verließen, kündeten die Kirchenglocken die Mittagsstunde an. Die Aichacher blieben staunend stehen, während das wundersame Gespann den Marktplatz überquerte. Die Leute kamen aus dem Staunen nicht mehr heraus. Der stadtbekannte Bader begleitete diesen merkwürdigen Transport. Die Aichacher rätselten darüber, was wohl in der großen Kiste wäre. Könnte es womöglich ein Sarg sein?

Als sie durch das Obere Tor fuhren, trat der Hauptmann der Stadtwache, aus der Wachstube.

»Sei gegrüßt, Simon! Wo willst du denn mit der Riesenkiste hin?«, fragte er seinen Freund, mit dem er schon so manches Abenteuer bestanden hatte.

»Wir bringen den toten Mönch zurück ins Kloster nach Indersdorf.«

»Was hast du denn mit dem Ermordeten zu tun? Hoffentlich war der Bürgermeister so vernünftig, dich zu bitten uns bei den Ermittlungen zu helfen? Aber gesagt hat er mir nichts davon.«

»Nein, das hat er nicht. Der Pfarrer hat mich gebeten, die Leiche auf ihrer letzten Reise zu begleiten.«

»Wer? Der Pfarrer? Was hast du denn mit dem Pfarrer zu schaffen? Um den hast du doch früher immer einen großen Bogen gemacht?« Ludwig Kroiß musterte den Bader verwundert.

Simon überlegte, was er Ludwig erzählen sollte, der mehr Episoden seines sündhaften Lebens kannte, als irgendein anderer Mensch in der Stadt. »Das stimmt! Aber in letzter Zeit haben mich die vielen Sünden meines bisherigen Lebensweges sehr bedrückt. Ich will meinen Frieden mit Gott machen. Deshalb habe ich dem Pfarrer versprochen die sterblichen Überreste des Mönches in sein Heimatkloster zu begleiten. Außerdem ist diese Reise eine Wallfahrt für mich.«

»Ich kenne niemand aus Aichach, der schon mal ins Kloster Indersdorf gewallfahrtet wäre. Da bist du der Erste.«

»Da hast du sicherlich Recht! Wenn ich den Toten in seinem Konvent abgeliefert habe, mache ich mich auf den Weg zur Heiligen Jungfrau in Ainhofen. Ich habe schon seit langem vor mich auf eine Wallfahrt zu begeben, um für die Vergebung meiner Sünden zu bitten. Nach Inchenhofen zu wallfahrten wäre einfacher, aber bei meinem Sündenregister würde die Fürbitte des Heiligen Leonhard alleine nicht ausreichen. Deshalb werde ich zum Gnadenbild der Mutter Gottes pilgern und ihr meine Sünden beichten.«

Ludwig sah ihn ungläubig an. »So kenne ich dich ja überhaupt nicht. Das du eine Pilgerreise mit einer anderen Geschichte verbindest, ist allerdings wieder typisch für dich.« Er stockte und dachte nach. »In dem Mordfall von dem Mönch in der Kiste da auf dem Wagen ermittelst du nicht trotzdem? Rein zufällig? Du wirst dich doch nicht auf einmal mit dem Pfarrer zusammentun? Lass dich bloß nicht von dem Pfaffen einwickeln.«

»So ein Schmarrn! Ich mache es für die Rettung meiner Seele, du weißt ja, dass ich es bitternötig habe. Wir müssen jetzt weiter. Ich bin hoffentlich in ein paar Tagen wieder zurück. Dann können wir uns in Ruhe bei einem Krug Bier unterhalten. Vielleicht machst du dir in der Zwischenzeit auch einmal Gedanken, wie es um dein Seelenheil bestellt ist.«

Der Hauptmann der Stadtwache lachte laut, als er der eigentümlichen Gruppe hinterherblickte, die langsam über die Brücke des Stadtgrabens in Richtung Süden verschwand. Kopfschüttelnd begab er sich in den warmen Wachraum zurück.

Die Sonne strahlte aus einem blauen Himmel, trotzdem war es bitterkalt. In der Stadt hatten die Anwohner den Schnee zur Seite geschoben. Sobald die Reisenden aber das letzte Haus der Vorstadt hinter sich gelassen hatten, lag die weiße Pracht mehr als einen Fuß hoch. Sie quälten sich durch die aufgetürmten Schneewehen. Den Weg wiesen Fußspuren und Rillen der Räder von Fuhrwerken, die vor ihnen unterwegs gewesen waren. Hoffentlich würde kein weiterer Schnee hinzukommen. Umso schwerer wäre es dann, dem Straßenverlauf zu folgen.

Bereits auf der kurzen Strecke durch die Vorstadt traten die ersten Schwierigkeiten auf. Der ältere der beiden Männer, die der Pfarrer Simon zur Unterstützung mit auf den Weg gegeben hatte, humpelte mehr, als das er lief. Seine Begleiter flüsterten ständig miteinander und würdigten den Bader mit keinem Blick. Wenn sie hin und wieder lachten, entblößten sie die schwarzen Ruinen der verfaulten Zahnstümpfe. Um voranzukommen, ließ Simon Josef auf dem Esel reiten. Er selbst führte den linken Ochsen am Seil, das um dessen dicken Hals geschlungen war. Gemächlich kamen sie voran.

»Auf was habe ich mich da nur eingelassen? Statt zweier kräftiger Knechte hat mir der Pfaffe einen alten Greis und einen stoffeligen Dummkopf mit auf die Reise gegeben. Vermutlich hat er sie aus dem Spital geholt. Wenn ich alleine unterwegs wäre, käme ich schneller voran. Wenigstens sehen wir nicht nach lohnender Beute für irgendwelche Straßenräuber aus. Obwohl, den Sarg könnten sie ruhig mitnehmen und den stinkenden Leichnam irgendwo in einem Graben versenken.« Simon grummelte leise vor sich hin und drehte sich erschrocken um. Gott sei Dank hatte keiner seiner Begleiter die Schimpftirade gehört. Scheinbar schienen sie auch noch taub zu sein. Georg hatte sich hinten auf den Wagen gesetzt und schlief. Er lag mit dem Kopf auf dem Sarg und schnarchte. Den anderen hinderte nur die ständige Schaukelei auf dem Rücken des Esels am Einnicken. Wütend drehte sich Simon wieder um und knurrte.

»Eine Wallfahrt muss beschwerlich sein. Jesus hat sein Leben für uns Sünder gegeben und da darf ich nicht schon nach wenigen Schritten anfangen zu jammern.«

Gut eine Stunde später durchquerten sie Ecknach und erreichten vollkommen durchgefroren am Spätnachmittag Klingen. Dort bemühten sie sich um ein Quartier. Der ortsansässige Geistliche verhalf ihnen zu einem Platz auf dem Heuboden über dem Viehstall eines Bauern. Die Ochsen und den Esel konnten sie unterstellen und sich im Heu mit ihren Decken einen Schlafplatz herrichten. Ihr Gastgeber brachte ihnen eine Holzschale mit kaltem Haferbrei und einen Krug Wasser. Simon griff sich das Gefäß, um als erster daraus zu trinken. Auf den Rest der Mahlzeit verzichtete er, nachdem seine Begleiter den Brei mit ihren dreckigen Fingern schmatzend aus der Schüssel kratzten. Sobald es dunkel wurde, versuchten sie unter ihren Decken ein wenig Wärme zu finden. Die Nacht war sternenklar und die bittere Kälte zog durch alle Ritzen. Der Einzige, der in Frieden ruhte, war der Leichnam. Er lag draußen in seinem Sarg auf dem abgestellten Wagen.

Sobald die ersten Lichtstrahlen durch die Mauerritzen fielen, fing der Esel jämmerlich an zu schreien. »Iah, iah, ...« Es war gar nicht nötig, die Reisenden zu wecken, denn sie hatten wegen der eisigen Temperaturen sowieso kein Auge schließen können. Sie schälten sich aus den Decken und zogen sofort weiter. Durch die Bewegung, so hofften sie, würde es ihnen schnell wieder wärmer werden. So trotteten alle drei neben dem Fuhrwerk her und hatten sich ihre alten Decken um den Leib geschlungen. Die Gruppe würde auf jeden ihnen entgegenkommenden Reisenden einen verwahrlosten Eindruck machen. Gott sei Dank war über Nacht kein weiterer Schnee hinzugekommen.

Sie kamen nur sehr langsam voran. Tiefverschneite Wälder und Lichtungen wechselten sich auf dem beschwerlichen Weg ab. In dunklen Hohlwegen fürchteten sie, von Wegelagerern überfallen zu werden. Aber niemand behelligte sie. Entweder war es sogar dem lichtscheuen Gesindel zu kalt, oder sie sahen nicht nach lohnender Beute aus. Nachdem sie den Weiler Wollomoos mit seinen Gehöften und einem kleinen Kirchlein durchquert hatten, erreichten sie am Nachmittag des Tages vor Kälte klappernd und erschöpft Altomünster.

Der Marktplatz des unbefestigten Ortes grenzte an die Mauern des Benediktinerinnenklosters. Sie klopften an die Klosterpforte, um ein Quartier für die Nacht und eine Mahlzeit zu erbitten. Auf die Klosterschwester an der Pforte wirkten die drei eher wie dahergelaufene Landstreicher denn wie die Abgesandten des Aichacher Pfarrers. Nachdem die Nonne ihnen nicht glauben wollte, drohten sie den Sarg öffnen und ihr den toten Mönch zu zeigen. Diese schüttelte sich vor Ekel und Schreck und verzichtete auf einen Blick in die Kiste. Sie wies ihnen schließlich einen Schlafplatz in einer schäbigen Holzhütte zu. Diese gehörte zum Klosterbesitz und lag außerhalb der Klostermauern unweit der Pforte.

Die Reisenden sperrten den Esel und die Ochsen in der Hütte in einen Verschlag, der mehr als die Hälfte des kleinen Raumes einnahm. Den Karren und den Sarg ließen sie erneut im Freien stehen. Es würde schon keiner eine Leiche stehlen. Zuerst galt es Heu für die Tiere zu besorgen. Die Schwester an der Klosterpforte wies einen Knecht an, ihnen welches zu bringen. Mit einem Arm voller Heu tauchte er auf, zu wenig für das Vieh und gar nichts, um damit einen Schlafplatz auszupolstern.

Kurz bevor die Dunkelheit einsetzte, baten sie an der Pforte um eine warme Mahlzeit. Die Nonne am Eingang nahm ihre Holzschalen entgegen, die sie vorsichtshalber mitgebracht hatten. Nach geraumer Zeit kehrte sie mit dem mit einem Schlag kaltem, geschmacklosen Haferbrei, gefüllten Essgeschirr zurück. Nachdem Simon den Fraß hinuntergewürgt hatte, versuchte er unter seiner Decke Schlaf zu finden. Eine weitere frostklirrende Nacht, und sechs Kreaturen erwärmten mit ihrem Atem, der augenblicklich kleine Wölkchen bildete, den Raum. Auf dem eiskalten, gestampften Lehmboden der Hütte schmerzte dem Bader nach kurzer Zeit jeder Knochen. Er zitterte. Eiseskälte drang ihm in die Glieder und er bekam kein Auge zu. Simon versuchte sich aufzuwärmen, indem er seinen warmen Atem unter die Wolldecke blies. Aber auch das half nur wenig.

Nachdem es hell geworden war, verließ Simon zerschlagen und mit klappernden Zähnen sein Lager. Er weckte seine beiden Begleiter. Georg erhob sich schimpfend, streckte und reckte sich in alle Richtungen. Josef tat keinen Mucks, so dass der Bader ihn erneut anstieß. Wieder rührte er sich nicht. Simon rüttelte den auf der Seite liegenden Mann, der auf einmal auf den Rücken kippte und mit leeren Augen an die Decke starrte.

»Er ist tot! Er ist tot!«, sein Kamerad schrie wie von Sinnen und bekreuzigte sich.

Der Badermeister kniete sich neben den Mann, wollte den Puls fühlen. Dabei stellte Simon fest, dass er nichts für den Ärmsten tun konnte. Es war kein Leben mehr in dem erkalteten Körper. Der Alte musste im Laufe der Nacht verstorben sein. Eine oberflächliche Untersuchung brachte nichts Ungewöhnliches zu Tage.

»Georg, beruhige dich, er ist tot. Für den können wir nichts mehr tun, außer zu beten.«

»Er ist tot, einfach tot!«, schluchzte sein Gefährte.

»Ich will ja nicht herzlos sein, aber dein Kamerad war schon recht alt. Der Pfarrer hätte ihn nicht mitten im Winter auf diese beschwerliche Reise schicken dürfen.«

»Und was tun wir jetzt mit ihm?«

»Wir bringen ihn zur Pforte des Klosters. Die Schwestern sollen sich um die Beisetzung kümmern. Wir können ihn doch nicht mit nach Indersdorf und dann zurück nach Aichach schleppen. Hat er dort Familie?«

»Ich glaube nicht, er hat nie darüber gesprochen. Josef half mal hier und mal dort, meistens bei der Geistlichkeit. Er lebte in einem Verschlag im Spital.«

»Dann ist es wohl unerheblich, ob seine sterblichen Überreste in Aichach oder in Altomünster beigesetzt werden. Hauptsache, Josef ruht in geweihter Erde. Für die Sterbesakramente ist es sowieso zu spät, der Leichnam ist schon kalt.«

»Ich habe genug von dieser elendigen Fahrt. Es ist saukalt und ich habe keine Lust, mich weiter mit diesem verfluchten toten Mönch herum zu plagen. Ich kehre nach Aichach zurück!«

»Ich glaube, dass du den Verstand verloren hast! Du bleibst! Ich werde dir gleich das Fell gerben!« Simon baute sich bedrohlich auf.

»Versuch mich aufzuhalten! Wir werden gleich sehen, wer hier wem das Fell gerbt.« Mit diesen Worten sprang er auf und hielt die geballten Fäuste vor seinen Körper.

Simon Stimme wurde ruhig und kalt: »Verschwinde, du Drecksack! Ich werde die Aufgabe ohne dich zu Ende bringen. Aber eines verspreche ich dir, ich werde dafür sorgen, dass niemand in Aichach auch nur noch einen Kanten Brot für dich übrig hat. Und den Lohn für die letzten zwei Tage kannst du dir auch sonst wohin stecken. Am besten du lässt dich in Aichach nicht mehr blicken. So, ich gehe jetzt ins Kloster, und wenn ich zurückkehre, bist du verschwunden.«

Simon drehte sich um und stapfte in Richtung der Klosterpforte. *»Na, wenn das mal gut geht!«*, dachte er. *»Wenn ich Pech habe, reißt er sich auch noch den Esel unter den Nagel, bevor er abhaut.«*

Am Tor angekommen, klopfte er und wartete. Die kleine Luke öffnete sich und das Gesicht der Torhüterin erschien.

»Was willst du schon wieder? Ich denke, ihr seid längst weitergezogen. Wir haben nichts mehr für euch. Geht fort!«

Sie wollte die Luke gerade wieder schließen, als Simon ihr zurief: »Halt! Einen Augenblick noch! Wartet! Einer der Knechte ist heute Nacht verstorben, wir wollen ihn hier in geweihter Erde bestatten lassen.«

Es blieb einen Moment ruhig, bevor die Stimme der Nonne erneut zu hören war. »Wie? Verstorben?«

»Wie wohl! Als wir heute Morgen erwachten, war er tot. Vermutlich ist er erfroren, weil wir von euch kein vernünftiges Quartier erhalten haben«, antwortete der Badermeister gehässig.

»Hüte dein freches Mundwerk! Ich werde die Äbtissin unterrichten! Wartet!«, damit schloss sich die Luke wieder.

Nachdem Simon eine ganze Weile frierend vor der verschlossenen Klosterpforte ausgeharrt hatte, öffnete sich die Klappe erneut.

»Was ist denn nun? Gleich gibt es hier die nächste Leiche, wenn ich erfroren bin.«

Die Antwort der Nonne schnitt durch die Luft, wie der eisige Wind: »Begrabt eure Toten, wo ihr wollt, aber nicht bei uns! Nehmt die Leiche mit! Schert euch zum.... Macht dass ihr fortkommt! Ob ihr nun einen oder zwei Tote mit euch herumschleppt, kann euch doch egal sein!« Mit diesen Worten knallte die Luke zu.

Der Bader war einen Augenblick sprachlos, bevor er laut fluchend, mit beiden Fäusten, gegen das Holz der Eingangstür trommelte. Es nutzte nichts, niemand von den Klosterschwestern ließ sich mehr blicken. Die Pforte blieb verschlossen.

Simon machte kehrt und begab sich zurück zu ihrem Quartier. »So eine Gemeinheit und diese Heuchlerinnen predigen christliche Werte, wie Barmherzigkeit und Nächstenliebe. In der Hölle sollen sie schmoren!«, schimpfte er vor sich hin. Dann fiel ihm sein Begleiter wieder ein und seine Laune wurde noch schlechter.

»Wahrscheinlich ist der jetzt auch weg. Wenn ich Pech habe, hat er den Esel mitgenommen. Dann sitze ich mit zwei Leichen hier herum. Da habe ich mich auf etwas eingelassen! Zefix! Halleluja!«, fluchte er.

Simon betrat die Hütte und erblickte zuerst den Esel: »Gott sei Dank! Der ist wenigstens noch da!«

Dann rührte sich etwas hinter den zwei Ochsen. »Es tut mir leid, Bader! Ich habe es nicht so gemeint, natürlich komme ich weiter mit dir mit! Aber, als ich meinen Kameraden tot da liegen sah, bin ich durchgedreht. Es tut mir aufrichtig leid.«

Dem Bader fiel ein Stein vom Herzen. »Ist schon Recht, Georg! Da können einem schon mal die Nerven durchgehen!«

»Was geschieht jetzt mit der Leiche? Bekommt mein Begleiter hier ein christliches Begräbnis?«

»Nein!«

»Wie, nein? Das verstehe ich nicht! Wir müssen ihn doch begraben! Sollen ihn im Wald die Wölfe fressen?«

»Nein, heißt nein! Die Nonnen verweigern ihm in Altomünster die letzte Ruhestätte in geweihter Erde. Wir müssen ihn mitnehmen.«

»Das geht doch nicht! Wie sollen wir denn das machen?«

»Es muss gehen! Wir packen ihn auf den Wagen oder noch besser, wir legen ihn zu dem Mönch in den Sarg.«

Gesagt, getan! Mit vereinten Kräften und mit Hilfe des Dolches hebelten sie den Deckel von der Holzkiste, aus dem sie der steif gefrorene Mönch anstarrte. Es bot sich ein gespenstischer Anblick und beiden lief ein kalter Schauder über den Rücken. Aber es nützte alles nichts. Sie mussten weiterziehen. Sie trugen ihren toten Gefährten aus der Hütte, hoben ihn auf den Wagen und hievten den zweiten Leichnam in den Sarg.

Das Behältnis schien zu klein für zwei Leichen zu sein. Sie zerrten und drehten die Toten hin und her, bis beide hineinpassten. Simon und Georg hievten den Deckel zurück auf die Kiste. Sie quetschten die zwei Verstorbenen so lange zusammen, einer steif gefroren und der andere noch beweglich, bis der aus groben Brettern gezimmerte Deckel passte. Simon ließ sich einen Stein geben, mit dem er die Nägel wieder zurück in das Holz der Seitenwände schlug. Trotz

der Kälte schwitzte der Bader, als er vom Wagen herunter-
sprang.

»So, das war´s! Lass uns die Ochsen anschirren und von
diesem ungastlichen Ort verschwinden. Wir müssen den
Weg zum Kloster Indersdorf heute noch schaffen.«
    Selbst die Ochsen schienen froh zu sein, endlich weiter-
zuziehen. Der Weg führte sie durch ein geschlossenes Waldgebiet und es war weit und breit kein Haus und keine Hütte
mehr zu sehen. Die Zugtiere bahnten sich ihren Weg durch
den tiefverschneiten Wald. Simon überfiel die Furcht, dass
sie sich verirren oder schlimmer noch, von Räubern überfallen würden. Er hatte sein Schwert griffbereit auf den
Kutschbock des Wagens gelegt.

7

Altomünster und die Spitze der Klosterkirche waren seit
vielen Stunden nicht mehr zu sehen. Beide Männer saßen
tief in ihre Decken und Umhänge eingemummelt nebeneinander auf dem Bock. Den Esel hatten sie hinten am
Fuhrwerk angebunden. Das Tier drehte sich jetzt häufiger
ängstlich um und blickte zurück. Simon bemerkte dies
zuerst. Er glaubte, eine Gestalt zu erkennen, die ihnen in
großem Abstand folgte.
    Der Bader überlegte fieberhaft, was zu tun sei. Er wollte
wissen, ob ihnen irgendwer auf den Fersen war.
    Er stieß Georg an: »Ich glaube, da verfolgt uns jemand.
Ich werde nachschauen, wer da etwas von uns will. Fahr
langsam weiter. Dort hinten macht der Weg eine Kurve,
wenn du außer Sicht bist, wartest du auf mich.«
    Georg sah ihn erschrocken an, nickte dann und über-
nahm die Zügel. Neben einem Gebüsch sprang der Badermeister vom Wagen, das Schwert hielt er in der Hand. Er

verwischte schnell seine Spuren und verbarg sich hinter einer großen Schneewehe. Langsam bewegte sich das Ochsengespann vorwärts, tiefe Rillen der Räder im Schnee hinterlassend, bis es schließlich nach der Biegung verschwand.

Simon wartete. Es schien eine Ewigkeit zu dauern, dann bemerkte er, wie sich eine verhüllte Gestalt näherte. Der Bader duckte sich tiefer, umklammerte den Griff der Waffe. Er ließ den Verfolger dichter herankommen. Als dieser gerade an Simon vorbeigekommen war, sprang der Bader, einen lauten Schrei ausstoßend, auf den Weg zurück. Er hielt seinem überraschten Gegenüber, der sich umdrehte, die Schwertspitze direkt vor die Brust. Der überrumpelte Mann kreischte auf und ließ seinen grob gewebten Sack fallen, den er über die Schulter gehängt hatte.

»Ihr könnt alles haben, was ich besitze! Bloß lasst mich am Leben! Bitte, bitte tut mir nichts!«, flehte der Bedrohte.

Die Überraschung stand Simon ins Gesicht geschrieben und er stotterte. »Was, ich soll dir nichts tun?«

»Nein! Bitte nicht, Herr Räuber! Nehmt, was ich besitze! Es ist nur wenig, aber nehmt es. Ich flehe Euch an, lasst mich am Leben!«

»Ich bin kein Räuber, verflucht nochmal!«

»Wenn ihr kein Räuber seid, warum bedroht ihr mich dann?«

»Weil du uns verfolgst und ich annehmen muss, dass du ein Spitzbube bist, der uns etwas Böses will.«

»Ich?«

»Ja, du! Heute kann man nicht vorsichtig genug sein und du schleichst schon eine Weile hinter uns her. Woher soll ich wissen, dass du nichts Übles im Sinn hast?«

»Ich bin ein gottesfürchtiger Mann und habe noch nie Unrechtes getan. Und woher soll ich wissen, dass Ihr kein Halsabschneider seid?«

»Zefix, weil ich dir sonst schon längst die Kehle durchgeschnitten hätte.«

»Da ist etwas dran. Dann könnt Ihr ja aufhören, mich mit eurer Waffe zu bedrohen.«

»Und woher soll ich wissen, dass du wirklich so ein harmloser Bursche bist, wie du vorgibst?«

»Ich glaube, wir drehen uns im Kreis, das hatten wir schon.«

Simon fing laut an zu lachen, als er bemerkte, wie komisch das Ganze wurde. Er steckte sein Schwert weg, hob den heruntergefallenen Sack auf und gab ihm seinem Gegenüber. »Mein Name ist Simon Schenk, ich bin Badermeister aus Aichach und mit meinem Fuhrwerk auf dem Weg ins Kloster Indersdorf. Nichts für ungut, aber heutzutage sind die Straßen unsicher und man kann nicht vorsichtig genug sein«, erklärte er und streckte dem Unbekannten die Hand entgegen.

Der ergriff sie und schüttelte sie herzlich. »Mein Name ist Benedikt aus Wollomoos. Ich bin auf dem Weg nach München. In Altomünster sah ich euren Wagen wegfahren. Ich nahm an, dass wir dasselbe Ziel hätten. Seither versuche ich hinterherzukommen. Zusammen zu reisen ist in der heutigen Zeit einfach sicherer. Ich konnte euch nicht fragen, da ihr schon einen großen Vorsprung hattet.«

Simons Misstrauen erwachte sofort aufs Neue, er beäugte den Neuankömmling, ob er nicht doch irgendwo eine Waffe versteckt hatte. »So langsam, wie wir unterwegs sind, hättest du uns längst eingeholt haben müssen.«

»Da hast du sicherlich recht. Aber, ich war unpässlich. Ich musste ständig in die Büsche, um meine Notdurft zu verrichten. Danach wart ihr wieder aus meinen Blicken verschwunden. Du kannst mir ruhig glauben! Die ganze Sache ist mir peinlich!«

Simon behielt sich vor, auf ihren neuen Reisegefährten ein wachsames Auge zu werfen. In jedem Fall reisten sie zu dritt sicherer. »Benedikt, ich nenn dich einfach Beni! Gut, du kannst mit uns kommen. Aber du musst mit anpacken, wenn wir in Schwierigkeiten geraten. Wir sollten heute noch das Kloster Indersdorf erreichen.«

Hinter der Biegung wartete Georg schon ungeduldig. Obwohl ihm der Bader die Vorteile des gemeinsamen Reisens erklärte, war dieser über den neuen Gefährten nicht begeistert. Dennoch zogen sie nun zusammen ihrem Ziel entgegen. An der Indersdorfer Klosterpforte mussten sie nicht lange warten und wurden hereingelassen. Nachdem sie ihr Anliegen vorgebracht hatten, führte ein Mönch Simon zu Erhard Prunner, dem Propst des Augustiner-Chor-herren-Stifts. Den beiden Begleitern wies man ein Quartier zu. Die Ochsen wurden abgeschirrt. Den Wagen mit dem Sarg stellten sie in einen Verschlag in den Stallungen des Klosters ab.

Simon übergab dem Propst das Schreiben des Aichacher Stadtpfarrers. Erhard Prunner bot ihm einen Platz in einem Scherensessel des prunkvollen Arbeitszimmers an. Der Geistliche nahm in einem großen Sessel mit hoher Lehne hinter seinem mächtigen Schreibtisch platz. Der Propst las die Nachricht des Aichacher Pfarrers mehrmals durch. Seine Gesichtszüge drückten seine Gemütslage aus. Er war verwirrt. Der Bader hatte unterdessen Zeit, den Raum zu bewundern. Die Möbelstücke waren mit Schnitzereien verziert und aus schwerem Eichenholz gefertigt. Kerzenleuchter auf dem Schreibtisch und an den Wänden warfen ein flackerndes Licht in den großen, hohen Raum. Sie erleuchteten

die mit zahlreichen geschnitzten Motiven verzierten Holzbalken der Decke. Die Wände schmückten mit Szenen aus
der Heiligen Schrift bebilderte Gobelins.

Der Propst ließ das Schreiben langsam sinken, schüttelte
den Kopf und stammelte:»Ich verstehe das Ganze nicht!
Ich habe dem Bruder Hanns Frankfurter niemals angeboten, ihm bei der Beschaffung von Reliquien des Heiligen
Sebastian behilflich zu sein. Das kann ich gar nicht.
Geschweige denn, dass ich Geld für den Kauf derselben
von ihm verlangt hätte. Das kann doch alles nicht wahr
sein.«

»Aber den erstochenen Mönch da draußen, den wir von
Aichach hierhergeschleppt haben, den kennt Ihr schon?«,
fragte Simon.

»Ach ja, Bruder Anselm! Ja, ja, freilich kennen wir den!
Gott sei seiner armen Seele gnädig!«

»Ja, eurem Bruder Anselm hat unser Herr Pfarrer das
ganze schöne Geld für die Reliquien gegeben.«

»Das kann ich mir überhaupt nicht erklären. Ich habe
dem Bruder immer vollstes Vertrauen entgegengebracht. Er
sollte meinen Mitbruder und Freund Hanns Frankfurter
aufsuchen und dessen Besuch im Frühjahr bei uns im Kloster vorbereiten. Das war alles. Bruder Anselm hat sich
zuerst gesträubt, überhaupt auf die Reise zu gehen. Ich
musste ihm die ausdrückliche Weisung dazu erteilen. Ich
kann mir beim besten Willen nicht vorstellen, dass er etwas
Unrechtes im Sinn gehabt haben könnte. Er war von
schlichtem Gemüt, aber er war ein gottesfürchtiger Mann.
Ich trau ihm kein Verbrechen zu, schon gar nicht eines, dass
der Mutter Kirche schadet.«

»Man kann einem Menschen nicht hinter die Stirn schau-
en. Hatte er unerfüllte Wünsche oder hing er irgendwelchen
Lastern an?«

»Er war unser Bruder! Er war ein Mann der Kirche! Was redet ihr da?«

»Wenn Ihr sagt, Ihr glaubt nicht, dass er etwas Unrechtes getan hat, dann schlage ich vor: Lasst uns doch zuerst einmal nachsehen, wen wir da überhaupt im Sarg mitgebracht haben. Wir kennen den Bruder Anselm nicht, vielleicht ist es jemand anderes, der in Aichach sein Leben ausgehaucht hat.«

»Das ist eine gute Idee, das sollten wir sofort tun.«

Simon und der Propst eilten quer durchs Kloster entlang des Kräutergartens zu den Stallungen, in denen sich der Wagen mit dem Sarg befand. Benedikt und Georg gesellten sich zu den beiden, ebenso wie zahlreiche weitere Chorherren. Georg griff zu einer eisernen, spitzen Stange, die in einer Ecke des Raumes lag, stieg auf den Wagen und begann den Deckel vom Sarg zu hebeln.

»Halt!«, rief Simon. »Bevor wir den Sarg öffnen muss ich noch etwas erklären.«

Die Indersdorfer und Benedikt sahen den Bader überrascht an. »Da wäre noch etwas, was ihr noch nicht wisst. Wir sind in Aichach zu dritt aufgebrochen ....«

»Das seid ihr doch immer noch, ich verstehe dich nicht!«, der Propst blickte ihn verständnislos an.

»Nein, Benedikt ist erst später zu uns gestoßen. Josef, den der Aichacher Pfarrer mit auf die Reise schickte, ist in Altomünster leider den Strapazen der Reise erlegen.«

»Ja, gut, das ist schlimm, aber warum ist das ein Problem? Macht endlich den Sarg auf!«, befahl Erhard Prunner.

»Es ist schon ein Problem, weil er ebenfalls in der Kiste liegt«, entgegnete ihm Simon.

Die Umstehenden, mit Ausnahme von Georg, starrten den Badermeister fassungslos an. Der Propst brüllte, nachdem er sich von dem Schock erholt hatte: »Seid ihr denn von allen guten Geistern verlassen! Ihr könnt doch nicht unseren Bruder mit einem dahergelaufenen Knecht in einen Sarg stecken! So etwas habe ich noch nicht erlebt, ihr seid verrückt geworden! Warum habt ihr den Toten nicht einfach in Altomünster gelassen? Da gibt es einen Gottesacker, und er hätte dort sicherlich auch in geweihter Erde bestattet werden können.«

Simon blieb ruhig: »Hochwürden, ich will es Euch gerne erklären. Ihr tut uns Unrecht mit Eurer Unterstellung. Wir hatten nicht vor, die Totenruhe Eures Bruder Anselm zu stören. Wir wollten unseren verstorbenen Begleiter in Altomünster beisetzen lassen, aber die Schwestern des dortigen Klosters verweigerten ihm ein christliches Begräbnis in geweihter Erde. Sie schickten uns einfach weg.«

»Irgendeinen wichtigen Grund werden sie schon gehabt haben«, knurrte der Geistliche immer noch wütend.

Simon fiel es schwer, seinen Ärger zu verbergen. »Mein hochwürdiger Herr, ich weiß nicht, warum die Schwestern ihrer Christenpflicht nicht nachgekommen sind. Es ist mir eigentlich auch egal. Wie viele Tage hätten wir als Bittsteller vor der Klosterpforte lagern sollen? Bis wir erfroren wären? Oder hätten wir nach Aichach zurückkehren sollen, um den Josef dort abzuliefern? Dann wären wir eben tagelang mit Bruder Anselm durch die Lande gezogen und eine Woche später hier eingetroffen. Das wäre Euch gewiss nicht recht gewesen, oder?«

Der Propst lenkte ein: »Ist schon gut! Ihr habt es sicher gut gemeint. Lasst uns endlich nachschauen, ob es sich wirklich um unseren Bruder handelt.«

Simon nickte Georg zu. Dieser setzte die Stange an und hebelte den Deckel hoch. Er fasste ihn am Rand und hob das Teil herunter. Benedikt und die umstehenden Mönche starrten entsetzt auf die beiden zusammengefrorenen Leichen. Einen Augenblick später griffen Georg und Simon in die Holzkiste, zerrten und rissen darin herum und zogen schließlich ihren verstorbenen Weggefährten heraus. Vorsichtig legten sie den Leichnam auf den Boden an der Rückwand des Raumes.

Der Propst trat nach vorne, blickte in den Sarg, presste die Hand vor den Mund und stammelte:»Um Gottes willen, wie schrecklich, der arme Bruder Anselm. Gott sei seiner armen Seele gnädig!«

»Der Ermordete ist also Euer Bruder Anselm, den Ihr nach Aichach geschickt habt? Wenn es so ist, dann habe ich eine Menge Fragen an Euch. Wie unser Pfarrer Hanns Frankfurter sicher in seinem Schreiben mitteilte, hat er mich damit beauftragt herauszufinden, was es mit den Reliquien auf sich hat. Außerdem soll ich klären, wer Euren Bruder Anselm umgebracht hat und wo die fünfhundert Goldstücke geblieben sind? Das sind eine Menge Fragen, auf die ich gerne eine Antwort von Euch hätte.«

Erhard Prunner war von dem selbstbewussten Auftreten des Baders überrascht, überlegte und antwortete hastig:»Leise, leise! Es muss nicht jeder hören, wessen du den armen Bruder verdächtigst. Ich denke, ihr stärkt euch zuerst einmal nach eurer anstrengenden Reise. Wenn ihr gegessen und getrunken habt, treffen wir uns wieder und besprechen, was getan werden muss. Das schreckliche Verbrechen an unserem Bruder Anselm und die geheimnisvollen Umstände der Tat haben mich tief getroffen. Ich brauche jetzt einen Moment der Ruhe und des Gebetes, um zur Besinnung zu kommen.«

Der Badermeister und seine beiden Begleiter wurden in die Klosterküche geführt, einen riesigen Raum mit Gewölbedecke und zwei Kochstellen. Staunend standen die drei vor einem großen Eichentisch, an dessen Seiten sich je eine einfache Holzbank befand. Der Bruder Cellerar, dem man seine Freude an Speis und Trank ansah, forderte sie auf, Platz zu nehmen. Zwei weitere Mönche tischten ihnen eine irdene Schüssel mit Fleischstücken und Hühnerbeinen in einer sämigen, dunkelbraunen Soße und einen geflochtenen Korb mit wunderbarem, frischgebackenem Brot auf. Im Anschluss gab es noch einen großen Krug mit Bier. Die Mönche stellten je einen getöpferten Becher, eine Holzschale, Holzlöffel und Messer vor die drei auf den Tisch. Es roch herrlich. Wie auf Kommando stürzten sich Simon und Georg auf die Schüssel, packten einen Hühnerschenkel und bissen hinein, nur Benedikt saß bewegungslos vor seiner Schale. Augenblicke später, mit dem angenagten Knochen im Mund, hielten sie mit dem Kauen inne. Entsetzen spiegelte sich im Gesicht der drei Mönche.

»Ist was?«, erkundigte sich Simon mit vollem Mund.

»Ihr seid hier in einem Kloster! Nicht nur hier, sondern bei allen Christenmenschen ist es üblich, vor dem Essen dem Herrn im Gebet für seine Gaben zu danken. Ist das bei euch in Aichach anders?«, erkundigte sich der Cellerar grimmig.

Simon nahm die Keule aus dem Mund, legte sie in seine Schale und erwiderte zerknirscht: »Verzeiht uns! Seitdem wir Aichach verlassen haben, bekamen wir kaum etwas zu essen. Nun tischt ihr uns diese wunderbar duftenden Köstlichkeiten auf, da haben wir die einfachsten christlichen Regeln vergessen. Verzeiht bitte unser flegelhaftes Verhalten!«

Georg nickte zustimmend, unauffällig weiterkauend.

»Nach dem, was ihr durchmachen musstet, können wir schon einmal darüber hinwegsehen. Lasset uns beten!«

Der Cellerar murmelte ein Gebet, während die übrigen Anwesenden ihre Hände falteten und die Köpfe senkten. Heimlich schielten die drei Gäste weiter auf die leckeren Speisen und das Wasser lief ihnen im Mund zusammen. Nachdem der Mönch das Gebet beendet hatte, wünschte er den Gästen des Klosters einen guten Appetit und verließ die Küche. Nun stürzten sich die Besucher auf die aufgetragenen Köstlichkeiten, gossen sich die Becher voll und in kürzester Zeit waren beide Schüsseln und der Bierkrug leer.

»Habt ihr noch Hunger?«, erkundigte sich der bei den Gästen zurückgebliebene Mönch. Alle drei nickten heftig.

»Wenn Ihr uns noch etwas auftun könntet, wären wir Euch zutiefst dankbar«, erwiderte Benedikt.

Der Klosterbruder füllte die Schüsseln erneut und holte einen weiteren Krug mit Bier. Dann begab er sich an die Feuerstelle, über der in einem großen rußgeschwärzten Kupferkessel ein Gericht vor sich hin köchelte. Der Bader wischte mit dem Brot seine Schüssel aus. Mühsam stopfte er sich den Rest in den Mund. Dann lockerte er stöhnend den Gürtel.

Georg flüsterte: »So etwas Leckeres habe ich noch nie in meinem Leben gegessen. Weißes Brot und Fleisch soviel man will, mit so einer schmackhaften Soße. Sogar mit Salz kochen die hier. Bei uns gibt es tagaus, tagein den gleichen Haferbrei. Manchmal ist der Brei warm, aber meistens kalt. Oft haben wir den ganzen Tag gar nichts zu beißen. Ich glaube, so wird nur bei den Fürsten getafelt!«

Der Knecht rülpste zufrieden und satt, dass es an den Küchenwänden widerhallte. Benedikt schüttelte pikiert den Kopf, während Simon laut lachte.

»Mahlzeit! Also, ich bekomme auch nicht jeden Tag so etwas geboten. Es wundert mich nur, wenn ich mich in der Küche umsehe, wie die Geistlichkeit hier im Kloster so lebt.

Gula, die Gefräßigkeit oder Völlerei, ist eine der sieben Todsünden«, wisperte der Badermeister grinsend. Schnell sah er sich um, ob der anwesende Mönch seine lästerlichen Worte gehört hätte. Aber der schien eingeschlafen zu sein.

»Du tust unseren Gastgebern unrecht. In den meisten Klöstern wird hart gearbeitet. Die Männer und Frauen, die sich dem Dienst Gottes verschrieben haben, entsagen allem irdischen Besitz und kennen nur Arbeit und Gebet zum Wohle des Herrn. Den einzigen Luxus, den sich einige Ordensgemeinschaften gestatten, ist gesundes und gutes Essen«, mischte sich Benedikt ins Gespräch ein.

Seine Gefährten sahen ihn staunend an: »Was redest du denn so geschwollen daher?«, knurrte Georg.

Höhnisch fügte Simon hinzu: »Du musst es ja wissen, wie es in unseren Klöstern zugeht.«

Benedikt blickte erschrocken drein, schwieg und wischte mit einem Stück Brot die restliche Soße aus seiner Schale.

Die Dunkelheit hatte bereits eingesetzt, als der Bader sich erneut zur Schreibstube des Propstes begab.

»Ich hoffe, du und deine Begleiter haben sich ausreichend stärken können«, begann der Mönch das Gespräch.

»Danke, es hat gut geschmeckt und jetzt geht es uns besser.«

Der Geistliche goss für sich und seinen Gast roten Wein in zwei Becher. »Ich kann immer noch nicht verstehen, was das alles zu bedeuten hat«, kam der Mann der Kirche sofort zur Sache.

»Vielleicht fangen wir von vorne an: Ihr habt Bruder Anselm nach Aichach geschickt, damit er den Besuch unseres Pfarrers im Kloster Indersdorf vorbereitet? Hätte es nicht ausgereicht, einfach einem Boten, der sowieso auf dem Weg nach Aichach ist, ein Schreiben mitzugeben?«

»Unter normalen Umständen hättest du Recht! Jedoch habe ich dem Bruder ein wertvolles Brevier für Euren Pfarrer mit auf den Weg gegeben, dass ich keinem Boten anvertrauen wollte.«

»Davon hat mir der Pfarrer nichts erzählt. Ein Buch überbrachte Euer Kurier wohl nicht. Unser Stadtpfarrer berichtete nur, er hätte ein Schreiben von Euch erhalten. Darin botet Ihr ihm Eure Hilfe bei der Beschaffung der Reliquien des Heiligen Sebastian an. Dazu würdet Ihr fünfhundert Goldstücke als Anzahlung und dieselbe Summe bei Lieferung benötigen.«

»Das ist ungeheuerlich! Ich gab Bruder Anselm kein solches Schreiben mit auf den Weg. Weder habe ich ihm den Auftrag erteilt, Unterstützung beim Kauf dieser vermeintlichen Reliquien anzubieten, noch Geld dafür gefordert. Das alles ist mir unerklärlich. Ich kann es kaum glauben.«

»Aber Bruder Anselm übergab eine Botschaft mit diesem Inhalt und er erhielt die Goldstücke als Anzahlung. Danach wurde er ermordet und das Geld ist verschwunden. Das ist die Tatsache, die Ihr zur Kenntnis zu nehmen habt.«

Der Propst wirkte verzweifelt: »Das glaube ich dir ja! Aber was Bruder Anselm zu diesem ungeheuerlichen Vertrauensbruch getrieben hat verstehe ich nicht.«

»Zuerst muss es gelingen, mehr Licht ins Dunkel zu bringen. Lasst uns nochmal ganz von vorne anfangen. Wer war Bruder Anselm, wo kam er her und wie lange ist er schon in Eurer Ordensgemeinschaft?«

»Bruder Anselm, hmmm ...! Er ist bereits im Alter von dreizehn Jahren zu uns nach Indersdorf gekommen. Über seine Eltern ist mir nichts bekannt. Mag sein, dass ein anderer Bruder mehr über seine Herkunft weiß. Er war ein ruhiger, in sich gekehrter Mensch. Bei uns im Kloster erhielt er seine Weihen und seither verrichtete er den Dienst an der

Kirche Christi! Er fiel nie auf, war bescheiden, übte sich in Demut und war fest im Glauben.«

»Das hört sich ja nach einem Christenmenschen ohne Fehl und Tadel an. Trotzdem, irgendetwas muss ihn ja vom rechten Weg abgebracht haben.«

Der Geistliche nahm einen tiefen Schluck Wein. »Das ist es ja, was ich nicht verstehe. Irgendwann scheint er den Versuchungen des Antichristen erlegen sein.«

»Bruder Anselm ist der einzige Anhaltspunkt, über den wir verfügen. Denkt doch noch einmal nach! Der Höllenfürst mag im Hintergrund seine Finger im Spiel gehabt haben, aber die Umstände des Mordes weisen eher auf Ursachen hin, die in der hiesigen Welt zu finden sind. Gibt es irgendeinen Punkt im Leben Eures Bruders, die Zweifel an seinem gradlinigen Charakter erlauben? War es wirklich nötig ihn nach Aichach zu entsenden? Das Buch hättet ihr unserem Herrn Pfarrer doch auch bei seinem Besuch in Indersdorf überreichen können. Warum wollte er nicht auf diese Reise gehen?«

Lange schwieg der Propst: »Ja, es gibt da noch etwas! Ich weiß gar nicht, wie ich es dir erklären soll? Ich hatte Gründe, warum ich wollte, dass Bruder Anselm unsere Gemeinschaft für eine Weile verlässt. Du musst mir auf die Heilige Schrift schwören, dass du diese Sache für dich behältst.«

»Ja, darauf könnt Ihr Euch verlassen. Ich werde schweigen, wie ein Grab. Jetzt redet schon!« *Da scheint ja jeder Pfaffe ein dunkles Geheimnis zu besitzen. Dauernd soll ich auf die Bibel schwören. Wir werden sehen, ob ich schweigen werde. Bei solch einem schweren Verbrechen gilt kein Schweigegelübde. Ich bin ja kein Beichtvater, der sich hinter dem Beichtgeheimnis verstecken kann. Also versprechen werde ich alles, um dies Geheimnis zu lüften«*, dachte Simon.

»Dränge mich nicht! Es fällt mir schwer genug! Du bist, wie ich dem Schreiben meines Aichacher Bruders entnehmen kann, ein Badermeister und ich Propst dieses Klosters. Eigentlich geziemt es sich auf Grund des Standesunterschiedes nicht, so vertraulich zu verkehren und mich von dir befragen zu lassen wie einen Angeklagten!«

Simon war beleidigt: »Es zwingt Euch niemand, mir zu antworten! Ich vernehme Euch nicht als Angeklagten, sondern befrage einen Zeugen. Wenn Ihr nicht wollt, dann lasst es eben! Morgen reisen wir nach Aichach zurück und ich berichte unserem Herrn Pfarrer, dass Ihr bei der Aufklärung dieses Verbrechens nicht sehr hilfsbereit wart. Dann gehe ich zu Hause wieder meinem Handwerk nach und der Herr Pfarrer kann sehen, wie er an sein Gold kommt. Warum redet Ihr dann überhaupt mit mir?«

»Jetzt beruhige dich! Es fällt mir eben nicht leicht, aber ich weiß mir nicht anders zu helfen. Wir müssen gemeinsam herausfinden, welcher Teufel für dieses Verbrechen verantwortlich ist. Ich möchte dir etwas anvertrauen, was diese Klostermauern nicht verlassen darf. Ich habe Bruder Anselm …….... ich weiß nicht, wie ich es sagen soll. Ich habe Bruder Anselm auf die Reise nach Aichach geschickt, damit er einige Zeit, außerhalb unseres Klosterlebens, zur Besinnung findet.«

Simon sah ihn fragend an.

»Nun kommt die Geschichte, die nicht so einfach zu erklären ist. Junge Novizen wandten sich im Vertrauen an mich, dass sich Bruder Anselm ihnen in widernatürlicher Weise genähert hätte. Als ich ihn ermahnte, stritt er alles ab, aber er war daraufhin bereit, auf diese Reise zu gehen. Ich legte ihm nahe, sich mit der Rückkehr Zeit zu lassen. Insgeheim hoffte ich, er würde unsere Gemeinschaft verlassen.«

Der Bader überdachte die neue Situation. »So, so! Und Ihr stellt Bruder Anselm als untadliges Mitglied Eurer Klostergemeinschaft dar.« Er musste lächeln. »Das könnte irgendwie mit den Vorgängen zusammenhängen, aber das erklärt noch lange nicht den gefälschten Brief und das verschwundene Gold. Eigentlich bringt uns dieses Geheimnis nicht weiter.«

Der Propst wirkte bedrückt: »Das sehe ich ähnlich, deshalb wollte ich diesen Verdacht auch für mich behalten. Das ist aber die einzige Auffälligkeit auf seinem klösterlichen Lebensweg. Es macht einfach alles noch verwirrender.«

»Gebt doch nicht so schnell auf. Bruder Anselm geriet kurz vor seiner Ermordung in Streit mit einem anderen Augustinermönch. Diesen Mönch hat man in Aichach einmal gesehen, danach blieb er wie vom Erdboden verschluckt. Sie saßen zusammen im Wirtshaus und tranken unmäßig Bier und Branntwein. Später gerieten sie heftig aneinander. Vertreter der Mutter Kirche benehmen sich in der Öffentlichkeit normalerweise nicht so. Kennt Ihr einen zweiten Angehörigen Eures Ordens, der sich auch noch in Aichach aufhielt?«

»Daran habe ich überhaupt nicht gedacht. Ja, es gab einen anderen Mönch, Bruder Gallus. Aber der wollte nicht nach Aichach, sondern nannte Augsburg als Ziel. Er war kein Mitglied unseres Konvents. Bruder Gallus blieb nur wenige Tage bei uns und reiste dann weiter. Bruder Anselm brach mit ihm zusammen auf. Die Straßen sind heutzutage unsicher und da reist es sich besser zu zweit. Bereits bevor Aichach erreichten, hätten sich ihre Wege trennen müssen.«

»Das ist doch eine vielversprechende Spur. Wo kam denn der Bruder Gallus her? Was wisst Ihr über ihn.«

»Das Heimathaus unseres Bruders war St. Michael in Paring, das liegt in der Nähe von Kelheim. Er blieb einige

Tage bei uns und wollte dann weiter zu unserem Augsburger Konvent zum Heiligen Kreuz reisen.«

»Fielen Euch an diesem Ordensbruder irgendwelche Besonderheiten auf?«

»Ich muss nachdenken. Eigentlich nicht, er war verschlossen und sprach nicht darüber, was er in Augsburg zu tun oder welche Aufgaben er in St. Michael hatte. Er musste uns auch keine Rechenschaft darüber ablegen. Ach ja, er besaß ein Pferd und als er mit Bruder Anselm aufbrach, ließ er diesen hinten aufsitzen. Sonst gab es nichts Besonderes.«

»Ist das wirklich alles, an was Ihr Euch erinnern könnt? Denkt doch noch einmal nach! Besaß er irgendwelche auffällige Merkmale? Hinkte er? Stotterte er?«

»Jetzt, wo du es sagst, fällt es mir wieder ein. Er verfügte über ein unverkennbares Kennzeichen. Auf seiner Stirn, ich glaube auf der linken Seite, prangte ein großes blutrotes Mal. Er bedeckte es meistens, indem er die Kapuze seines Habits tief ins Gesicht zog.« Der Propst hielt sich die Hand vor den Mund und gähnte. »Lieber Simon, es ist jetzt schon spät. Lass uns für heute zum Ende kommen, ich bin müde und der Tag im Kloster beginnt vor Sonnenaufgang. Morgen unterhalten wir uns weiter. Ich habe deinen Begleitern eine Gästekammer zuweisen lassen. Ein Mönch wird dich dorthin führen. Auch du solltest dich jetzt zur Ruhe begeben.«

»Ihr habt recht! Ich habe ein paar anstrengende Tage hinter mir. Morgen werden wir weitersehen! Gute Nacht!«

8

Ein Mönch brachte Simon in die Kammer, in der seine Begleiter bereits fest schliefen. Der Bader tastete sich vorsichtig in Richtung des Bettkastens, fühlte eine Wolldecke und krabbelte auf das frische, duftende Stroh. Er musste einen seiner Weggefährten zur Seite schieben, wusste aber nicht, welcher dies war. Der knurrte und schimpfte und machte schließlich Platz. Nachdem Simon Schenk eins der knüppelharten Kissen ergattert hatte, wickelte er sich in die wärmende Decke und schlief sofort ein.

Nachdem der Morgen dämmerte, wachte der Bader langsam auf. Erste Sonnenstrahlen fielen durch ein winziges Fenster in die Kammer. Simon fühlte sich wohl. Wo befand er sich? Er schmiegte sich an einen warmen Körper und war erregt. Er räkelte sich und warf einen Blick auf seinen Bettgenossen. Fast hätte er laut aufgeschrien, als er Benedikt direkt ins Gesicht blickte. Der erwachte ebenfalls und erschrak nicht weniger. Blitzartig rückten sie voneinander ab und versetzten dabei dem Dritten im Bunde so einen Rempler, dass dieser vor Schreck senkrecht in der Bettstatt saß. Simon und Benedikt sahen ihn verwirrt an, aber Georg hatte vermutlich nichts von dem peinlichen Vorfall bemerkt.

Simon ließ sich zurückfallen, schloss die Augen und zog sich die Decke über den Kopf. *»So ein schöner Traum und dann das! Eigentlich ist der Benedikt ganz nett...«* Der Bader ballte verzweifelt die Fäuste. *»Was ist nur los mit mir? Noch vor wenigen Tagen in Aichach habe ich mein sündiges Leben bereut. Ich wollte beichten, ein anderer Mensch werden und niemand anderen lieben als meine Frau und die Kinder. Um für meine Sünden zu sühnen, beabsichtigte ich sogar zu einer Wallfahrt aufzubrechen! Und jetzt? Es ist schlimmer als auf meiner letzten Reise. Jetzt ziehen mich sogar Männer an. Alles, was bei drei nicht auf dem Baum ist, scheint vor meinen Trieben nicht sicher zu sein. Lieber Gott, welche Prüfungen willst du mir denn noch auferlegen? Du weißt, wie schwach ich bin. Ich möchte ein gottesfürchtiger Mann sein, von der Gemeinschaft geachtet und nur für meine Familie leben. Aber ständig führst du mich in Ver-*

suchungen, denen ich nicht widerstehen kann. Bitte hilf mir, lieber Vater im Himmel.«

In der Küche des Klosters nahmen sie ein umfangreiches Frühstück zu sich. Warmen Brei, gesüßt mit Honig, und zu Trinken gab es kühles Bier. In einer großen Holzschale lagen Äpfel, die gut gelagert den Winter überstanden hatten.

»Wir sollten noch ein paar Tage hierbleiben. So gut geht es mir so schnell nicht wieder«, erklärte Georg laut schmatzend.

Simon leckte seinen Holzlöffel gründlich ab und als er sich unbeobachtet fühlte auch die irdene Schale. »Ich befürchte, daraus wird leider nichts werden. Heute oder morgen reist du zurück nach Aichach.«

Der Bader suchte erneut den Propst des Klosters auf. Diesmal musste er warten, da Erhard Prunner sich mit den anderen Mönchen beriet.

»Guten Morgen! Lasst uns nicht lange um den heißen Brei herumreden. Ist Euch noch etwas eingefallen?«, wollte der Badermeister wissen, als der Propst schließlich Zeit für ihn fand.

»Nein! Nein! Leider nicht! Was schlägst du vor? Was sollten wir tun?«

»Ich weiß auch nicht genau, was zu tun ist. Ich weiß nur eins, wenn wir herumsitzen und nichts tun, haben wir verloren. Die einzige Spur, die wir besitzen, führt zu Eurem Bruder Gallus. Es ist gut möglich, dass er etwas mit den Verbrechen zu tun hat. Aber sicher ist dies nicht. Wir müssen ihn also finden. Ihr sagtet, er wäre nach Augsburg weitergezogen. Also, auf nach Augsburg!«

»Wie stellst du dir das denn vor?«

»Ich reise nach Augsburg und suche ihn. Das wäre sicher auch im Sinne meines Herrn Pfarrer. Er möchte entweder sein Geld zurück oder die Reliquien des Heiligen Sebastian. Es gibt dabei nur ein Problem.«

»Welches Problem denn? Natürlich werden wir dir helfen! Sag, was du brauchst! Unser Kloster und der Orden der Augustiner haben ein großes Interesse daran, den Schatten zu beseitigen, den dieses Verbrechen auf uns wirft.«

»Habt Ihr gesehen, wie ich hier angekommen bin? Mit einem Ochsengespann und einem Esel. Ich benötige ein Pferd. Dann hat mir unser sparsamer Herr Pfarrer zwei kleine Münzen mitgegeben. Wenn ich in Augsburg erfolgreich sein soll, brauche ich Geld. Ich muss die Möglichkeit haben als reicher Mann aufzutreten oder als Bettler, je nach dem, was erforderlich ist. Vielleicht muss ich jemand mit ein wenig Silber gefügig machen. Also Dinge tun, mit denen ich Euch, als Mann der Kirche, gar nicht belasten möchte.«

Der Propst überlegte: »Wir werden dir helfen! Ein Pferd ist kein Problem, und Geld sollst du auch bekommen. Ich hoffe, du wirst die Scherflein der Gläubigen zum Wohle der Mutter Kirche verwenden. Außerdem setze ich je ein Schreiben an den Augsburger Fürstbischof und meinen Amtsbruder im Augustinerkloster zum Heiligen Kreuz auf. Ich werde sie bitten, dich zu unterstützen.«

»Ich mache mich dann unverzüglich auf den Weg. Ursprünglich wollte ich noch einen Bußgang zur Heiligen Mutter Gottes in Ainhofen machen. Außerdem hätte ich gerne einen Blick in die Gruft der Wittelsbacher Pfalzgrafen geworfen.«

»Ja, ja! Euch Aichacher interessiert meistens das Schicksal des Königsmörders, dessen kopflosen Rumpf meine Vorgänger vor langer Zeit in einem Fass hierhergeschafft und beigesetzt haben. Dafür und für deinen Bußgang bleibt Zeit, wenn du den Verbrecher und das Gold gefunden hast. Außerdem solltest du uns das Pferd zurückbringen. Ich werde dich dann persönlich durch unser Kloster und die gräfliche Gruft führen.«

»Das ist Ansporn genug, meinen Auftrag so schnell wie möglich zum erfolgreichen Ende zu bringen,« schmunzelte Simon.

»Ich kümmere mich darum, dass alles bereitgestellt wird. Der ältere von deinen Begleitern fährt mit dem Ochsengespann zurück nach Aichach. Der Jüngere nimmt den Esel und begleitet dich nach Augsburg. Zu zweit ist es sicherer und im Notfall kann er Hilfe holen.«

Simon erschrak und wurde blass: »Das ist wirklich nicht notwendig. Ich komme gut allein zurecht. Außerdem hatte Benedikt ursprünglich München zum Ziel.«

»Keine Widerworte! Er reist mit dir und damit Schluss!«

9

Die Umrisse des Klosters verschwanden langsam hinter den beiden Reitern im verschneiten Wald. Simon ritt eine braune Stute, Benedikt links neben ihm auf dem Esel. Die Mönche gestatteten es Georg, solange in Indersdorf zu bleiben, bis sein verstorbener Kamerad beigesetzt wäre. Seinen Begleitern vertraute er an, dass er hoffte, der strenge Frost möge noch lange andauern. Bis jetzt konnte das Grab im tiefgefrorenen Boden nicht ausgehoben werden. Nichts zog ihn zu seinem elenden Leben in Aichach zurück.

Die erste Stunde ritten sie schweigend nebeneinander her. Simon warf ab und zu einen verstohlenen Blick zu seinem Begleiter hinüber. Er musste sich eingestehen, dass er Sympathie für diesen empfand und sich zu ihm hingezogen fühlte. Die Gesichtszüge des jungen Mannes waren fein und der Bartwuchs hatte noch nicht eingesetzt, obwohl er das

Alter dafür eigentlich erreicht hatte. Auch Benedikt warf immer wieder verschämte Blicke zu ihm herüber.

Der Bader brach das Schweigen:»Warst du schon einmal in Augsburg?«

»Nein, ich habe die meiste Zeit in Altomünster verbracht.«

»Ich denke, du kommst aus Wollomoos?«

Benedikt stotterte:»Ja, da wurde ich geboren, aber dann lebten wir in Altomünster.«

»Man kann doch auf dem Land nicht einfach hinziehen, wo man will? Das ist schon merkwürdig!«

Der Junge stotterte:»Meine Eltern waren Bauern. Nachdem meine Mutter gestorben war, verlor mein Vater seine Hofstelle und musste sich im Kloster als Knecht verdingen. Ich will es einmal besser haben, deshalb zieht es mich nach München.«

»Ich sagte es bereits, als Höriger des Klosters kannst du doch nicht einfach hingehen, wohin du willst. Wenn sie dich erwischen werden sie dich in der Herzogstadt München einsperren und in Ketten in dein Kloster zurückbringen. Da bist du in Augsburg in jedem Fall sicherer.«

»Das wusste ich nicht! Da habe ich ja Glück gehabt, dass ich dich getroffen habe.«

»Irgendwie schon! Die freie Stadt Augsburg wird dir gefallen. Es ist aber auch ein gefährliches Pflaster für einen so jungen Burschen wie dich. Ich habe dort den Beruf des Baders erlernt und kann dir in der Stadt bestimmt behilflich sein. Weißt du denn, wovon du zukünftig leben willst?«

»Ach, ich werde schon zurechtkommen. Ich verdinge mich irgendwo als Knecht, dann sehe ich weiter.«

»Du bist nicht gerade der Kräftigste, ich hoffe für dich, dass du eine vernünftige Anstellung findest.«

Sie ritten die erste Strecke denselben Weg zurück, den sie auch gekommen waren. Im Kloster hatten ihnen die Mönche erklärt, dass sie ab Altomünster den alten Oxenweg benutzen sollten. Dieser führte aus den weiten Steppen Ungarns bis nach Augsburg. Im Sommer wurden auf ihm Jahr für Jahr zehntausende von Rindern ins Reich getrieben. Im Winter zog sich dieser Pfad, von einer Unzahl von Schlachtvieh ausgetreten, wie ein Lindwurm durch die verschneite Hügellandschaft. Da der Boden gefroren war, kamen sie gut voran. In regnerischen Zeiten hätte tiefer Schlamm den Oxenweg unpassierbar gemacht. Bis Altomünster ging es zügig weiter, erheblich schneller als mit dem Ochsenkarren wenige Tage zuvor.

Der Esel hatte Schwierigkeiten, mit der Stute Schritt zu halten und da ihn dies zu ärgern schien, schnappte er ständig nach Simon und dessen Pferd. Jenes wiederum schlug in Richtung des Grautiers aus, traf es aber nicht.

»Mensch, Beni, pass auf dein Vieh auf!«, schimpfte Simon.

»Ich kann nichts dafür, ein Esel ist eben bockig. Das weiß doch jeder!«

»Du sollst einfach mehr Acht geben, sonst liegen wir bald beide im Schnee. Wir könnten in Altomünster eine kurze Pause machen und etwas essen und trinken.«

»Das ist ja ein ganz toller Vorschlag. Da behalten sie mich als entlaufenen Hörigen gleich da. Dann bist du mich wenigstens los.«

Simon schlug sich an die Stirn und lachte: »Ich weiß auch nicht, ich sollte erst denken und dann reden. Natürlich hast du recht. Die Mönche haben uns ausreichend Käse, Speck, Brot und sogar einen Schlauch mit Wein mit auf die Reise gegeben. Wenn wir den ausgetrunken haben können wir uns bestimmt nicht mehr im Sattel halten.«

Die beiden machten einen großen Bogen um Altomünster und schlugen hinter dem Ort den Weg Richtung Westen ein.

Der Oxenweg führte sie immer in weitem Abstand an den Dörfern und Weilern vorbei, oft durch dunkle Wälder. Die Bauern und Grundherren wehrten sich mit allen Mitteln dagegen, dass die Herden zu dicht an ihre Felder herankamen. Eine Panik unter den hungrigen und durstigen Tieren, und die Äcker würden von außer Rand und Band geratenen langhornigen, ungarischen Rindern zertrampelt werden. Nach solchen Ereignissen kam es meistens zu blutigen Auseinandersetzungen zwischen den Einheimischen und den Heiducken, den Hirten aus der Steppe. Dabei ging es nie ohne Schwerverletzte, manchmal sogar Toten, ab. In den Wäldern befanden sich große Lichtungen, auf denen die Rinder rasten und grasen konnten. Auf freien Flächen neben den Furten durch Bäche und Flüsse fanden die durstigen Tiere ausreichend Wasser.

Sielenbach und Wollomoos ließen sie rechterhand hinter sich. Danach durchquerten sie erneut ein großes Waldgebiet. Die Bäume standen dicht an dicht und der Weg verengte sich. An der schmalsten Stelle versperrten drei Männer den Reisenden unvermutet den Weg. Nichts an ihnen wirkte vertrauenserweckend. Zerlumpte Kleidung, verdreckte, bärtige Gesichter und jeder trug eine Waffe in der Hand. Der Vorderste, welcher der Anführer zu sein schien, schwang eine verrostete Axt. Von den beiden Gestalten hinter ihm drohte einer mit einem dicken Knüppel und der andere fuchtelte mit einem langen Messer herum. Simon drehte sich um und blickte zurück, ob sie fliehen konnten. Der Rückweg wurde von zwei weiteren Bewaffneten versperrt. Der Bader überlegte angespannt. Die Gegner wirkten eher wie verhungerte Strauchdiebe denn wie erfahrene Krieger. Es würde in jedem Fall zur gewaltsamen Auseinandersetzung kommen. Das würde nicht zu verhindern sein.

Die Erfahrung lehrte den Bader: Man durfte dem Gegner nicht das Gesetz des Handelns überlassen. Die Unbekannte auf ihrer Seite war Benedikt. Simon wusste nicht, ob er sich im Kampf auf ihn verlassen konnte.

»Du tust genau das, was ich dir sage. Wir müssen kämpfen! Ich greife mir den vorne mit der Axt und den links mit dem Messer. Du schnappst dir den Rechten mit dem Knüppel. Hast du mich verstanden?« Simon reichte dem Jungen einen langen Dolch. Er selber zog sein Schwert.

»Bist du verrückt geworden? Ich habe noch nie gekämpft, ich kann das nicht. Vielleicht sollten wir mit ihnen reden!«

»Glaube mir, das kannst du vergessen! Diese Strauchdiebe werden uns ausrauben, Pferd und Esel nehmen, nachdem sie uns vorher die Kehlen durchgeschnitten haben. Es sind mindestens fünf und wir haben nur eine Chance. Wir müssen sie überrumpeln. Sonst ist es aus mit uns. Das Kämpfen wirst du schneller lernen, als dir lieb ist. Sie oder wir, das ist hier die einzige Frage. Wir reiten ganz langsam weiter und auf mein Kommando hin geben wir die Sporen. Es wird schon gut gehen.«

Benedikt war leichenblass und zitterte, Simon hoffte vor Aufregung. Er befürchtete aber, eher vor Angst.

Simon brüllte wie von Sinnen und sprengte los. Benedikt preschte auf seinem Esel, der furchtbare Töne von sich gab, hinterher. Der Bader ritt direkt auf den vermeintlichen Anführer zu, der einige Schritte vor den beiden anderen Widersachern stand. Dieser hielt zwar die Axt erhoben, hatte aber nicht mit einem Angriff gerechnet. Er sprang zur

Seite, als ihn Simons Schwert am Hals traf. Obwohl sein Dienst im Heer Herzog Ludwig des Bärtigen bereits viele Jahre zurücklag, hatte er das Kriegshandwerk nicht verlernt. Dem Getroffenen blieb nicht einmal mehr die Zeit zu schreien. Die Waffe durchtrennte die Wirbel und der Kopf klappte zur Seite, während ein dicker, hellroter Blutstrahl pulsierend aus dem Rumpf hervorschoss. Langsam fiel der Körper in den sich rot verfärbenden Schnee. Ohne sich weiter um seinen ersten Gegner zu kümmern, lenkte er das Pferd auf den zweiten zu. Der hob abwehrend seinen Dolch, als ihm das blutverschmierte Schwert in die Gedärme fuhr. Laut schreiend stürzte er ebenfalls zu Boden. Erst jetzt hatte Simon die Zeit, nach seinem Kameraden zu sehen.

Hier hatte der Esel die Initiative übernommen. Der Straßenräuber lag auf dem Boden, der Knüppel war ihm entfallen. Das wild gewordene Grautier trampelte wie von Sinnen auf dem Gestürzten herum. Benedikt hielt sich mit beiden Händen fest und hatte Mühe, nicht vom Rücken seines Reittiers zu fallen. Dem unter die Hufe Geratenen gelang es schließlich sich zu erheben. Er wollte weglaufen. Da stieß ihm Benedikt den Dolch in den Rücken. Wie von Zauberhand gelenkt fand der kalte Stahl seinen Weg direkt ins Herz. So hauchte der dritte Gegner sein Leben aus. Die beiden Strolche, die ihnen den Rückweg abschneiden sollten, waren stehengeblieben. Sie tobten und stießen wilde Flüche und Drohungen aus. Simon ritt auf sie zu, da flüchteten sie Hals über Kopf in den Wald.

Die beiden saßen ab. Ein wenig außer Atem wandte sich Simon an seinen Kampfgefährten. »Was habe ich dir gesagt? Das Kämpfen lernt man schneller, als es einem lieb ist. Du hast deine Sache gut gemacht und dein grauer Begleiter hat sich ebenfalls wacker geschlagen. Fast hätte er diesen Strolch alleine umgebracht.«

Benedikt sah sich um, erblickte die drei Leichen im Schnee, der auf einer großen Fläche rot gefärbt oder mit hellroten Spritzern übersät war. Sein lautes Schluchzen ging in hemmungsloses Weinen über. »Sie sind alle tot! Ich habe noch nie in meinem Leben jemanden umgebracht. Das ist nicht recht! Gottes Gebot sagt, du sollst nicht töten. Das ist eine Todsünde! Ich werde auf ewig im Fegefeuer schmoren!«

Simon war überrascht: »Nimm dir das nicht zu Herzen! Entweder die oder wir! Willst du an deren Stelle dort im Schnee liegen?«

»Wir hätten bestimmt mit ihnen reden oder einfach schnell wegreiten können! Da bin ich mir ganz sicher!«

Simon nahm den jungen Mann, der sich nicht beruhigen wollte, in den Arm und versuchte, ihn zu trösten. Da war es auf einmal wieder. Der Bader streichelte seinem Begleiter über das Haar und es erregte ihn. Er roch so angenehm. Unwirsch stieß er ihn von sich.

»Wir haben keine Zeit! Beruhige dich und höre mit der Flennerei auf. Wir müssen weiter, bevor die Halunken mit Verstärkung zurückkommen.«

»Das geht nicht!«

»Warum das denn nicht?«

»Wir müssen uns um die Toten kümmern. Wenn sie schon nicht mit den Sterbesakramenten versehen wurden, müssen wir wenigstens dafür sorgen, dass sie in geweihtem Boden bestattet werden.«

»Hää ...? Bist du jetzt vollkommen übergeschnappt? Wir müssen sehen, dass wir so schnell wie möglich von hier wegkommen. Diese Strolche sollen die Wölfe und die Füchse fressen.«

Benedikt fing wieder an zu heulen.

Simon begann die Leichen zu durchsuchen und steckte sich Münzen, das Beil und den Dolch ein.

Dies war zu viel für seinen Begleiter. Der schrie: »Das ist Leichenfledderei! Du bestiehlst die Toten!«

Simon wurde langsam ungemütlich: »Die da brauchen nichts mehr und haben es vermutlich irgendwelchen armen Teufeln gestohlen, die jetzt an einem finsteren Ort im Wald verrotten. Die Waffen lasse ich ganz bestimmt nicht hier liegen. Die verlausten Kumpane der Toten benutzen sie sonst später für den nächsten Überfall.«

Nachdem er mit der Durchsuchung fertig war, schleppte er die Leichen vom Weg herunter ins Gebüsch. Durch den Hinterhalt hatten sie Zeit verloren. Sie ritten ohne miteinander zu sprechen weiter. Simon voran und der Esel mit seinem todtraurigen Reiter trottete hinterher.

Links und rechts des Wegs ließen sie das Dorf Adelzhausen, Weiler deren Namen sie nicht kannten, und Dasing hinter sich. Benedikt hatte sich nach einiger Zeit beruhigt und sie ritten wieder nebeneinander. In der Ferne tauchten die Umrisse von Friedberg auf.

Simon erklärte dem Jungen: »Bei Einbruch der Dunkelheit schließen die Augsburger ihre Stadttore und lassen niemand mehr rein oder raus. Bis dorthin schaffen wir es nicht mehr. Wir müssen bei Hochzoll über die Grenze und die Lechbrücke. Wenn die Wachen dort einen schlechten Tag erwischen, kann das ewig dauern. Lass uns in Friedberg ein Quartier nehmen.«

»Mir soll es recht sein, aber ich habe keinen müden Pfennig. Von mir aus können wir uns auch einen Schlafplatz in einem Heuschober suchen.«

»Das machen wir nur im Notfall. Ich habe doch das Silber von den Strauchdieben, die uns überfallen wollten.«

Benedikt traten erneut Tränen in die Augen. Der Bader lachte. »Ich habe doch nur Spaß gemacht. Der Propst hat mir ausreichend Geld mit auf die Reise gegeben, damit wir unseren Auftrag erfüllen können.«

10

Die beiden Reisenden betraten die bayrische Grenzfestung am Rande des Lechtales durch das Münchner Tor mit seinem fünfgeschossigen Turm. Die Wachen schenkten ihnen keine Beachtung. Simon hatte bei seinen früheren Aufenthalten schlechte Erfahrungen mit den Friedberger Unterkünften gesammelt. Diesmal wählte er ein Gasthaus nahe dem Rathaus aus. Ihr Quartier macht schon von außen einen einladenden Eindruck. Sie erhielten eine warme Kammer und für ihre vierbeinigen Begleiter einen trockenen Einstellplatz und Futter.

Der Wirt warf einen kritischen Blick auf den Weggefährten des Baders. »Wollt Ihr wirklich mit Eurem Knecht das Gemach teilen? Der kann doch im Stall bei den Tieren schlafen und ein Auge auf sie haben.«

Der Bader widersprach: »Benedikt ist nicht mein Knecht. Er ist mein Gefährte und er teilt mit mir die Kammer.«

»Mir soll es recht sein«, der Wirt zuckte mit den Schultern.

Nach einem schmackhaften, reichhaltigen Mahl und einigen Krügen Bier suchten sie ihr Schlafgemach auf. Benedikt und Simon waren von dem anstrengenden Reisetag erschöpft. Sie freuten sich auf die mit frischem, duftendem Stroh gefüllte Bettstatt, auf der saubere Decken lagen. Ohne die Beinkleider abzulegen, schlüpften sie unter die warmen, zusammengenähten Schaffelle. Wenige Augenblicke später schliefen sie tief und fest.

Mitten in der Nacht erwachte Simon. Benedikt lag vor ihm. Er hielt ihn mit beiden Armen fest umschlungen. Erneut verspürte der Bader ein heftiges Verlangen nach dem Jungen. Trotz allem, was ihm bisher richtig erschien, begannen seine Finger auf Wanderschaft zu gehen. Er streichelte den schlanken Hals und tastete sich weiter nach unten. Benedikt gab ein wohliges Stöhnen von sich. In Höhe der Brust ertasteten seine Finger eine feste Leinenbinde. Was in Drei-Teufels-Namen war das? Simon, immer noch im Halbschlaf, forschte weiter. Er nestelte mit dem Zeigefinger unter dem Verband, oder was es auch war, herum. Nach einer Weile hatte er alle Finger hineingesteckt. Was war das? Es fühlte sich weich an und füllte seine Hand. In der Mitte wurde es immer härter. Urplötzlich war Simon hellwach. Die andere Hand wanderte den Bauch hinunter. Jetzt gab er einen erstaunten Schrei von sich.

Benedikt erwachte blitzartig und stieß den Bader heftig von sich.

»Was ist das denn? Du hast ja eine Brust und unten herum fehlt dir auch was! Du bist eine Frau! Ich glaub es nicht.«

Benedikt fand schnell zu seiner alten Schlagfertigkeit zurück: »Und du abartiges Schwein machst dich an Jungs ran? Du bist ein Sodomit! So wirst du auf dem Scheiterhaufen enden!«

»Nein das bin ich nicht! Ich bin kein Sodomit! Ich habe mir gleich gedacht, dass du kein Mann bist. Du ..., du mit deiner ständigen Flennerei.«

»Genau so wird es gewesen sein. Die ganze Zeit schon hast du mich so komisch angestarrt. Ich glaube dir kein

Wort, das sind alles nur Ausreden. Du bist hinter jungen Männern her und das ist eine Sünde wieder die Natur. Das weiß ich genau!«

»Und warum läufst du in Männerkleidern herum? Das stinkt doch zum Himmel. Niemand tut so etwas! Hast du deinen Mann oder Liebhaber umgebracht? Du hast ja gezeigt, dass du mit dem Dolch umgehen kannst!«

Benedikt brach erneut in Tränen aus. »Du bist so ein Scheusal. Ich habe noch nie in meinem Leben einem Menschen Unrecht getan. Warum bist du so gemein zu mir?«

Simon konnte ihn oder sie nicht weinen sehen und nahm sie in den Arm, streichelte ihr übers Haar und tröstete sie:

»Ich glaub dir ja, aber normal ist es nicht, dass Frauen sich in Männerkleidern verstecken. Also, was ist los mit dir?«

»Nichts ist mit mir los! Gar nichts! Ich wollte nach München und da dachte ich mir, dass das Reisen für mich in Männerkleidern sicherer ist.«

»Ich glaube dir kein Wort! Du wärst die erste Frau, die sich die Haare abschneidet, um reisen zu können. Komm schon, bleib bei der Wahrheit. Mir kannst du dein Geheimnis anvertrauen.«

Seine Begleiterin wischte sich die Tränen aus dem Gesicht und wirkte von einem Moment auf den anderen kalt und beherrscht: »Gut, ich werde es dir erzählen. Aber eins kann ich dir versprechen: Wenn du mich verrätst, gehst es auch dir an den Kragen. Dann werden deine sodomitischen Triebe nicht nur unser beider Geheimnis bleiben.«

Simon musste lachen: »Du bist mir ein Früchtchen! Erzähl schon, ich kann Geheimnisse bewahren. Außerdem bin ich kein Sodomit!«

»Ha ..., ihr Bader seid ja für eure Verschwiegenheit bekannt.«

»Es ist egal, was die Leute so reden. Auf meine Schweigsamkeit kannst du dich verlassen.«

»Es bleibt mir wohl nichts anderes übrig. Nachdem ich sah, wie ihr Altomünster verlassen habt, dachte ich mir, wenn ich mich euch anschließe, komme ich schnell und sicher von dort weg.«

»Das ist keine Erklärung für deine merkwürdige Verkleidung!«

»Warte doch einfach einen Augenblick, ich erkläre es dir. Das fällt mir alles sehr schwer. Mein Vater ist Herr auf Haslangkreit! Meine Eltern ließen mich auf den Namen Benedikta taufen. Ich war gerade elf Jahre alt, da entschieden sie, dass ich eine Braut Jesu Christi werden sollte. Mein Vater erwies sich dem Kloster gegenüber sehr großzügig, so dass mich der Konvent von Altomünster mit offenen Armen aufnahm. Meine Brüder lernten fechten, reiten und jagen. Meine Schwestern sollten die Verbindung zu anderen Familien von Stand sichern. Und ich? Ich habe schon als Kind immer nach dem Warum gefragt. Niemals gab ich mich mit den einfachen Antworten zufrieden. Da meinte mein Vater: Im Kloster würden sie mir die dumme Fragerei schon austreiben und er glaubte sogar, er hätte damit eine gute Tat vollbracht. Mit dreizehn Jahren wurde ich zur Nonne geweiht und legte das Gehorsams- und Keuschheitsgelübde ab.«

»Ich werde verrückt, du bist eine Klosterschwester?«

»Ich war Nonne! Aber ich werde nie wieder in das Kloster zurückkehren. Ich habe dort lesen und schreiben gelernt. Latein bereitete mir Freude und ich konnte es bald ebenso gut wie meine Lehrerin. Dann fand ich irgendwo in der hintersten Ecke unserer Bibliothek die Werke von Aristoteles und Platon. Sie stammten vermutlich noch aus der Zeit, als unser Kloster ein Männerkloster war. Ich wollte

Griechisch lernen, um sie studieren zu können. Nachdem ich meinen Wunsch der Äbtissin vortrug, wurde ich von ihr geschlagen. Sie verbot mir, die Bibliothek jemals wieder zu betreten. Ich solle stattdessen Gehorsam und Demut lernen. Zukünftig würde ich auf den Feldern arbeiten, Kühe und Ziegen melken.«

»Du hast wider die göttliche Ordnung gehandelt. Du hast die Regeln gebrochen, die uns die Obrigkeit und die Kirchenväter lehren. Du bist als Frau von Stand in diese Welt geboren und damit ist dein Weg vorbestimmt.«

»Sag mal, glaubst du wirklich den Unfug, den du da von dir gibst? Ich habe dich für klüger gehalten, aber da habe ich mich dann wohl getäuscht! Du predigst mir die göttliche Ordnung und stellst selber Männern nach? Du hast es gerade nötig mir Vorhaltungen zu machen.«

»Ich stelle keinen Männern nach«, schrie Simon.

»Psstt, bist du verrückt? Du weckst das ganze Haus auf, willst du, dass alle über dich Bescheid wissen? Gib jetzt Frieden, ich will schlafen.«

Benedikta drehte sich um und versuchte einzuschlafen. Simon hingegen wälzte sich von einer Seite auf die andere. Zahlreiche Gedanken quälten ihn. *Lieber Gott, was machst du nur mit mir? Ich habe dich angefleht mir zu helfen, ein besserer Mensch zu werden. Ich wollte auf diese Reise gehen, um Buße zu tun. Ich beabsichtigte zur Heiligen Jungfrau zu pilgern. Ich wollte meiner Frau immer treu und den Kindern ein guter Vater sein. Ich weiß, dass du deinen Kindern Prüfungen auferlegst. Aber musst du es mir wirklich so schwer machen? Musst du mich mit einem jungen Mann der Versuchung der Sodomie aussetzen? Was erlaubst du dir jetzt für einen Scherz mit mir? Gerade noch hatte ich meine Zuneigung zu einem Mann entdeckt, der sich auf einmal in eine entlaufene Nonne verwandelt. Lieber Gott, bitte, bitte, lass es gut sein. Du weißt, dass ich von wankelmütiger Natur bin. Ich verspreche dir, ich werde zukünftig jeden Sonn- und Feiertag die Heilige Messe besuchen und dir die dickste Kerze opfern, die ich finden kann. Aber bitte, bitte unterziehe mich keiner weiteren Prüfung. Bitte, bitte mach dir nicht noch einmal so einen Spaß mit mir.«*

Der Bader schlief unruhig ein und wälzte sich von einer Seite auf die andere, bis sie von einem kräftigen Hahnenschrei und den ersten Sonnenstrahlen geweckt wurden. Der Bader blickte zu seinem Gefährten oder, wie er seit dieser Nacht wusste, seiner Gefährtin, hinüber und fragte: »Wir haben heute nur noch eine kurze Wegstrecke vor uns. Eigentlich hätten wir ja schon gestern in Augsburg sein sollen. Nach der ganzen Aufregung heute Nacht habe ich ganz vergessen, zu fragen, wie ich dich zukünftig nennen soll?«

»Du wirst mich weiterhin Benedikt nennen. Ich werde mit diesem Namen und als Mann weiterleben. Den Namen Benedikta hast du nie gehört, dann kannst du dich auch nicht verplappern. Den Namen, den sie mir im Kloster gaben, habe ich vergessen und aus meinem Gedächtnis gestrichen.«

»Draußen nenne ich dich Benedikt oder Beni, wie man im Bayrischen sagt. Aber, wenn wir allein sind, sehe ich die Frau in dir und würde dich gerne Benedikta nennen.«

»Wenn du nicht anders kannst, aber lieber wäre mir, wenn du es lassen könntest.«

»Natürlich werde ich deine Wünsche respektieren. Benedikta ist ein schöner Name. Wenn Gras über die Sache gewachsen ist und sie aufgehört haben, nach dir zu suchen, kannst du doch deinen weiteren Lebensweg wieder als Frau beschreiten.«

»Sie werden nicht nach mir suchen, ich habe einen Abschiedsbrief geschrieben und angekündigt, dass ich ins

Wasser gehen werde. Die Schwestern sind vermutlich heilfroh, wenn meine Leiche niemals gefunden wird. Die Schande, eine Selbstmörderin unter dem Dach des Klosters beherbergt zu haben und in ungeweihtem Boden bestatten zu müssen, werden sie sich gerne ersparen. Also wird niemand nach mir suchen.«

»Dann kannst du dir doch die Haare wieder wachsen lassen und in Augsburg schon wieder als Frau auftreten. Das ist doch wunderbar!«

»Irgendwie bist du begriffsstutzig! Ich will nicht mehr als Frau gesehen werden, ich will als Mann leben!«

»Aha! Jetzt verstehe ich gar nichts mehr. Ich habe schon mal davon gehört, dass Männer in die Kleider von Frauen schlüpfen, weil ihnen das gefällt. Dann suchen sie ihresgleichen. Wenn sie ertappt werden, ist ihnen ein grausamer Tod gewiss. Aber dass Frauen Männer sein wollen, das ist mir neu.«

»Ich dachte, sie haben dich auf diese Reise geschickt, weil du so ein kluger Kopf bist? Gerade gibst du dir sehr viel Mühe, mich daran zweifeln zu lassen. Ich habe leider nur als Mann die Möglichkeit mein Leben so zu führen, wie ich es möchte. Ich will lernen, an einer Universität studieren, vielleicht in Bologna oder aber an die Sorbonne in Paris. Ich will Griechisch verstehen und Aristoteles und Platon lesen können.«

»Aber jede Frau findet doch ihre Erfüllung darin, einen lieben Mann zu finden, der für sie sorgt und sie liebt. Als Ehefrau wird sie ihrem Gemahl viele Kinder schenken. So ist es gottgewollt und der Traum aller Frauen, die ich kenne.«

»So einen, wie dich vielleicht? Der jedem Rockzipfel hinterher steigt und wenn kein Rock da ist, tut es auch ein junger Bursche. Genau so einer wie du hat mir gerade noch gefehlt!«

»Jetzt fängst du schon wieder an. Am besten wir machen uns reisefertig, sonst streiten wir uns sofort wieder.«

Sie begaben sich in die Gaststube und nahmen vor ihrer Weiterreise noch ein kräftigendes Mahl zu sich, kalten Braten mit Soße vom Vortag und Roggenbrot, dazu tranken sie würziges Bier. Nachdem Simon die Rechnung beglichen hatte, saßen sie auf. Durch das Augsburger Tor ritten sie zum Lech hinunter. Nur wenige Reisende überquerten zu dieser Zeit die Brücke am Hohen Zoll. Die Wachen auf der bayrischen Seite, wie auch die Augsburger, schenkten ihnen keine Aufmerksamkeit. Simon hatte die Waffen in eine Decke gewickelt, um sie vor den Soldaten zu verbergen. Selbst die Stadtwachen am Stadttor zum Augsburger Stadtviertel an der Jakoberkirche blickten nur kurz auf, als sie passierten.

»Wie soll es jetzt weitergehen?«, fragte Simon.

»Das solltest du doch wissen!«

»Na gut! Ich schlage vor, wir suchen zuerst eine Herberge und schauen uns dann ein wenig in der Stadt um. Möchtest du mir nun helfen, meinen Auftrag zu erfüllen, oder willst du weiterziehen?«

»Wenn ich dir eine Hilfe bin, dann unterstütze ich dich gerne. Dazu musst du mich allerdings ins Vertrauen ziehen. Bisher kann ich nur vermuten, was du hier in Augsburg herauszufinden versuchst. Für mich hätte es den Vorteil, dass ich mehr Zeit habe, mich in der Welt der Männer besser zurechtzufinden.«

»Wenn es so ist, dann lass uns ein Quartier suchen. Wir könnten im Kloster zum Kreuz einen Unterschlupf finden, so wie es der Propst in Indersdorf vorgeschlagen hat. Aber ich glaube, das wollen wir beide nicht«, vermutete Simon schmunzelnd. »Ich bin schon einige Male in einem Wirtshaus nahe der Barfüßerkirche abgestiegen. Dort sind wir gut untergebracht.«

»Wenn du meinst, mir soll es recht sein.«

Sie betraten die Gaststube der gewünschten Unterkunft. Bevor sie etwas sagen konnten, kam der Wirt auf sie zu. »Ja, da ist er ja wieder, der Aichacher. Wohin bist du denn das letzte Mal so schnell mit deiner Schwester verschwunden?« Er lachte dreckig und stieß ihn vertraulich an.

»Die Stadtwachen waren mehrmals hier und haben euch beide gesucht. Ich konnte ihnen leider nicht weiterhelfen, du kennst ja meine Einstellung zur Obrigkeit!« Wieder lachte er: »Ich hatte das Gefühl, die waren ganz scharf drauf, euch in die Finger zu bekommen. Sie erzählten etwas von Blutschande und das du der Stadt schon früher einmal einen üblen Streich gespielt hättest. Außerdem seist du und das Flittchen ....«

Simon brauste auf: »Hüte deine Zunge, sonst ...«

»Ruhig Blut, das haben die Stadtwachen gesagt! Also, du und das ...« Simon holte aus. »... deine Schwester wären bayrische Spione.«

»So ein Blödsinn, das ist alles nicht wahr! Davon darfst du nichts glauben, alles Unfug!«

»Also, interessant war das schon, was die so alles über euch erzählt haben. Aber, du kennst mich ja! Ich habe es nicht so mit der Obrigkeit.«

»Da müsstest du doch noch mein Gepäck und das Pferd besitzen, mit denen ich das letzte Mal angereist bin?«

»Jetzt machst du dir wirklich einen schlechten Scherz mit mir. Eure paar Habseligkeiten! Ich dachte, ich träume, sogar ein scharfes Schwert hattet ihr dabei, dies haben die Stadtwachen sofort mitgenommen. Ich habe aus Versehen vergessen, dass euer Pferd im Stall stand. Den Gaul haben sie hiergelassen.« Wieder kicherte der Wirt laut.

»Gott sei Dank, den können wir dann verkaufen«, freute sich der Bader an seinen Begleiter gewandt.

»Wovon träumst du denn? Das kannst du dir aus dem Kopf schlagen!«, erwiderte der Wirt. »Die Mähre habe ich längst verscherbelt. So ein Tier frisst mich doch arm. Außerdem stand mir eine Entschädigung für mein Stillschweigen zu. Bedenke die Ängste, die ich ausstehen musste, der Augsburger Obrigkeit gegenüber nicht ganz ehrlich gewesen zu sein. Ich habe Frau und Kinder, deren Wohl habe ich für euch aufs Spiel gesetzt.«

Simon resignierte: »Du bist ein Halsabschneider! Es war nicht in Ordnung, was du getan hast!« Der Wirt zuckte nur mit den Achseln. »Wir brauchen für ein paar Nächte eine Unterkunft und einen Einstellplatz für das Pferd und den Esel!«

»Mir soll es recht sein. Die Kammer oben, in der ihr beim letzten Mal untergekommen seid, wäre frei.«, wieder trat ein anzügliches Grinsen auf das Gesicht des Gastwirts. »Also, nicht das der da so ein Bruder ist wie die Schwester bei deinem letzten Aufenthalt. Keine Brüderlein oder Schwesterlein Spiele mehr.«

Simon suchte den Griff des Dolches. Auch Benedikt trat einen Schritt auf den Spötter zu.

»Bleibt ruhig! Ihr kennt mich doch! Ihr müsst meine Scherze schon ertragen! Dafür seid ihr hier sicher! Ich glaube, die Stadtwachen sind immer noch ganz wild darauf, den Aichacher in die Finger zu bekommen. Ach so, was ich vergessen habe zu erwähnen. Ihr zahlt sofort! Vielleicht erwischen sie euch ja diesmal und dann kann ich mein Geld in den Wind schreiben.«

Benedikt und Simon nahmen ein kräftiges Mahl zu sich und tranken mehrere Krüge Bier. Sie sprachen leise miteinander. Dabei verging der restliche Tag wie im Flug. Todmüde kletterten sie in den Bettkasten und fielen sofort in einen wohlverdienten, tiefen Schlaf.

11

Die ersten Lichtstrahlen drangen durch die Dachritzen. Benedikta erwachte und rüttelte den Bader, nachdem sie sich gereckt und gestreckt hatte, bis dieser die Augen aufschlug.

»Wie soll es jetzt weitergehen? Hast du einen Plan?«, wollte sie wissen.

»Lass mich doch erst einmal wachwerden!«, brummte Simon.

»Du hast jetzt lange genug geschlafen. Wir haben eine Aufgabe, steh endlich auf!«

»Was ist los mit dir? Ich brauche morgens immer meine Zeit, bis ich wach bin und richtig denken kann!«

»Im Kloster beginnt der Arbeitstag bei Sonnenaufgang und endet nach dem Sonnenuntergang.«

»Du hast das Beten vergessen! Nein, ich habe keinen Plan. Wir verfügen nur über einen Anhaltspunkt. Der Mönch, der uns hoffentlich weiterhelfen kann, nannte das Augsburger Kloster zum Heiligen Kreuz als Ziel. Dort wenden wir uns als Erstes hin, um uns nach ihm zu erkundigen. Treffen wir ihn dort, kann er uns möglicherweise erklären, was geschehen ist. Finden wir ihn nicht, stoßen auf wir hoffentlich auf eine neue Spur. Das Kloster befindet sich in der Oberstadt. Lass uns zuerst ordentlich frühstücken, bevor wir uns auf den Weg machen.«

Die beiden verließen das Viertel an der Jakobskirche. Dabei überquerten sie einige Kanäle, die das Gerber- und Handwerkerviertel unterhalb der alten Stadtmauer mit dem Wasser des Lechs versorgten. Eine Steigung führte aus der Welt der armen Schlucker hinauf, zu einem Durchbruch in der alten, wuchtigen Stadtbefestigung. Dies war ein Zugang in das prachtvolle Augsburg, dass der Kaiser, Fürsten, der Reichen und Mächtigen dieser Erde.

Benedikt war vom Prunk, dem Leben in dieser Stadt, einer der bedeutendsten und wohlhabendsten nördlich der Alpen, in den Bann geschlagen. Sie kamen nur langsam voran. Simons Begleiter blieb an jeder Ecke stehen, bewunderte hier einen Gaukler, der seine Kunststückchen vorführte und dort verschämt eine junge, blonde Sängerin, die auf der Fidel spielte und dazu frivole Verse trällerte. Dann blieb er andächtig vor dem Perlachturm stehen und starrte mit offenem Mund hinauf.

Simon drängelte, aber sein Weggefährte ließ sich nicht aus der Ruhe bringen. Nun tauchte der mächtige Dom vor ihnen auf und Benedikt steuerte direkt darauf zu, um zu beten. Der Bader hielt den Jungen fest und vertröstete ihn auf einen späteren Zeitpunkt. Sie zogen weiter. Die prächtig gekleideten und schwer bewaffneten Wachen vor dem Palast des Fürstbischofs würdigten sie keines Blickes.

Endlich hatten sie die Pforte des Klosters zum Heiligen Kreuz erreicht. Der Aichacher pochte mit kräftigen Schlägen gegen das Holz. Ein kleines Fensterchen öffnete sich.

»Was fällt euch ein, so einen Lärm zu machen und uns bei der Andacht zu stören. Wenn ihr Pilger seid, eine Unterkunft sucht oder nur betteln wollt, so schert euch weiter. Dort hinten ist der Eingang in das Hospiz.«

Die Klappe schloss sich, doch Simon trommelte erneut energisch gegen das Tor. Jetzt sahen sie das erste Mal die zornige Miene des Mönchs auf der anderen Seite.

»Was fällt euch ein? Seid ihr taub?«

»Wir wollen den Propst sprechen!«, entgegnete Simon.

»Da könnte ja jeder daherkommen«, lachte das Gesicht in der Luke.

Der Bader war wütend: »Du Wicht hörst mir jetzt zu! Wir kommen vom Propst des Klosters Indersdorf und haben eine Botschaft für den Vorsteher dieses Klosters. Du lässt uns jetzt sofort eintreten und meldest unseren Besuch! Sonst ...., sonst ...«

Das Gesicht wurde blass und ein Riegel beiseitegeschoben. Die schwere Holztüre schwang auf und ein kleines, eingeschüchtertes Mönchlein führte sie in einen schlichten Raum und bat sie zu warten. Es dauerte eine Weile bis der Bruder der Pforte wieder zurückkehrte und sie aufforderte, ihm zu folgen.

Sie traten in einen großen, düsteren Raum mit einem schweren Eichentisch, der gegenüber dem Eingang stand. Die Wände waren über und über mit Szenen aus der Heiligen Schrift verziert. Hinter dem Tisch thronte ein hochgewachsener Mönch mit kantigen Gesichtszügen, der sie erwartungsvoll anblickte. Über ihm hing ein großes Holzkreuz mit dem gemarterten Heiland.

»Gelobt sei Jesus Christus!«, grüßte Simon und verneigte sich.

»In Ewigkeit, Amen!«, erwiderte der Propst freundlich.

»Was kann ich für euch tun. Ich habe gehört, ihr überbringt mir einen Gruß meines lieben Amtsbruders aus Indersdorf!« Er sah die beiden erwartungsvoll an.

Simon ergriff das Wort. »Ja das tun wir! Wir haben für Euch eine Botschaft des dortigen Propstes. Er bittet Euch, uns in der im Schreiben erwähnten Angelegenheit Unterstützung zu gewähren. Hier lest, dann erklären wir, wofür wir Eure Hilfe benötigen.«

Der Bader überreichte das Schriftstück, dass der Propst aufmerksam studierte. Je länger er las, umso ernster wurde seine Miene. Er blickte auf:»In welcher Zeit leben wir nur? Ein ermordeter Bruder unserer Ordensgemeinschaft, wie furchtbar! Bruder Erhard Prunner bittet mich, euch jegliche Hilfe angedeihen zu lassen. Das werde ich gerne tun. Aber mir ist nicht klar, wie wir hier in Augsburg euch unterstützen können?«

Simon ließ sich Zeit, bevor er antwortete:»Wir haben nur eine einzige schwache Spur und die führt nach Augsburg. Ob sie dazu beiträgt das Verbrechen an Eurem Bruder Anselm aufzuklären, kann ich nicht beantworten.«

»Was haben wir mit dem Mord an Bruder Anselm zu tun? Ich verstehe es nicht.«

»Ich fasse die Geschichte kurz zusammen. Bruder Anselm erhielt von seinem Propst den Auftrag, dem Aichacher Pfarrer eine Botschaft und ein kostbares Buch zu überbringen.« Von dem verschwundenen Gold erzählte er nichts, denn er hatte geschworen, darüber Stillschweigen zu bewahren. »Mit ihm zusammen verließ ein weiterer Augustiner, Bruder Gallus, das Kloster Indersdorf, der aus dem Konvent St. Michael in Paring kam und als Ziel Euer Kloster nannte. Kurz bevor Bruder Anselm ermordet wurde, geriet er in Aichach in Streit mit einem Augustiner, vermutlich war dies Bruder Gallus. Diesen zweiten Mönch hatte in unserer Stadt niemand vorher gesehen und nach dem Verbrechen blieb er spurlos verschwunden. Bruder Gallus hätte sich vor Aichach schon von Anselm trennen müssen, wenn er direkt nach Augsburg weiterziehen wollte. Wir vermuten, dass der zweite Augustiner in unserer Stadt besagter Bruder

Gallus war. Ein zusätzlicher Hinweis ist ein feuerrotes Mal auf der Stirn des Mönchs. Kennt Ihr einen Mitbruder dieses Namens in Eurem Orden?«

»Also ihr vermutet, dass er der Mörder unseres Bruder Anselms sein könnte?«

»Das ist durchaus möglich. Darf ich die Frage so verstehen, dass Ihr ihn kennt?«

»Ich glaube ich weiß, wen du meinst. Aber ein Mord, das ist eine schwere Anschuldigung.«

»Ich beschuldige ihn nicht! Ich kann ihm auch keinen Mord nachweisen. Deshalb suchen wir den Mönch, um ihn zu befragen. Er stellt die einzige Verbindungslinie dar, die wir besitzen. Ist er hier bei Euch im Kloster?«

»Er war bei uns, ist aber nicht mehr hier!«

»Schade, wo können wir ihn denn finden?«

»Das weiß ich nicht!«

Simon sah den Propst verwundert an: »Wenn ein Mönch weiterzieht, meldet er sich doch bei Euch ab und sagt, wo er hinwill!«

Der Propst wand sich: »Da hast du im Grundsatz recht. Aber, er hat uns verlassen, ohne sein Ziel zu nennen.«

»Ihr könnt mir also nicht weiterhelfen?«

»Leider! Vermutlich nicht!«

»....oder, wollt Ihr nicht?«

»Das ist doch Unsinn! Natürlich müssen wir alle ein großes Interesse daran haben, den Mörder unseres Mitbruders zu finden, um das schreckliche Verbrechen zu sühnen!«

Simon sah ein, dass er so nicht weiterkam. »Dann frage ich einmal anders herum: Ihr kennt den Mönch, der sich Bruder Gallus nennt?«

»So einfach ist es nicht! Ich kenne einen Mönch mit einem roten Mal auf der Stirn, aber er nannte sich Johannes!«

»Können wir dann diesen Johannes sprechen?«

»Nein, er hat uns verlassen!«

Simon wurde langsam ärgerlich: »Ihr macht es mir nicht leicht! Ohne Eure Hilfe werden wir kein Stück weiterkommen. Dies ist die einzige Spur, die uns eventuell zu dem Mörder führt. Lasst Euch doch nicht jedes Wort aus der Nase ziehen!«

Der Propst blieb ihm die Antwort nicht schuldig: »Hoffentlich bist du dir darüber im Klaren, dass dir einem Mann meines Standes gegenüber dieser Ton nicht zusteht. Eigentlich sollte ich euch beide auf die Straße setzen lassen.«

Der Bader zeigte keinen Respekt: »Ich habe ein weiteres Schreiben des Indersdorfer Propstes an den Fürstbischof bei mir. Ich glaube nicht, dass es dem Bischof gefällt, wie Ihr meine Versuche, ein Verbrechen an der Heiligen Mutter Kirche aufzuklären, hintertreibt.«

Der Mönch schnappte nach Luft und behielt die Beherrschung: »Ich hintertreibe gar nichts, aber die Zusammenhänge sind komplizierter, als ihr denkt!«

»Ja, dann erklärt sie mir, um Himmels willen!«

»Gut, ich will es versuchen! Der Mönch, den du Bruder Gallus nennst, stellte sich bei uns als Bruder Johannes aus dem Kloster Indersdorf vor. Wir haben ihn aber seit einigen Tagen nicht mehr gesehen. Er wird es vermutlich auch nicht wagen, sich hier noch einmal blicken zu lassen.«

»Warum das denn nicht?« Es war das erste Mal, das Benedikt sich in die Unterhaltung einmischte.

»Weil wir sofort die Stadtwachen alarmieren würden. Der geringste Teil seiner Strafe wäre, dass ihm der Henker die Hand abhackt. Vermutlich würde er ihn anschließend, wie einen räudigen Hund, am Galgen baumeln lassen.«

»Das müsst Ihr uns schon erklären«, warf Simon ein.

»Verdächtig machte sich dieser Johannes, oder wie immer er heißen mag, kurz nachdem er bei uns eingetroffen war. Man merkt eben schnell, ob ein Mann, der die geistlichen Weihen besitzt, ein würdiges Mitglied unserer Predigergemeinschaft ist oder nicht. Eines Tages im alten Jahr, bevor der Frost einsetzte, überraschten wir ihn, wie er sich an dem Kasten mit Gold und Silber zu schaffen machte. Bei der Tat ertappt, schlug er brutal zwei Brüder nieder und floh mit der Beute. Später bemerkten wir, dass goldene und silberne geweihte Gegenstände aus unserer Kapelle verschwunden waren. Doch nicht genug damit, aus dem Schrein mit dem wertvollsten, was wir besitzen, dem ›Wunderbarlichen Gut‹, brach dieser Teufel Edelsteine heraus. Er hat uns auf das Übelste Schaden zugefügt.«

»Und er ist entkommen?«, wollte Benedikt wissen.

»Leider, die ganze Stadt hat ihn gejagt! Aber er blieb wie vom Erdboden verschluckt. Der Leibhaftige eben!«

»Und heute habt Ihr das erste Mal wieder von ihm gehört?«, erkundigte sich der Bader.

»Gesprochen haben wir oft über ihn, aber es gab nur Gerüchte.«

Simon horchte auf: »Gerüchte sagt Ihr? Welche Gerüchte?«

»Wir haben nichts darauf gegeben. Manche wollen ihn im alten Judenviertel am Judenberg gesehen haben. Nachdem die Christusmörder aus unserer Stadt verbannt wurden, stehen viele verfallende Häuser leer. Die Augsburger erzählen sich Geschichten von Geistern, die in den Ruinen nachts herumspuken sollen. Das ist alles nur abergläubisches Geschwätz, aber trotzdem will niemand dort wohnen. Die Menschen meiden die Gegend. Wenn ich es mir recht überlege, fänden sich in den verlassenen Häusern vortreffliche Verstecke für einen, der nicht gefunden werden will.«

Das weitere Gespräch brachte keine neuen Erkenntnisse. So verabschiedeten sich der Bader und sein Begleiter. Der

Propst bot ihnen an, dass sie im Hospiz des Klosters Quartier nehmen könnten. Simon lehnte dies höflich ab. Es wäre für ihre Nachforschungen besser, eine unverfänglichere Unterkunft zu beziehen.

12

Benedikt und Simon schlenderten gemächlich zu ihrer Unterkunft zurück. An diesem ersten sonnigen Frühlingstag genossen sie das Getümmel auf den Straßen Augsburgs. Zahllose Händler boten alles an, was das Herz begehrt. Benedikt zeigte großes Interesse an einem Verkaufsstand, an dem eine alte Frau bunte Bänder, Kämme und allerlei Tand feilbot. Verträumt ließ er die glänzenden Seidenbänder durch seine Finger gleiten.

»Junger Herr, das ist ein wunderschönes Geschenk für eure Braut«, pries die Verkäuferin ihre Ware an.

Der Angesprochene errötete, schrak zusammen und kurz blitzte Panik in seinen Augen auf. »Nein! Nein! Ich war in Gedanken!«

»Ich mache euch einen guten Preis! Meine Waren sind gar nicht teuer, junger Herr!«, versuchte die Frau ihren Kunden zu überzeugen.

Simon klopfte sich vor Lachen auf die Schenkel und zog Benedikt mit sich fort. An einem ruhigeren Ort raunte der Bader grinsend seinem Begleiter zu: »Es ist doch nicht so einfach, als Mann durchs Leben zu gehen. Daran musst du wohl noch arbeiten!« Er lachte weiter und schlug dem Gefährten so heftig auf den Rücken, dass dieser einen lauten Schrei ausstieß und kräftig zu husten begann.

Simon alberte herum und letztlich konnte auch sein Begleiter über den überstandenen Schreck herzhaft lachen. Der

Bader schlug vor einzukehren und zu überlegen, was weiter zu tun sei.

»Es ist helllichter Tag und du willst schon saufen?«, wunderte sich Benedikt, bevor sie in einer Schenke nahe dem Perlachturm einkehrten.

»Sieh dich einmal um! Es ist voll hier, alle sind fröhlich und lassen es sich gut gehen«, ermunterte ihn Simon.

»Draußen ist es der erste warme Tag in diesem Jahr, die Sonne scheint und hier drinnen ist es dunkel und stinkt. Außerdem ist das meiste Volk hier drinnen jetzt bereits sturzbesoffen!«

»Stell dich nicht an wie eine unschuldige Klosterschwester!«

»Bist du verrückt geworden?« Benedikt blickte sich ängstlich um.

»Siehst du, hier kannst du dich, wenn du vorsichtig bist, unterhalten ohne Angst vor ungebetenen Lauschern zu haben. Und das müssen wir jetzt. Bei dem Krach verstehen uns nicht mal die eifrigsten Spitzel der Augsburger Obrigkeit. Man erkennt sie auch, weil sie nicht betrunken sind, und nüchtern ist hier keiner. Da hinten steht ein kleiner, leerer Tisch mit zwei Hockern. Da haben wir unsere Ruhe.«

Sie bestellen eine Kleinigkeit zu Essen und je einen Krug Bier.

»Komm stoß mit mir an und lass es dir schmecken!« Simon hatte gute Laune.

»Ich bin hungrig und durstig, aber ob ich Bier vertrage, weiß ich nicht. Bei uns im Kloster gab es für einfache Nonnen nur Wasser und schleimigen Haferbrei ohne Salz oder Honig.« Ängstlich sah sich der Junge um.

»Hier bist du in Sicherheit! Lass uns jetzt über Bruder Gallus, Johannes, oder wie er auch immer heißen mag, sprechen. Ich vermute, er kennt sich hier in Augsburg gut aus, da er sofort untertauchen konnte und bislang unentdeckt blieb.«

»Du scheinst in solchen Dingen ja ganz gut Bescheid zu wissen. Wenn die Stadtwachen hinter mir her wären, würde ich anstelle des Mönches so schnell wie möglich verschwinden.«

»Das wäre eine Möglichkeit und unsere Suche damit zu Ende. Wenn er sich nicht mehr in Augsburg aufhält, haben wir kaum noch die Gelegenheit, ihn zu befragen. Da ich aber ein optimistischer Mensch bin, vermute ich: Es gibt für ihn irgendeinen wichtigen Grund, hierzubleiben. Wenn wir Glück haben, finden wir sein Versteck, vernehmen ihn und bekommen möglicherweise heraus, welches Geheimnis ihn in der Stadt hält, und ob er etwas mit dem Mord an Bruder Anselm zu tun hat.«

Benedikt sah ihn bewundernd an: »Weißt du, was mich an Aristoteles und Platon so fasziniert?«

Simon sah den Jungen verblüfft an: »Sie sahen genauso gut aus, wie ich!«

»Ich meine es ernst!«

»Ich kenne diese Kerle nicht, die können uns sicher nicht weiterhelfen. Du bringst mich ganz durcheinander. Ich hatte gerade einen bedeutsamen Gedanken.«

»Logik! Es ist die Logik! Und deine Gedanken sind logisch!« Simon sah ihn entgeistert an, aber Benedikt winkte ab: »Vergiss es!«

»Wie fangen wir es an?«

»Was fragst du mich? Du bist doch der Schrecken aller Halsabschneider und Taschendiebe.«

»Ich dachte, ich frage dich, weil du so gescheit daherredest. Wenn die Dame ... Entschuldige bitte, wenn der Herr keinen besseren Vorschlag hat, dann sehen wir uns doch einmal in dem alten Judenviertel um. Da ist der Gesuchte angeblich gesehen worden und ein sicheres Versteck lässt sich dort vermutlich finden.«

»Das Bier schmeckt mir und ich habe Durst. Ich denke, es ist hier drinnen gemütlich. Lass uns noch einen Krug trinken und dann machen wir uns auf den Weg zurück.«

Simon spottete: »Du stürzt das Bier hinunter wie ein alter Pfarrherr. Du hättest vielleicht doch die geistliche Laufbahn nicht verlassen sollen. Die Legende berichtet von einer Frau, die es vor vielen hundert Jahren sogar einmal zum Papst gebracht haben soll. Wenn ich mich richtig entsinne, hieß sie Johanna!«

Die beiden wurden immer lustiger. Dabei leerten sie einen Krug um den anderen. Im Laufe des Nachmittags kamen sie sich näher. Es war höchste Zeit, dass sie die Kaschemme verließen. Die Dämmerung setzte ein. Obwohl kaum jemand im Schankraum noch seine Sinne beisammen hatte, fielen der Bader und sein Freund auf. Sie gingen vertrauter miteinander um, als es sich schickte. Schon der Verdacht der Sodomie würde sie in Augsburg in den Folterkeller bringen. Dann war es nur noch eine Frage der Zeit, bis sie Dinge gestanden hätten, die ihnen vorher nicht einmal im Traum eingefallen wären. Gut gelaunt, ahnungslos und von den misstrauischen Blicken der anderen Zecher verfolgt, schwankten sie, sich gegenseitig stützend, durch die Dunkelheit, ihrer Unterkunft entgegen.

Bei Tagesanbruch lagen sie nackt und in inniger Umarmung in ihrem Bett. Simon erwachte zuerst, setzte sich auf, zog ein wenig an der Decke und bewunderte die Schönheit Benediktas. Die junge Frau wurde munter, da sie fror. Als sie die Augen aufschlug, bemerkte sie, dass sie nackt war. Panisch versuchte sie, ihre Brüste und die Scham mit beiden

Händen zu bedecken. Gleichzeitig riss sie heftig an der Decke, um sich damit zu verhüllen.

Simon grinste, blinzelte und strahlte seine Begleiterin voller Bewunderung an. »Wie schön du bist!«

Benedikta presste die Hände enger an ihren Körper.

»Schau gefälligst weg! Es ist eine Sünde!«

»Was soll denn daran Sünde sein? Wenn der liebe Gott so etwas Schönes geschaffen hat, kann das doch keine Sünde sein. Und Gottes Werk muss man bewundern und preisen. Nein, man muss es anbeten.«

»Das ist Gotteslästerung am frühen Morgen. Soll ich jetzt so, wie ich bin, hinunter auf die Straße laufen, damit die Leute Gottes Wunderwerk bewundern und anbeten können«, fauchte sie ihn an.

Der Bader lachte schallend und versuchte Benedikta in den Arm zu nehmen. »Hüte dich, dieses Wunder der Schöpfung möchte ich für mich allein haben.«

Sie stieß ihn weg, wobei er sie nun wieder in ihrer vollen Schönheit bewundern konnte. »Du Schuft, gib mir die Decke und dreh dich um. Hast du Strolch meine Hilflosigkeit ausgenützt und dich heute Nacht an mir vergangen? Mir die Jungfräulichkeit geraubt?«

»Ich weiß es nicht! Aber ich glaube nicht, dass etwas Unrechtes geschehen ist. Du solltest es eher wissen als ich. Du hast ein Keuschheitsgelübde abgelegt, da müsstest du doch Jungfrau sein. Und ich kann hier nirgends Spuren einer heißen ersten Liebesnacht entdecken. Ich glaube, ich war auch viel zu betrunken, um etwas Unkeusches zuwege zu bringen.«

Unten in der Gaststube angekommen, sah die Frau des Gastwirts sie grimmig an. Sie drehte sich um und begab sich laut schimpfend ohne Gruß in die Küche. Der Wirt grinste, machte obszöne Handbewegungen und stellte je eine Schüssel mit kaltem Haferbrei, dazu einen Krug Dünnbier, vor sie auf den Tisch.

13

Ihr Weg führte sie erneut in die Stadtmitte. Auf dem Gang durch die Straßen zeigte Simon Benedikt die herrschaftlichen Häuser der reichen Handelsherren. Dort beherbergten die Augsburger Kaufleute sogar Kaiser und Reichsfürsten, wenn Sie in der Stadt weilten. Nur wenige Schritte abseits der Pracht traten sie in eine Gasse, deren Häuser verlassen zu sein schienen.

Simon erklärte seinem Begleiter: »Bis vor kurzem gab es zwei jüdische Viertel in Augsburg. Vor zwei Jahren beschloss der Rat der Stadt, dass alle Juden die freie Reichsstadt zu verlassen hätten. Jetzt stehen die meisten Häuser leer. Zahlreiche frühere Bewohner sind in die umliegenden Dörfer außerhalb der Mauern gezogen. Viele der armen Menschen haben in Kriegshaber, unweit der Stadt, eine neue Heimat gefunden.«

»Was heißt hier arme Menschen? Warum bedauerst du sie? Dieses Volk hat schließlich unseren Heiland ermordet! Recht geschieht es ihnen! Jeden, der das heilige Sakrament der Taufe verweigert, hätte man aus dem Land jagen müssen!« Benedikt war außer sich.

»Hoh, hoh, immer langsam! Du solltest dich doch in der Heiligen Schrift auskennen, nicht die Juden haben den Heiland gekreuzigt, sondern die Römer. So habe ich es immer verstanden.«

»Was bist du denn für einer? Jeder weiß, dass die Juden schuld sind! Sie brauchen das Blut unserer christlichen Kinder für ihre Rituale und vergiften unsere Brunnen.«

»Ja, wie kann man nur so blöd sein?«, polterte Simon nun gleichfalls los. »Und den ganzen Unsinn glaubst du? Unser Herr Jesus war doch selber Jude und die Jungfrau Maria auch! Sein Ziehvater Josef war Jude, seine Jünger waren Juden und der Heilige Petrus und Paulus ebenfalls.«

Die Leute drehten sich bereits nach den beiden Streithähnen um. Vielleicht bekämen sie ja gleich eine Schlägerei zu sehen. Dann würden die Stadtwachen eingreifen - endlich eine Abwechslung im grauen Alltag. Immer mehr Menschen blieben stehen.

Simon bemerkte dies, packte Benedikt am Arm und zog ihn weg. »Au, du tust mir weh! Lass mich los!«

Der Bader flüsterte ihm zu: »Halt endlich die Klappe und komm mit! Wir müssen weg von hier, siehst du nicht, dass die Leute auf uns aufmerksam werden?«

»Ich habe nichts zu verbergen! Ich bin kein Judenfreund!«, entgegnete Benedikt trotzig.

»So, du hast nichts zu verbergen? Wenn wir uns weiter streiten, sind die Stadtknechte in wenigen Augenblicken hier. Was meinst du, was die zu einer Frau in Männerkleidern sagen? Was meinst du, wie lange die brauchen, um herauszufinden, dass du eine entlaufene Nonne bist? Was denkst du, wen dann noch interessiert, was du über die Juden denkst? Also, halt endlich den Mund und beweg dich!«

Sie trotteten eine Weile schweigend nebeneinander her, bis sie in die Nähe des Rathauses gelangten. Dort stand ein Mann am Pranger und wurde von einer wütenden Menschenmenge beschimpft und mit allerlei Unrat beworfen. Die beiden schenkten der Bestrafung des Unbekannten keine Beachtung, so sehr waren sie innerlich aufgewühlt.

»Du bist gemein zu mir. Immer wieder ärgerst du mich damit, dass ich aus dem Kloster geflohen bin.«

»Gerade du musst erst nachdenken, bevor du etwas sagst oder tust. Wenn du zukünftig unbehelligt als Mann leben willst, ist es dringend nötig, dein Temperament zu zügeln. Du musst dich unauffällig durchs Leben bewegen und es genießen, in der zweiten Reihe zu stehen. Dränge dich nicht nach vorne! Weiter hinten hast du oft den besseren Überblick.«

»Deine klugen Ratschläge kannst du dir schenken!«

Der Bader sagte nichts mehr, schüttelte den Kopf und grummelte im Weitergehen leise vor sich hin.

Simon lenkte seine Schritte in Richtung des verlassenen Judenviertels am Judenberg. Benedikt trottete hinterher und konnte sich an der Pracht der Häuser der Augsburger Handelsherren nicht sattsehen. »Müssen die reich sein! Ich dachte immer, mein Vater hätte viel Geld, aber im Vergleich zu diesen Palästen ist die Burg meiner Familie ein finsteres Loch.«

»Nun komm endlich! Wir werden sicher noch ein paar Tage in der Stadt bleiben und dann kannst du alles in Ruhe bewundern.«

In dem alten jüdischen Viertel hatte sich vieles verändert, seit Simon das letzte Mal hier gewesen war. In ein paar Häusern wohnten ärmere Augsburger, die nach der Vertreibung der Juden eine preiswerte Bleibe fanden. Diese günstige Gelegenheit nutzten vor allem die zahlungskräftigen Bürger der Stadt. Sie kauften den ursprünglichen Besitzern vor deren Ausweisung ihr Eigentum für ein Spottgeld ab. Die überwiegende Zahl der Häuser stand seither leer. Mit Holzbrettern vernagelte Fensterhöhlen starrten die Vorübergehenden an. Marode Fensterläden hingen herunter, manche waren abgefallen. Die Türen zahlreicher leerstehender Häuser schienen aufgebrochen worden zu sein. Diebe hatten das letzte Brauchbare herausgeschleppt.

»Das ist unheimlich! Wenige Schritte von hier diese unglaubliche Pracht und jetzt so etwas. Wo sind die Menschen, die hier einmal lebten, geblieben?«, flüsterte Benedikt dem Bader zu.

»Du kannst jetzt wieder laut sprechen. Hier hört dich sowieso keiner. Tun dir die Juden jetzt auf einmal doch leid? Sie lebten hier, bevor die wackeren Christenmenschen ihnen die Heimat raubten.«

Benedikt ging nicht darauf ein. »Es ist richtig gespenstisch. Vielleicht spuken in den Gemäuern ja wirklich böse Geister herum?«

»So ein Schmarrn! Es gibt hier keine Geister und schon gar nicht am helllichten Tag. Komm jetzt! Wir schauen uns ein wenig um.«

Simon stieß ein paar Türen auf und blickte hinein. Was er dort zu finden hoffte, wusste er selber nicht. Ein riesiger schwarzer Mönch mit Narbe würde ihnen sicherlich nicht über den Weg laufen. Nachdem sie in das eine oder andere Gebäude betreten hatten und ergebnislos wieder herausgekommen waren, wurde einer der neuen Bewohner eines gegenüberliegenden Hauses auf sie aufmerksam.

»He, ihr da drüben! Was schnüffelt ihr hier herum? Dort gibt es nichts mehr zu stehlen! Schert euch zum Teufel, sonst hole ich die Büttel!« Ein Mann in den besten Jahren mit kräftiger Statur kam auf sie zu. In der Hand hielt er eine Axt, mit der er kurz vorher noch einen Balken bearbeitet hatte. Er blieb vor ihnen stehen und wiegte das Beil bedrohlich in den Händen. Benedikt trat erschrocken einen Schritt hinter den Bader zurück.

»Nochmals die Frage, was schnüffelt ihr hier herum?«

»Warum bist du denn so unfreundlich?«, fragte der Bader. »Wir haben uns ein wenig umgeschaut. Weißt du, wir kommen von außerhalb. Und da wundern wir uns, warum hier so viele Häuser leer stehen und das Viertel so heruntergekommen ist.«

Misstrauisch beäugte sie ihr Gegenüber. »Die Fremden treiben sich sonst nur oben auf den Märkten herum. Hier kommt nur irgendwelches Diebsgesindel her, das Übles im Schilde führt. Die haben schon alles, was nicht niet- und nagelfest ist aus den jüdischen Hütten herausgerissen. Wenn sie dort nichts mehr finden, kommen sie zu den Häusern, in denen die braven christlichen Augsburger Bürger wohnen. Hier ist alles verkauft, sogar die zerfallenen Ruinen da drüben gehören irgendwelchen Pfeffersäcken, die sie billig erworben haben. Vielleicht bauen sie dort ja in ein paar Jahren ihre Paläste hin. Platz ist rar in Augsburg. Aber nun zurück zu euch, was schnüffelt ihr hier herum?«

»Aber, guter Mann! Wir schnüffeln ganz bestimmt nicht! Wir sehen doch wie Ehrenmänner aus.«

»Pah, wie Spitzbuben seht ihr aus. Was glaubt ihr eigentlich, welche Lumpen hier schon herumgesucht haben. Alles nur Ehrenmänner und wenn du ihnen den Rücken zudrehst, stoßen sie dir den Dolch in den Leib. Aber ich kann mich wehren.« Der Mann blickte auf die Axt.

»Gut, wir können dir ja nicht vorschreiben, was du über uns denkst. Nochmal, wir haben nicht vor, irgendetwas zu stehlen.« Er zeigte seine Hände vor. »Schau mal, es ist alles noch dran und ich habe auch nicht vor, mich hier in Augsburg von Hand oder Fingern zu trennen. Auch die Ohren haben sie mir nicht geschlitzt.«

»Ist schon recht! Sie sehen alle aus, als ob sie kein Wässerchen trüben könnten. Ihr werdet nicht glauben, was hier für feine Herrschaften herumspioniert haben. Sogar einen Mönch habe ich vertrieben. Ein ganz gescherter Lackl, vor dem hätten andere Angst bekommen ...«

»Was sagst du? Ein Mönch?«, fiel ihm Simon ins Wort.

»Sagte ich doch, ein Mönch! Was es für einer war, weiß ich nicht. Er trug eine schwarze Kutte. Ein richtiger Grobian, der schnüffelte, wie ihr, in den verlassenen Häusern herum. Nachdem ich wissen wollte, was er hier verloren hätte, schrie er mich an und drohte mit Schlägen, wenn ich nicht sofort das Maul halten und verschwinden würde.«

»Und dann hast du ihn in Ruhe gelassen?«, fragte Benedikt, der langsam mutiger wurde.

»Wo denkst du hin! Natürlich nicht! Aber er beschimpfte mich gotteslästerlich und langte sofort zu. Seither habe ich die Axt dabei, wenn solche komischen Leute wie ihr hier auftauchen. Da ich mir nichts gefallen ließ, überlegte der Strolch es sich offenbar anders und sah zu, dass er sich aus dem Staub machte. Also, ich wundere mich schon, wie sich manche Männer der Kirche aufführen.«

Simon unterbrach ihn erneut: »Kannst du dich noch daran erinnern, wie der Mönch aussah?«

»Also, ihr schnüffelt doch hier herum!«, das Gesicht des Mannes lief rot an.

Der Bader war gottlob fast nie um eine Antwort verlegen: »Reg dich nicht auf! Bleib ruhig! Ja, wir müssen es dir jetzt wohl sagen. Wir suchen einen Mann, der sich als Mönch ausgibt. Er hat mich um viel Geld betrogen und wir haben erfahren, er würde sich in den verlassenen Häusern der Juden herumdrücken. Du scheinst der Erste zu sein, der ihn gesehen hat.«

»Ein falscher Mönch, das ist ja Gotteslästerung! In seiner Haut möchte ich nicht stecken, wenn ihn die Stadtknechte in die Finger bekommen. Wundern tuts mich nicht. Ich sagte ja, hier treibt sich viel lichtscheues Gesindel herum.«

»Kannst du dich vielleicht an sein Gesicht erinnern?« Der Bader fragte ihn behutsam, um einen neuerlichen Wutanfall zu vermeiden.

»Das ist ein elendiger Hundsfott und ich werde es ihm heimzahlen, sollte er jemals wieder hier auftauchen.«

»Das glauben wir dir sofort. Hast du an ihm etwas Außergewöhnliches bemerkt?«

»Nein! Oder doch! Ich dachte an den Leibhaftigen, als ich ihn sah! Jetzt weiß ich auch, warum. Er hatte ein blutrotes Teufelsmahl auf der Stirn. Ja, das hatte er.«

»Ich glaube, das ist der Mönch, den wir suchen. Hast du eine Idee, was er hier gesucht haben könnte?«

»Nein! Ich sagte es euch ja schon. Hier gibt es nichts mehr zu stehlen. Ich war ja auch in den Ruinen und habe mich umgeschaut. Die Juden durften ihr ganzes Hab und Gut mitnehmen. Im Anschluss war kaum noch etwas Nützliches vorhanden. Dann kamen die Aasgeier und haben alles gestohlen, was vielleicht noch irgendwie zu gebrauchen war, Türen, Eisen, Beschläge, Nägel und Holzbretter. Die Steine hat noch keiner abgetragen, das hätten die Obrigkeit und die neuen Besitzer nicht zugelassen.«

»Ist der Mönch hier nochmals gesehen worden?«

»Nein, und davon würde ich ihm auch dringend abraten.«

»In welche Richtung ist er denn verschwunden?«

»Er verzog sich in die Jakobervorstadt. Ob das sein Ziel war, kann ich euch nicht sagen. Es ist mir auch vollkommen egal, wohin sich der Mistkerl vom Acker gemacht hat.«

Der Bader bedankte sich bei dem Mann, der in der Zwischenzeit freundlicher geworden war. Sie verabschiedeten sich und entfernten sich in Richtung Jakoberkirche, deren Turm durch die Häuser zu sehen war.

»Bei dem Gespräch kam nicht viel heraus«, bemerkte Benedikt enttäuscht, nachdem sie ein paar Schritte gegangen waren.

»Das war eine ganze Menge«, widersprach ihm der Bader. »Wir wissen jetzt zum einen, dass der Mönch sich vermutlich noch in Augsburg aufhält und zum anderen, dass er im verlassenen Judenviertel etwas sucht.«

Benedikt lachte den Bader aus: »Und was hilft uns das? Gar nichts!«

»Ob es uns weiterbringt oder nicht, kann man heute noch nicht sagen. Wir werden es sehen.«

»Und was tun wir jetzt?«

»Wir schauen uns erst einmal in der Jakobervorstadt um.«

Sie setzten ihren Weg entlang der zahlreichen Kanäle fort, in denen das Wasser des aufgestauten Lechs durch das Stadtviertel strömte. Hier gingen viele Weiß- und Rotgerber ihrem Gewerbe nach. Auf hölzernen Gestellen hingen Häute von Ziegen, Rindern und Tieren aus Wald und Flur – eben alles, was im Umland der großen Stadt kreuchte und fleuchte. Die Gerber saßen auf der Straße vor ihren Arbeitsstätten und reinigten die Häute mit einem speziellen Messer von blutigen Fleisch- und Fettresten. Wütende Hunde, aber auch Schweine, machten sich die madigen Fleischklumpen streitig. Es stank erbärmlich!

Den Geruch der großen Stadt, der vom Abfall und den in die Straßen geleerten Abtritteimern herrührte, waren die beiden gewöhnt und er störte sie nicht sonderlich. Aber der Gestank des verwesenden Fleisches war zu viel. Sie befragten niemand mehr und beeilten sich, dieses Viertel so schnell wie möglich wieder zu verlassen.

14

Benedikt und Simon suchten nach ihrem Erkundungsgang durch das alte Judenviertel eine Kaschemme in der Unterstadt zu Füßen des Rathauses auf. Dort war brechend voll. Es blieb ihnen nichts anderes übrig, so setzten sie sich zu einer Gruppe ziemlich angetrunkener Männer. Nur an deren Tisch waren noch zwei Plätze frei. Die Gäste musterten die Neuankömmlinge kurz und führten dann ihre lautstarke Unterhaltung fort, ohne sie weiter zu beachten.

In diesem Trubel war an ein ungestörtes Gespräch nicht zu denken. Der Bader bestellte für jeden ein Brett mit Speck, Käse, einen halben Laib Brot und einen Humpen Bier. Es dauerte nicht lange und die Kellnerin brachte das Gewünschte. Simon langte kräftig zu und nahm einen tiefen Zug aus seinem Krug. Benedikt knabberte nur an einer Scheibe trockenen Brotes und nippte am Bier.

»Hast du keinen Hunger?«, erkundigte sich der Bader. »Greif doch zu! Es ist genug für uns beide da! Und wenn es nicht reicht, bestellen wir mehr!« Er spießte ein großes Stück fetten Specks mit seinem Messer auf und hielt es Benedikt unter die Nase. »Komm! Nimm schon!«

Der Junge schüttelte den Kopf und versuchte, sich seinen Widerwillen nicht anmerken zu lassen. »Nein, nein! Das trockene Brot ist mir genug. Mir ist nicht nach Speck und Käse. Im Gerberviertel ist mir der Appetit gründlich vergangen. Ich bring nichts runter!« Benedikt schüttelte sich vor Abscheu.

»Man könnte fast meinen, du kämst aus besserem Hause!«, neckte Simon Benedikt. »Bei uns in Aichach stinkt es in den Gassen nicht viel anders! Wenn du dein Fleisch nicht magst, ich esse es gerne.«

»Hör auf mich zu ärgern!«, fauchte sein Begleiter.

Ein neben Benedikt sitzender glatzköpfiger, ungehobelter Klotz legte ihm seinen muskulösen Arm um die Schultern. Fauliger Atem schlug dem Jungen aus dem bis auf wenige schwarze Stümpfe zahnlosen Mund, entgegen. Dabei lallte er: »Was bist du denn für ein hübsches Bürschlein? Hast eine Haut, so zart wie die von einem Mädchen!« Er strich Benedikt zärtlich über die Wange, der zuerst vor Schreck erstarrte und im Anschluss bis in die Haarspitzen errötete. Er wusste nicht, wie er reagieren sollte, und wagte nicht, sich zur Wehr zu setzen.

Simon sprang auf und herrschte den Betrunkenen an: »Nimm sofort deine dreckigen Finger von meinem Freund!«

Augenblicklich verstummten alle Gespräche. Es wurde still im Raum. Die Anwesenden beobachteten neugierig die Streithähne. Vermutlich gäbe es ja gleich eine handfeste Rauferei und endlich wäre etwas los. Nur der Wirt fürchtete um sein spärliches Mobiliar. Ein gefährliches Flackern blitzte in den Augen des unbekannten Zechers. Er stieß den Jungen von sich und laut krachend fiel der Schemel um. Er erhob sich ebenfalls. »Meinst du mich, du Zwerg? Ich schlag dir den Schädel ein!«

»Ja! Dich mein ich, du stinkender Wurm!« Dabei umfasste er das Messer, mit dem er vorher den Speck geschnitten hatte.

»Dir gebe ich gleich einen stinkenden Wurm!« Mit diesen Worten versuchte er, sich auf den Bader zu stürzen. Dieser wich geschickt einen Schritt zurück, so dass der Betrunkene auf die Oberfläche des schweren Tisches krachte. Mit einem

Griff drückte er seinem Gegner das Messer an die Kehle. Der Wirt, der herbeieilte und die aufgesprungenen Kumpane des Säufers erstarrten in ihren Bewegungen. Die Spitze der Waffe ritzte die Haut des Gegners und ein Tropfen Blut rann aus einer kleinen Wunde.

»So jetzt hörst du mir mit deinem besoffenen Kopf einfach zu und hältst dein stinkendes Maul. Zuerst entschuldigst du dich bei dem Jungen. Wenn du deinen restlichen Verstand noch nicht versoffen hast, dann weißt du vielleicht, was die Augsburger Obrigkeit mit Kerlen anstellt, die hübschen jungen Männern nachstellen!«

Der Wirt, die sensationslüsternen Gäste und die Tischnachbarn blickten von einem der Kontrahenten zum anderen. Der Nachmittag bot mehr Unterhaltung, als es zu erwarten gewesen war.

»Also, was hast du uns zu sagen?«

Der bäuchlings auf dem Tisch Liegende schien auf einen Schlag nüchtern geworden zu sein: »Nein mein Herr, Ihr müsst mir mein ungebührliches Verhalten verzeihen!«

»Ich verstehe dich nicht und die anderen auch nicht!« Zustimmendes Nicken kam von allen Seiten.

»Junger Herr«, wandte er sich mit lauter, zitternder Stimme an Benedikt. »Ihr müsst mir mein Tun verzeihen. Ich war nicht Herr meiner Sinne. Nichts liegt mir ferner, als Euch zu nahe zu treten. Und ich kann Euch versichern, ich liebe nur Frauen und hatte keinerlei unkeusche Gedanken, als ich Euch berührte. Das müsst Ihr mir glauben! Wirklich! Bitte verzeiht mir und nehmt meine Entschuldigung an!«

»Es ist gut! Wir entschuldigen dein flegelhaftes Verhalten! Pack deine Sachen zusammen und verschwinde, bevor ich es mir anders überlege«, erwiderte Simon, der sich ein Grinsen nicht verkneifen konnte. Er legte das Messer wieder neben den Speck auf die Tischplatte. Der so

Gedemütigte entfernte sich rückwärtsgehend vom Tisch und fiel fast über den am Boden liegenden Stuhl.

Bevor er den Ausgang der Gaststube erreichte, stand er aufrecht und sprach Benedikt mit bemerkenswert klarer Stimme noch einmal an. »Junger Herr, Ihr habt einen ganz falschen Eindruck von mir gewonnen. Aber nehmt Euch in Augsburg in Acht. Dies ist eine der größten Städte des Reiches und ein gefährliches Pflaster für junge Menschen, ob Jungen oder Mädchen. Man erzählt sich, sogar Herren des geistlichen Standes stellten in der letzten Zeit jungen Männern nach. Nehmt euch vor einem schwarzen Mönch in Acht.«

Bevor sich die Tür schloss, sprang Simon auf und stürzte hinter dem Mann her. Er packte ihn am Ärmel und zerrte ihn in den Raum zurück.

»Was hast du da gesagt?«

»Nichts, mein Herr! Ich habe gar nichts gesagt! Lasst mich gehen! Ich habe mich doch entschuldigt!«

»Was hast du über den schwarzen Mönch gesagt?«

»Nichts! Ich habe nichts gesagt! Bitte lasst mich gehen! Ich würde nie etwas Ehrverletzendes über einen Herrn des geistlichen Standes äußern. Ihr müsst mich falsch verstanden haben.«

»Unfug! Es ist mir vollkommen egal, was du über die Pfaffen sagst oder denkst! Was ist mit dem schwarzen Mönch?«

»Ich verstehe Euch nicht!«

»Erzähle mir einfach, was du über den Mönch weißt!«

»Eigentlich gar nichts! In den Gasthäusern redet man über diesen Mönch, dass er hinter Männern her ist und ein brutaler Hund sei. Er kennt keinen Spaß und schlägt sofort zu.«

»Kennst du ihn?«

»Nein, nicht selber! Man redet an den Wirtshaustischen über den Kerl. Ich bin froh, ihm noch nie begegnet zu sein.«

»Erzähle alles, was du über ihn gehört hast.«

»Da gibt es nicht viel. Er treibt sich angeblich im verlassenen Judenviertel herum. Dort soll es ein jüdisches Bad geben, in dem er sich versteckt hält. Ich kann Euch nicht sagen, wo sich dieser Ort genau befindet. Ich habe nur davon gehört. Dass die Juden ein Badehaus oder was auch immer besaßen, war mir neu. Mehr weiß ich beim besten Willen nicht.«

»Trotzdem denke nochmal nach! Was erzählt man sich sonst in der Stadt noch über diesen merkwürdigen Mönch?«

»Der Bursche soll ein rotes Mal auf der Stirn und pechschwarze Haare haben, wie ein böser Geist. So erzählen es jedenfalls Leute, die ihm begegnet sind.«

Simon kehrte an seinen Platz zurück. Benedikt sah ihn böse an: »Was hattest du denn so Wichtiges mit diesem Scheißkerl zu bereden?«

»Aus jedem noch so misslichen Umstand lässt sich immer auch etwas Gutes gewinnen!«

»Häh? Spinnst du jetzt? Was sollen die dummen Sprüche? Was hattest du mit dem stinkenden Unhold zu besprechen?«

»Er hat uns weitergeholfen!«

»Der soll uns geholfen haben? Das ich nicht lache! Ich bin ....«

»Lass uns hier verschwinden, dann erzähle ich dir alles.«

Es war später Nachmittag und sie schlenderten erneut über die Märkte. »Jetzt erzähl schon, was hast du von dem Kerl erfahren?«

»Der Mann berichtete mir, dass sich unser gesuchter Mönch vermutlich hier in Augsburg in einem jüdischen Bad versteckt hält.«

»Ein jüdisches Bad? Was ist das schon wieder für ein Unfug? Von so etwas habe ich noch nie gehört. Jüdisches Bad, das ich nicht lache! Du lässt dir jeden Bären aufbinden.«

»Warum sollen sich die Juden nicht baden? Ich habe auch noch nie davon gehört. Das muss jedoch nicht heißen, dass es so etwas nicht gibt. Ich bin in der Welt herumgekommen, ich war sogar schon in Nürnberg und in Ingolstadt. Immer wieder erfuhr ich von Dingen, die ich vorher nicht für möglich gehalten hätte. Du willst doch in die Welt hinaus, um zu lernen, da musst du schon ein wenig wissbegieriger sein und Neuem offen gegenüberstehen.«

»Spar dir deine klugen Ratschläge! Ich will Aristoteles und Platon verstehen und mir ist es egal ob und wo die Juden baden oder nicht!«

»Beruhige dich wieder, Herr Studiosus! Dein Platon und der andere Kerl helfen uns auch nicht dabei den Mörder zu fassen. Lass uns lieber überlegen, wie wir besagten Ort finden können.«

»Typisch Mann! Nur niemand nach dem Weg fragen! Wir erkundigen uns bei dem nächsten Augsburger, der uns über den Weg läuft, wo sich dieses Bad befindet.«

»Ja, wenn es nur so einfach wäre! In Augsburg laufen jede Menge Spitzel herum, die alles Auffällige dem Rat der Stadt melden. Und Bayern, die herumspionieren, sind auffällig. Die Augsburger haben noch ein Hühnchen mit mir zu rupfen und wären sicher froh, wenn sie mich in ihre Finger bekommen könnten. Du solltest dich ebenfalls zurückhalten. Frauen in Männerkleidern machen die Stadtknechte bestimmt sehr neugierig. Wir beide müssen uns so unauffällig wie möglich benehmen.«

»Du leidest doch unter Verfolgungswahn! Was soll schon auffällig daran sein nach diesem Ort zu fragen?«

»Ich erklärte es dir bereits. Vor zwei Jahren beschloss der Rat der Stadt, dass alle Juden Augsburg binnen zweier Jahre zu verlassen hätten. Nie wieder dürften sich Menschen jüdischen Glaubens hier niederlassen.«

»Und was soll daran schlecht sein? Endlich hat es mal jemand den Gottesmördern gezeigt! Bravo!«

Simon schluckte und schlug sich mit der Hand an den Kopf: »Oh Herr, gib deiner armen Tochter Verstand! Geht das jetzt wieder los! Hat man dir das im Kloster beigebracht?«

»So sieht das jeder aufrechte Christenmensch!«

Simon hatte einen Gedanken und musste grinsen: »Denk mal darüber nach, was du über die Juden gesagt hast. Vielleicht verstehst du jetzt, warum man sich in Augsburg verdächtig macht, wenn man sich nach einem jüdischen Bad erkundigt.«

Benedikt verzog das Gesicht: »Und wie willst du dann den Ort finden, wenn du niemand fragen kannst? Jedes Haus der Stadt durchsuchen? Da hast du dir aber etwas vorgenommen.«

»Wir werden das Bad finden. Du wolltest mir doch dabei helfen! Wir fragen einfach einen jüdischen Händler auf dem Markt.«

»Was redest du denn? Ich denke, es gibt keine Juden mehr in Augsburg! Ich glaube dir bald gar nichts mehr!«

»Es ist nicht leicht mit Dir! Ja, es gibt noch Juden in Augsburg. Sie handeln auf den Märkten und müssen die Stadt rechtzeitig vor dem Schließen der Tore wieder verlassen. Viele der Vertriebenen siedelten sich in den umliegenden Dörfern an. Eine große Anzahl von ihnen lebt heute in Kriegshaber. Morgen werden wir uns auf den

Märkten umsehen, jetzt ist es dafür schon zu spät. Die Dunkelheit wird bald einsetzen!«

Es war bereits stockdunkel, als Simon und Benedikt Hunger bekamen. Sie verließen ihre Kammer, um vor dem Zubettgehen noch etwas zu essen. Im Schankraum setzten sie sich an einen kleinen Tisch im hinteren Teil des Raumes. Wie am Tag zuvor waren zahlreiche Gäste anwesend. Die meisten unterhielten sich leise. Ab und zu lachte der eine oder andere, aber es war bemerkenswert ruhig. Ein einsamer Gast saß alleine an einem Tisch nahe der Tür, starrte in seinen Becher und schien ganz in Gedanken versunken.

Der Wirt trat an ihren Tisch, um nach ihren Wünschen zu fragen. Simon erkundigte sich: »Was ist denn bei euch los? Habt ihr heute eine Trauerfeier?«

»Pschttt ...!« Er legte seinen Zeigefinger auf die Lippen und sah sich vorsichtig zur Tür um. »Da hinten sitzt ein Spitzel! Gebt darauf acht, was ihr redet, sonst holen die Stadtknechte euch morgen ab.«

Die beiden bestellten eine Schale dicke Suppe und einen Krug warmen, mit Gewürzen versetzten und mit Honig gesüßten Wein.

»Meinst du, der ist wegen uns hier?«, flüsterte Benedikt ängstlich und schlürfte den vergorenen Rebensaft.

»Blödsinn! Ich habe dir doch erklärt, dass für den Rat der Stadt viele Spitzel unterwegs sind. Die da oben wollen jeden Aufruhr und alle ketzerischen Gedanken im Keim ersticken. Und wo hört man am meisten? In solchen Kaschemmen wie dieser, in der sich Leute herumtreiben, die etwas zu verbergen haben.«

»Du meinst solche Leute wie uns!«

»Ja, zum Beispiel! Aber wenn wir uns unauffällig verhalten, brauchen wir uns keine Sorgen zu machen.«

Die beiden unterhielten sich leise, aßen und tranken. Nachdem sie ihre Krüge geleert hatten, bestellten sie nach. Dann erhob sich der vermeintliche Spitzel, zahlte und verließ das Gasthaus. Schlagartig wurde es wieder laut im Schankraum. Die Gäste lachten und stießen die schlimmsten Verwünschungen gegen diese verkommenen Subjekte aus, die braven Augsburger Bürgern hinterherspionierten.

»Kein Gauner muss so vorsichtig sein wie du, sonst landest du auf dem Scheiterhaufen oder sie ertränken dich im Lech!«, flüsterte Simon Benedikt zu.

»Meinst du wirklich, dass es so schlimm kommen könnte?«

»Ja! Aber, ich werde auf dich aufpassen, solange wir zusammen sind. Lass uns kein Trübsal blasen. Wir bestellen am besten noch einen Krug gewürzten Wein, der macht schön warm und vertreibt die bösen Gedanken.«

Wie die übrigen Gäste wurden sie immer lustiger, scherzten und lachten. Wenn man genauer hinsah, so gingen sie vertrauter miteinander um, als es zwischen zwei Männern schicklich war. Sich gegenseitig stützend kletterten sie schließlich ins obere Geschoß hinauf.

Ihre Kammer lag direkt über dem Ausschank und etwas Wärme drang durch die Decke herauf. Trotzdem überwog die kalte Winterluft, die durch die Ritzen des Daches pfiff. Fröhlich gackernd kletterten Benedikta und Simon in die mit frischem Stroh gefüllte Bettstatt. Sie wickelten sich angekleidet in grob gewebte Wolldecken. Trotzdem fror beide erbärmlich. Der Not geschuldet teilten sie ihre Decken miteinander und krochen zusammen. Ihnen wurde schnell wärmer und sie schmiegten sich eng aneinander. Angeheitert und glucksend fing Simon an, Benedikta zu kitzeln.

Die wehrte ab: »Fängst du schon wieder an? Du wirst mich nicht mit deiner Triebhaftigkeit bedrängen. Ich bin eine Braut Jesu Christi und ihm versprochen.«

»Lieber Benedikt! Nein, liebe Benedikta! Du hast zu viel getrunken. Du hast vergessen, du bist deinem Bräutigam davongelaufen! Und als Benedikt will dich dein Schatz sicher nicht zurückhaben!«

»Du bist so ein Scheusal! Du bist so gemein zu mir!«

Schluchzend wandte sie dem Bader ihren Rücken zu. Augenblicke später drehte sie sich um und vergoss bittere Tränen an seiner Schulter. Simon strich ihr übers kurze, struppige, blonde Haar: »Es tut mir leid, wenn ich dich verletzt habe. Ich habe es nicht so gemeint. Bitte verzeih mir!« Dabei bedeckte er ihr Gesicht mit Küssen, bis die Tränen versiegten.

»Du hast ja recht! Aber wie soll es nur mit mir weitergehen? Ich fühle mich so alleine! Ins Kloster kann und will ich nicht mehr zurück. Meine Familie glaubt, dass ich tot bin. Dort habe ich ebenfalls keine Heimat mehr. Ich bin jetzt mutterseelenalleine auf der Welt!«, schniefte sie.

»Du hast doch mich«, entgegnete Simon.

Benedikta schluchzte: »Ja, da habe ich etwas! Du bist verheiratet und bei euch in Aichach werden sie begeistert sein, wenn du mit deinem neuen Freund daherkommst!«

Der Bader dachte: *»Da hast du recht! In welchen Schlamassel bringe ich uns beide da gerade wieder?«* Er sagte hingegen: »Das wird schon! Du musst nur fest daran glauben! Irgendwie wird aus dieser Geschichte etwas Gutes erwachsen, dass weiß ich genau!«

»Ich will nur hoffen, dass du recht hast!« Sie erwiderte schüchtern und zaghaft seine Küsse und fühlte auf einmal etwas, was sie in ihrer Zeit im Kloster vielleicht geahnt, aber sich nicht hatte vorstellen können. Sie überkam eine wohlige Wärme und sie rieb ihr Bein an der Seite des Baders. Laut stöhnte sie auf, als Simon seine Hand auf die Innenseite ihres Oberschenkels legte. Sie spürte seine Erregung. »Es ist Sünde, was wir hier tun! Es ist Sünde!«

»Sünde kann so schön sein«, hauchte ihr Simon ins Ohr.

»Die verdammten Beinlinge sind im Weg! Warte! Gleich! Du solltest es mir gleichtun.«

Benedikta schlüpfte nun ebenfalls aus ihrer Verkleidung und löste die Leinenbinden, die ihre Brüste versteckten. »Es ist kalt!«

»Komm schnell unter die Decke, dann wird es dir gleich wieder warm!«

Benedikta kroch zu Simon und kuschelte sich an ihn: »Langsam wird es wärmer. Aber das Stroh! Überall zwickt und zwackt es!«

Der Bader breitete in aller Hast eine Decke auf die piksende Unterlage, stöhnte und schlug die zweite auf. »Ists so recht?«

Benedikta stand derweil schlotternd mit einer Gänsehaut in der Bettstatt. »Mach hin! Ist das mit der Liebe immer so ein Umstand?«

»Komm schnell und ich wärme dich!« Seine Männlichkeit hatte bei dem ganzen Hin und Her wieder Normalgröße angenommen. Langsam kam die verschwundene Vertrautheit erneut zurück und die beiden verloren sich im Liebesspiel.

Am nächsten Morgen erwachte das Liebespaar, eng aneinandergeschmiegt.

»Wir haben gesündigt!«

»Wenn die Sünde immer so herrlich ist, sollten wir gar nicht mehr aufstehen und weiter Sündigen«, schlug Simon vor.

»Ich weiß ja nicht viel über diese Art von Sündigen, aber wenn wir dabei nicht achtgeben, soll man davon Kinder bekommen. Lass uns lieber Aufstehen.«

»Du hast ja Recht! Es wird schon nichts passiert sein. Ich habe achtgegeben. Wir haben heute noch einiges vor, da müssen wir wohl oder übel raus aus den Federn«, flüsterte Simon und knabberte zärtlich an ihrem Ohrläppchen.

»Nein! Lass uns noch ein wenig liegenbleiben! Es ist so schön warm und kuschelig! Ich will nicht hinaus in die Kälte!« Sie küsste ihn und sie liebten sich aufs Neue.

Das Liebespaar betrat den Schankraum in gehobener Stimmung, um sich zu stärken, bevor sie erneut in die Stadt aufbrechen wollten. Sie waren an diesem Morgen die einzigen Gäste. Die Wirtin erblickte sie, stieß einen Fluch aus, stürmte hinaus und schlug die Tür zur Küche zu. Der Wirt machte ein ernstes Gesicht und setzte sich zu den beiden an den Tisch. Er sprach Simon an: »Du weißt, dass es mir egal ist, wer bei mir übernachtet, solange er seine Rechnung begleicht. Aber jedes Mal, wenn du bei uns nächtigst, wird es verrückter. Du legst ein sehr merkwürdiges Verhalten an den Tag! Aber, das geht mich eigentlich nichts an!«

»Genauso ist es!«, entgegnete der Bader.

»Wovon redest du eigentlich?«, hakte Benedikta nach, die sich wieder in Benedikt verwandelt hatte. Simon sah sie warnend an.

»Das kann ich dir sagen! Bei seinem ersten Besuch haben er und sein Freund sich jedes Mal in Lumpen gehüllt, bevor sie die Herberge verlassen haben. Nachdem sie weg waren, kamen die Stadtbüttel und suchten die beiden. Beim zweiten Mal gab es dies merkwürdige Brüderchen- und Schwesterchenspiel! Bruder und Schwester waren plötzlich spurlos verschwunden, bevor die Stadtknechte erneut nach ihm fahndeten und mein Haus dabei auf den Kopf stellten. Und nun, bei seinem dritten Aufenthalt hier, dringen aus eurer Kammer Geräusche, die sich anhören, als ob es Männlein und Weiblein miteinander treiben. Dann öffnet sich die Tür und zwei Männer treten heraus. Was würdet ihr nun denken?«

»Alles Unsinn! Wir haben nichts Unrechtes getan!«, stieß der Bader hervor. Benedikts Gesicht war von einer tiefen Röte überzogen.

»Eigentlich kümmert es mich auch nicht, was ihr da miteinander treibt. Ihr seid gute Gäste und bezahlt, was ihr schuldig seid. Ich fände es schade, meine Gäste wegen Sodomie auf dem Scheiterhaufen brennen zu sehen. Außerdem würde mich die Obrigkeit fragen, warum ich so etwas in meiner Herberge geduldet habe.«

»Wir sind keine Sodomiten!«, entgegnete Simon empört.

»Noch einmal: Es ist mir egal, was ihr treibt. Reißt euch am Riemen! Verhaltet euch so, wie es sich geziemt oder macht zumindest nicht so viel Krach dabei, dass man es im ganzen Haus hören kann. Andernfalls muss ich euch bitten, euch eine andere Unterkunft zu suchen. Das würde mir leidtun, da ihr gute Gäste seid.«

»Ich werde ....«, erhob der Bader seine Stimme.

»Ich habe dem nichts mehr hinzuzufügen! Was darf ich euch heute zum Frühstück bringen?«

Schweigend schlangen sie ihren Brei hinunter und tranken einen Becher dünnes Bier.

Benedikt schluchzte leise: »Ich habe Angst! Vielleicht war alles nur ein schöner Traum, der jetzt zum Albtraum wird! Wie soll es nur weitergehen?«

»Wir lieben uns! Es ist so schön und so wird es auch bleiben! Der Wirt wird schweigen, den kenne ich. Der hat nur Angst um sein Geld! Außerdem mag er die Obrigkeit nicht! Heute Nacht dürfen wir eben keinen solchen Lärm mehr machen«, flüsterte der Bader.

»Vielleicht ist das die Strafe für unser unkeusches und gottloses Tun! Heute werde ich meine Sünden beichten gehen!«

»Bist du jetzt komplett verrückt geworden? Was meinst du, was dir der Priester zur Buße aufgibt? Du musst deine Taten bereuen, deinem Ordensgelübde folgen und zurück ins Kloster gehen. Vorher wird er dir keine Absolution erteilen. Deine Freiheit und all deine Träume kannst du dann vergessen. Und ob der Vater, der dir die Beichte abnimmt, sich in so einem Fall wirklich an das Beichtgeheimnis gebunden fühlt, weißt du auch nicht. Ich rate dir dringend von deinem Vorhaben ab!«

»Ich bin so verzweifelt! Was soll ich nur tun?«

»Du musst einfach auf andere Gedanken kommen. Da hilft es nur, eine Aufgabe zu haben. Wir machen so weiter, wie geplant. Wir gehen auf den Markt und suchen einen jüdischen Händler, der uns weiterhilft.«

15

Den Himmel zwischen Lech und Wertach bedeckten tiefhängende, graue Wolken. Die ganze Nacht hindurch hatte es gegossen. In den Gassen stank es schlimmer als in den Tagen zuvor. Benedikt und Simon wirkten bedrückt und sprachen kaum miteinander. Sie zogen zwischen den beiden Gotteshäusern ›St. Afra und Ulrich‹ und dem Dom von Markt zu Markt, schlenderten an Ständen vorbei, die alles feilboten, was das Herz begehrt. Sogar Rinder, Schweine, Ziegen und Pferde wechselten ihre Besitzer.

Die jüdischen Händler konnte man bereits von Weitem an ihrer farbenfrohen Kleidung erkennen. Zusätzlich waren sie gezwungen einen runden, spitzen, gelben Hut zu tragen. Es dauerte trotzdem eine ganze Weile, bis sie in einer Menschentraube die erste gelbe Hutspitze entdeckten. Simon drängte sich durch die Leute hindurch. Der spindeldürre Händler, in bunte, zerschlissene Gewänder gekleidet, mochte ungefähr 30 Jahre alt sein. Er bot allerlei Tand, Kämme, rote, gelbe und blaue Bänder an. Frauen prüften die Ware kritisch, während ihre Männer knurrten, wie die Weiber das ganze schöne Geld für diesen Schund ausgeben könnten.

Der Bader nutzte einen Augenblick, in dem der Händler sich von einem Kunden abwandte und fragte:»Kannst du mir sagen, wo ich hier in Augsburg euer jüdisches Bad finden kann?« Der Mann blickte ihn verständnislos an.»Ich meine den Ort, wo ihr Juden badet!« Der Händler legte den Kopf schief und schien darüber nachzudenken, wie er diesen Verrückten möglichst schnell wieder loswerden könnte.»Ich meine diese Mikie, Mikwe oder wie auch immer das heißt.«

Der Jude wurde wütend und blaffte Simon an:»Verschwinde, ich habe keine Ahnung, wovon du redest! Die Leute wollen was kaufen und dein Geschwätz hält nur auf.«

Simon sprach noch einige andere jüdische Händler an, immer mit demselben Ergebnis. Keiner von ihnen war bereit, ihm Auskunft zu erteilen.

Benedikt lief hinter ihm her und wusste nicht so recht, wie er ihm helfen sollte:»Warum sind die nur so abweisend? Wahrscheinlich sind Juden einfach so! Die sind nur freundlich, wenn sie Geschäfte machen können.«

»Was redest du denn da. Ich habe freundliche und unfreundliche Juden getroffen, ebenso, wie es freundliche und unfreundliche Christenmenschen gibt. Ich vermute eher, dass sie Angst haben und mir deshalb keine Antwort geben!«

»Wovor sollten sie denn Angst haben! Die Stadtknechte passen doch auf, dass der Marktfrieden eingehalten wird.«

»Die Juden in dieser Stadt haben allen Grund, misstrauisch zu sein. Ihre Augsburger Mitbürger haben ihnen in den letzten einhundert Jahren übel mitgespielt.«

»Da vorne sehe ich noch einen! Schau mal da rüber! Der Verkaufsstand neben der Toreinfahrt!«

»Das ist der Letzte für heute! Wenn der uns auch nicht weiterhilft, werden wir uns etwas anderes überlegen müssen.«

Der Jude hatte ihnen den Rücken zugewandt und unterhielt sich mit einem Kunden. Beim Umdrehen sprach ihn Simon an: »Mein Herr ich habe nur eine Frage an euch, vielleicht könnt Ihr mir Auskunft erteilen?«

»Gerne, wenn es in meiner Macht steht .....«, der Händler stockte. »Ich kenne dich doch! Du bist der Bader aus Aichach, der nach Spuren des Typsiles suchte. Warte, dein Name fällt mir auch gleich ein......... Jetzt weiß ich es wieder: Du bist der Simon Schenk! Nicht wahr?«

»Ich glaube es nicht! Genau .... und du bist der Trödler Nathan Edelmann! Welch eine Freude, dich wiederzusehen!«

»Wie ist es dir ergangen? Ein paar Tage, nachdem wir uns trafen, habe ich gehört, dass die Obrigkeit drei Aichacher suchte, einen Bader mit seiner Schwester und einem entlaufenen Waffenknecht der Fugger. Weshalb sie hinter denen her waren, dass weiß ich nicht, aber es muss etwas Schwerwiegendes gewesen sein. Eigentlich ist es für einen Juden in dieser Stadt nie gut, zu viel zu wissen. Ich kann mir aber überhaupt nicht vorstellen, dass du etwas damit zu tun haben konntest.« Nathan Edelmann grinste und zwinkerte dem Bader zu.

Simon feixte ebenfalls: »Es würde mir niemals einfallen, etwas zu tun, was die Augsburger Obrigkeit verboten hat. Niemals!«

»Davon bin ich überzeugt und sicherlich gibt es im Aichacher Land nicht nur einen Badermeister. Aber jetzt erzähle endlich.«

»Mir geht es gut. Ich habe dir damals ja den Grund meines Besuchs in Augsburg genannt. Wir konnten den Mörder des Aichacher Kaufmannsehepaares fassen. Jedoch hat er sich der Strafe entzogen und sich das Leben genommen. Die Spur nach Augsburg hat uns in diesem Fall nicht weitergebracht. Aber ohne diese Geschehnisse hätten wir uns nicht kennengelernt. Also umsonst war unser damaliger Aufenthalt hier dann doch nicht. Jetzt ist es an dir, zu erzählen.«

»Ja gerne, aber nicht hier, die Leute schauen schon.«

»Das verstehe ich nicht! Warum können wir nicht hier sprechen? Gut! Dann gehen wir eben in ein Gasthaus, essen trinken etwas und reden dort!«

Nathan schlug sich an den Kopf: »Mein lieber Simon, du magst ja gut darin sein, Verbrecher zu jagen, aber nimm es mir nicht Übel: Du bist in manchen Dingen noch genauso fremd in dieser Welt, wie bei unserer ersten Zusammenkunft!«

»Häh?«

»Ich bin ein Jude! Mich, meine Familie und alle anderen haben sie vor zwei Jahren aus dieser Stadt vertrieben und uns nur das nackte Leben gelassen. Anderswo ist es viel schlimmer gekommen. Ich kann nicht einfach mit dir in ein Gasthaus gehen. Mit meinem gelben Hut bin ich wohl der auffälligste Gast in jeder Kaschemme. Als Jude sollte ich unter keinen Umständen auffallen. Wir treffen uns zwei

Stunden vor dem Schließen der Stadttore außerhalb des Heilig Kreuzer Tores. Jetzt verschwindet!«

Kopfschüttelnd zog Simon weiter, in seinem Gefolge Benedikt. Der erkundigte sich: »Das habe ich nicht verstanden. Warum treffen wir ihn außerhalb der Stadt?«

»Ganz begriffen habe ich es auch nicht, aber es wird schon seine Richtigkeit haben. Bis zum Nachmittag haben wir genug Zeit, uns in aller Ruhe in Augsburg umzusehen.«

Im Laufe des Tages hatte sich das Wetter gebessert. Ab und zu verirrte sich der eine oder andere Sonnenstrahl durch die Wolkendecke. Nachdem sie den halben Nachmittag durch die Stadt geschlendert waren, machten sie sich auf den Weg zum vereinbarten Treffpunkt. Die beiden durchquerten das Heilig-Kreuzer Tor, überquerten den breiten Wassergraben auf der hölzernen Brücke und standen außerhalb der Wehranlage. Die Stadtwachen musterten sie zuvor aufmerksam, ließen sie jedoch ungehindert passieren. Simon sah sich um, konnte den Händler aber nirgends entdecken. Deshalb gingen sie weiter in Richtung des Heilig-Kreuz-Klosters. Auf einem Baumstumpf am Wegesrand vor der Katharinenkapelle saß Nathan Edelmann. Er erhob sich und begrüßte die Ankömmlinge mit großer Herzlichkeit.

Er schüttelte dem Bader die Hand. »Ich freue mich sehr, dich wiederzusehen. Es gibt nicht viele Christen, die uns Juden so unvoreingenommen begegnen wie du!«

»Hör auf! Du beschämst mich! Ich habe gewusst, dass wir uns eines Tages wieder über den Weg laufen. Das ist übrigens mein Freund Benedikt!«

Nathan nickte dem jungen Mann freundlich zu.

»Was treibt euch nach Augsburg? Los erzählt schon! Hoffentlich nicht wieder so ein abscheuliches Verbrechen?«

»Leider ist es so! Bei uns in Aichach wurde ein Mönch ermordet, dem sehr viel Gold anvertraut worden war«, antwortete der Bader. Benedikt blickte überrascht auf, sagte aber nichts dazu.

»Nimm es mir nicht übel«, Nathan konnte sich ein Schmunzeln nicht verkneifen, »bei euch in Aichach müssen sie alle mit langen Haaren und unrasiert herumlaufen, wenn sich der Bader ständig auf Verbrecherjagd befindet. Vielleicht solltest du deinen erlernten Beruf an den Nagel hängen!«

»Es geht nicht nur um die Jagd auf Rechtsbrecher, sondern wir müssen unsere Bürger und Familien vor diesen Halunken schützen. Jeder sollte wissen, dass es sich nicht lohnt, in Aichach ein Verbrechen zu begehen!«

»Gut gebrüllt, Löwe!« Der Händler klopfte dem Bader ermunternd auf die Schulter. »Lass es gut sein. Ich weiß, dass du es ehrlich meinst. Was willst du von mir? Wie kann dir ein alter jüdischer Krämer weiterhelfen?«

»Das sage ich dir gleich, aber erst einmal musst du mir erzählen, wie es dir ergangen ist, seitdem wir uns das letzte Mal gesehen haben.«

»Als wir uns vor gut einem Jahr trafen, bereiteten sich die Augsburger Juden darauf vor, die Stadt zu verlassen. Der Rat und unsere lieben rechtgläubigen Mitmenschen hatten beschlossen, uns zu vertreiben. Wenigstens haben sie nicht die meisten von uns erschlagen, wie hundert Jahre zuvor. Ich durfte mein Haus für ein Almosen an einen christlichen Kaufmann verkaufen. Der hat es, wie ich vernahm, für ein Vielfaches weiter verschachert.« Benedikt hörte ungläubig mit offenem Mund zu. »Kriegshaber bot vielen von uns Zuflucht und eine neue Heimat. Ich habe dort für mich und meine Familie ein schönes Zuhause gefunden. Sogar eine Synagoge haben wir schon errichtet. Allerdings muss ich jetzt jeden Tag meine Waren den mühsamen Weg nach

Augsburg hineinschleppen und bevor die Stadttore schließen wieder draußen sein. Sonst lande ich im Kerker und bekomme eine saftige Strafe oben drauf. Schlimmstenfalls verweigern sie mir zukünftig den Zugang in die Stadt.«

»Das ist schlimm«, merkte Simon an. »Wie kommst du in Kriegshaber zurecht?«

»Die Bauern waren zuerst sehr misstrauisch, aber nach einer Weile kamen wir gut miteinander aus. Sie verdienen den einen oder anderen Pfennig an uns. Das macht es für die Nachbarn leichter, sich mit unserer Anwesenheit abzufinden. Wir leben jetzt allerdings außerhalb der schützenden Mauern Augsburgs. Das ist in Friedenszeiten kein Problem und Krieg hatten wir bisher nicht. Viele von uns sind auch in andere Städte gezogen. Manche suchten ihr Glück im Osten außerhalb der Grenzen des Reiches. Für meine Geschäfte ist es einträglicher, hierzubleiben und die Mühe auf mich zu nehmen, jeden Tag aufs Neue meine Waren in der Stadt anzubieten.«

»Ich verstehe das nicht, bei uns in Aichach gibt es keine Probleme zwischen Juden und Christen. Manchmal schimpft der Pfarrer, aber das nimmt niemand wirklich ernst!«

Benedikt stieß den Bader an und flüsterte empört: »Und sie tragen trotzdem die Schuld, an dem Martyrium unseres Herrn. Von den anderen Dingen will ich gar nicht reden.«

»Ich habe gehört, was dein Begleiter gesagt hat! Also ist es doch nicht so anders bei euch in Aichach! Dein Freund zählt offensichtlich zu unseren Feinden!«

Nathan Edelmann war wie ausgewechselt. »Sag mir, was du von mir willst! Ich habe zu tun und kann nicht meine ganze Zeit mit euch hier vertrödeln.«

»Entschuldigt bitte meinen jungen Freund. Er weiß nicht, was er redet. Er rennt zu oft in die Kirche und glaubt alles, was ihm die Pfaffen vorbeten.«

Benedikt wollte etwas erwidern, doch der Bader gebot ihm mit einer energischen Handbewegung zu schweigen.

»Dir traue ich, aber deinem Freund nicht. Also sagt, was ihr von mir wollt und dann macht euch auf den Weg zurück in die Stadt. Die Tore werden bald geschlossen.«

»Wir suchen die Mikwe in Augsburg, aber niemand will uns verraten, wo wir sie finden können. Die Juden, die wir bisher fragten, waren nicht sehr auskunftsfreudig.«

»Das kann ich verstehen! Wozu willst du das wissen?«

»Wie bereits gesagt, bin ich wieder einem Verbrecher auf der Spur. Wir verdächtigen einen Mönch, der etwas mit dem Mord zu tun haben könnte, und diese Fährte führt uns nach Augsburg. Er soll sich im früheren jüdischen Viertel in dieser Mikwe versteckt halten. Da uns aber niemand sagt, wo wir diese finden können, fragen ich nun dich.«

»Die Mikwe ist ein wichtiger Ort für uns gläubige Juden. Und es gab in Augsburg nicht eine, sondern zwei. Ich weiß nicht, ob sie noch existieren oder zugeschüttet wurden.«

»Sag uns trotzdem, wo sie zu finden sind. Wir werden herausbekommen, was mit den Bädern geschehen ist.«

»Es ist eigentlich kein Geheimnis, wo sich diese Orte befinden. Außerdem gibt es sowieso niemand mehr von uns in Augsburg, der sie nutzen könnte. Beide Orte wären gute Verstecke, die Eingänge sind verborgen und zum Wasser muss man viele Stufen in die Tiefe steigen. Eine Mikwe befindet sich nahe des Haunstetter Tores. Hinein gelangt man durch den Eingang eines kleinen, unscheinbaren Hauses. Die Zweite findet ihr in der Nähe des Perlachturmes. Der Eingang ist noch schwieriger zu entdecken. Der Zugang sieht aus wie eine Pforte in der alten Stadtmauer, die sich zur anderen Seite öffnet. Der Weg führt jedoch nicht durch die Mauer hindurch, sondern direkt nach unten.«

»Ich danke dir! Wir werden die Zugänge finden, wenn es sie noch geben sollte.«

»So, ich muss jetzt weiter! Viel Erfolg bei der Verbrecherjagd! Am besten, ihr geht jetzt eures Weges! Lebt Wohl!«

Bevor der Bader etwas erwidern und sich bedanken konnte, hatte Nathan sich umgedreht und stapfte davon. Langsam setzten sich Simon und Benedikt wieder in Richtung Stadt in Bewegung. Der Badermeister schimpfte: »Warum kannst du nicht einfach einmal dein vorlautes Mundwerk halten? Vielleicht brauchen wir Nathan noch, aber ich glaube nicht, dass er uns in Zukunft weiterhelfen wird. Du kannst ja deine eigene Meinung haben, egal wie dumm sie auch sein mag. Aber du musst sie ja nicht bei jeder Gelegenheit in die Welt hinausposaunen. Ich bin wirklich sauer.«

»Es ist doch nicht schlimm, wenn man sagt, was man denkt. Alle Menschen sollten das tun. Außerdem weiß jedermann über das Volk der Gottesmörder Bescheid. Ich habe recht.«

»Wie borniert bist du denn? Du kennst die Welt nicht, aber maßt dir an, den Lauf der Welt zu beurteilen. Wie willst du weiter durchs Leben kommen. Gerade du kannst es dir nicht leisten, aufzufallen. Wenn du willst, dass dein Geheimnis bewahrt bleibt, solltest du dich immer schön im Hintergrund halten und zuhören. Und nochmal, es ist nicht klug immer zu sagen, was man denkt. Nein, es ist manchmal sogar ausgesprochen dumm!«

»Wie meinst du das?«

»So wie ich es gesagt habe! Stell dich auf den Markt und verkünde den Augsburgern, dass es das gute Recht der Frauen sein soll zu studieren! Wenn du Glück hast, sperren sie dich für ein paar Tage ins Narrenhäusl. Wenn es nicht besser wird, kommst du als unheilbar ins Leprosenheim. Es könnte aber auch sein, dass deine Nachbarn glauben, du wärst von bösen Geistern besessen, dann käme der Große Exorzismus zur Anwendung. Und falls sie es ganz übel mit dir meinen, denken sie, du wärst eine Hexe. Was sie in diesem Fall mit dir anstellen, das brauche ich dir nicht in allen Einzelheiten zu erklären. Soweit zu deiner Überzeugung, man sollte immer sagen, was man denkt!«

»Lass mich einfach in Ruhe!«

16

Abends schlangen sie ihr Essen wortlos herunter, nachdem sie auf dem Heimweg in ihre Unterkunft kein Wort mehr miteinander gewechselt hatten. Schweigend kletterten sie die Stiege zu ihrer Kammer hinauf. In der Bettkiste wickelte sich jeder in seine Decke und kroch in die entlegenste Ecke der Bettstatt.

Benedikta brach das Schweigen zuerst: »Schläfst du schon?«

»Nein«, knurrte Simon.

»Es tut mir leid!«

»Wirklich?«

»Fängst du schon wieder an? Du glaubst mir nicht!«

»Ist ja gut!«

Benedikt, der sich erneut in Benedikta verwandelt hatte, schluchzte. »Es tut mir wirklich leid!«

Simon rückte zu seiner Geliebten hinüber, nahm sie liebevoll in den Arm und küsste das strubbelige blonde Haar, das langsam wieder nachwuchs. Die junge Frau erwiderte seine Zärtlichkeiten.

Simon flüsterte, »Leise, lass uns leise sein!«, bevor sie sich erneut ihrer Liebe hingaben.

Am nächsten Morgen erwachte der Bader mit den ersten Lichtstrahlen. Behutsam streichelte er die fest schlummernde Benedikta. Er sinnierte: *»Gleich wirst du wieder der ungestüme und manchmal unbelehrbare Benedikt sein. Aber jetzt liegst du da, süß und wunderschön, wie dich der liebe Herrgott geschaffen hat.«* Unter seinen sanften Liebkosungen erwachte sie, räkelte sich und strahlte ihn an.

»Guten Morgen, mein Liebster!«, mit diesen Worten schmiegte sich Benedikta an ihren Geliebten.

Auf einmal durchfuhr es Simon wie ein Stich: *»Mein Gott, was tu ich hier schon wieder? In welch einen Schlamassel hat mich meine Triebhaftigkeit aufs Neue gebracht? In Aichach warten Frau und Kinder auf mich und was treibe ich? Ich vergnüge mich mit einer entlaufenen Nonne! Lieber Gott, du weißt, ich möchte dir zu Gefallen sein, aber immer wieder führst du mich in Versuchung. Du weißt doch genau, dass ich den Anfechtungen nicht widerstehen kann – vor allem, wenn die Verlockung zwei so hübsche Beine hat und einen Rock trägt. Jetzt trägt sie sogar Hosen!«*

Benedikta merkte, dass irgendetwas ihren Geliebten bedrückte: »Was hast du denn auf einmal? Geht es dir nicht gut? Du bist plötzlich so verändert!«

»Nein! Nein!«, stammelte der Bader. »Es ist alles gut! Ich habe gerade an unseren Auftrag gedacht und dass wir heute einen schweren Tag vor uns haben!«

Die junge Frau blickte ihn zweifelnd an, schüttelte den Kopf, stand auf und kleidete sich an.

Beim Frühstück in der Gaststube planten sie den kommenden Tag.

»Was schlägst du vor? Meinst du, wir können heute das Loch aufspüren, in dem sich dieser schwarze Mönch versteckt hält?«, erkundigte sich Benedikt.

»Wenn wir Glück haben ja, sonst eben nicht! Bei der Verbrecherjagd musst du, wie bei der Jagd auf das Wild, Ausdauer, Ruhe und ein scharfes Auge besitzen. Und hier sollte man es haben«, erwiderte Simon und klopfte sich grinsend mit dem Zeigefinger an die Schläfe.

Jetzt lachte auch Benedikt. »Wie das mit der Jagd ist, dürftest du überhaupt nicht wissen. Weißt du, was mein Vater mit Leuten anstellt, die ihm sein über alles geliebtes Wildbret wegfangen? Also, du großer Jäger, wie wollen wir es anstellen?«

»Ganz einfach, wir suchen die Orte auf, die Nathan uns genannt hat. Dort sehen wir weiter.«

»Und wenn uns der geheimnisvolle Mönch über den Weg läuft? Der ist doch bestimmt sehr gefährlich? Was tun wir dann?«

»Ich glaube, dass der Mönch keine Aufmerksamkeit erregen will und das Licht der Öffentlichkeit scheut. Er muss sich auch vor den Stadtknechten verbergen und ist deshalb ungefährlich. Außerdem hast du ja mich. Du brauchst keine Angst zu haben, an mir kommt er nicht vorbei.«

»Dein Wort in Gottes Ohr«, blieb Benedikt skeptisch.

Die beiden machten sich auf den Weg. Die Mikwe an der alten Stadtmauer hinter dem Rathaus sollte sich nur wenige Schritte von ihrer Unterkunft entfernt befinden. Sie stiegen den Hang in die Oberstadt hinauf. Durch den Durchbruch der alten Befestigungsanlage erblickten sie in der Vormittagssonne das Rathaus, welches sich über den Dächern erhob. Sie bogen unmittelbar hinter der ausgedienten Stadtmauer nach links in Richtung des Haunstetter Tores ab.

Die wenigen Augsburger, denen sie begegneten, schenkten den beiden keine Beachtung. Auf den ersten hundert Fuß war das Bauwerk, das für die Verteidigung der Stadt keinerlei Bedeutung mehr besaß, bereits in einem erbärmlichen Zustand. Die Holzbalken des Wehrganges fehlten und die Ziegel der Überdachung waren verschwunden. Viele der abgetragenen und herausgebrochenen Steine waren vermutlich für den Bau von Häusern oder der neuen Wehranlagen verwendet worden. In diesem Abschnitt bemerkten sie nichts Auffälliges. Auf Höhe des Rathauses erhob sich ein alter Wachturm über den Mauerresten. Sie liefen um den Turm herum. Unmittelbar dahinter lag der gesuchte Zugang. Die kleine Pforte sah tatsächlich wie ein Durchgang durch die Mauer aus, mit einem runden Torbogen und einer Tür aus groben, kräftigen Holzbohlen.

»Dort ist es!« Simon zeigte mit der rechten Hand auf die Holztür.

»Ja, das sehe ich auch! Aber wie kommen wir hinein?«

»Lass es uns ausprobieren. Vielleicht haben wir Glück und die Pforte ist unverschlossen.« Simon trat vor und drückte auf den schweren schmiedeeisernen Drücker. Ohne Erfolg, die Tür bewegte sich kein Stück. Der Bader stieß gegen das Holz, aber dies brachte ebenfalls nicht das gewünschte Ergebnis. Nun nahm er drei Schritte Anlauf und warf sich mit lautem Krachen an das widerborstige Tor. Nichts geschah! Kein Stückchen bewegte sich die vermaledeite Tür, nur ein wenig Staub und Dreck rieselten herab. Der Bader rieb sich mit schmerzverzerrtem Gesicht die Schulter. Leise fluchte er vor sich hin.

Dann durchfuhr ihn ein Riesenschreck wegen des Lärms, den er gemacht hatte. Er eilte zu Benedikt und hoffte, dass sie keine Aufmerksamkeit erregt hätten. Im selben Moment tauchte ein Bäckergeselle hinter dem Turm auf, der mit einem Gestell auf dem Rücken Brote austrug. Er sah neugierig herüber, was denn da wohl los wäre.

Simon stieß seinen Begleiter grob an und spielte den Betrunkenen.

»Hörst du wohl auf hier solchen Lärm zu machen! Du besoffener Kerl! Das kommt davon, wenn du schon vor dem Zwölf-Uhr-Läuten den Branntwein in dich hineinschüttest. Gleich werden sie die Stadtknechte holen und die sperren dich hoffentlich ein.«

Benedikt starrte seinen Kumpan entgeistert an und verstand die Welt nicht mehr. Der zwinkerte, während er ihn lautstark weiter beschimpfte. Der Bäckergeselle lachte und winkte den beiden vermeintlichen Zechern fröhlich zu.

»Puh, das ist gerade nochmal gut gegangen«, stöhnte der Bader auf.

»Was sollte das Ganze? Gehst du immer so mit deinen Freunden um?«

»Gott sei Dank hat niemand wegen des Krachs die Büttel geholt. Sie haben uns das Schauspiel als Trunkenbolde abgekauft.«

»Deshalb musst du mich doch nicht so unflätig beschimpfen.« Benedikt war immer noch verschnupft.

»Nimm es mir nicht krumm. Was anderes ist mir auf die Schnelle nicht eingefallen.«

»Und was machen wir jetzt?«, wollte der Begleiter des Baders wissen.

»Mich wundert, dass wir diese alte Pforte nicht einfach öffnen können. Ich habe nur einen Balken oder einen gewöhnlichen Riegel erwartet. Die Tür ist jedoch mit einem stabilen Schloss versperrt. Wir bräuchten einen Schlüssel, haben aber keinen. Ich könnte versuchen, es mit meinem Dolch zu öffnen. Allerdings habe ich so etwas noch nie gemacht und weiß nicht, ob es überhaupt klappt.« Simon war sich nicht sicher.

»Los mach schon! Das geht bestimmt! Ich weiß, dass du es schaffst! Und mach nicht wieder so einen Lärm!«

»Gut, und du achtest darauf, dass uns niemand überrascht!«

Benedikt entfernte sich zur Ecke des Turms und behielt die Gasse im Auge. In der Zwischenzeit machte sich der Bader an der Türe zu schaffen. Er stocherte mit seinem Dolch, der eine schmale Klinge besaß, in dem Schlüsselloch herum. Zuerst geschah nichts. Simon führte den Gegenstand von unten in das Schloss und versuchte den Schließmechanismus zu fassen zu bekommen. Nach etlichen Versuchen schien der Dolch auf Widerstand gestoßen zu sein. Vorsichtig übte er Kraft auf den Mechanismus aus. Ganz, ganz langsam bewegte sich etwas. Noch ein wenig mehr Druck, dann klackte und knackste es. Der Dolch fuhr ein ganzes Stück in das Schlüsselloch hinein. Nachdem ihn Simon herausgezogen hatte, fehlte die Spitze. Sie war abgebrochen.

»Hoffentlich geht die Türe jetzt auf und ich habe nicht nur mein Messer zerbrochen,« dachte der Bader.

Er drückte den Türgriff nach unten und wünschte, dass er nun Erfolg hätte. Ein leichter Stoß mit der Schulter gegen das Holz und der Türflügel schwang auf. Der Bader stieß einen leisen Pfiff aus und sein Begleiter kam gelaufen.

Beide schritten vorsichtig durch die halb geöffnete Tür ins Finstere.

»Mach die Tür zu«, flüsterte Simon.

»Dann ist es dunkel!«

»Mach die Tür zu oder willst du, dass irgendjemand merkt, dass wir hier eingebrochen sind? Mach schon!«

Die Tür fiel zu und eine tiefe Dunkelheit umfing sie. Nur ein schmaler Lichtstreifen drang unterhalb des Eingangs hindurch.

»Ich sehe nichts!«, verkündete Benedikt.

»Ich auch nicht! Das ist eben so, wenn es dunkel ist! Stell dich nicht so an!«

»Lass uns eine Laterne anzünden!«

»Du Spaßvogel, welche Laterne und womit denn?«, fauchte der Bader.

Simon tastete sich von der Tür ausgehend rechts an der aus unverputzten Ziegelsteinen bestehenden Wand entlang. Die Steine fühlten sich kalt und feucht an. Klebrige Fäden streiften sein Gesicht. Zwei Fuß weit in die eingeschlagene Richtung und es war Schluss. Dann führte ihn die Wand nach links. Er nahm immer noch den Lichtschein unter der Tür wahr. Weitere sechs Schritte und es war stockdunkel. Der Bader hatte das Gefühl, es wäre kälter geworden und er hätte einen größeren Raum betreten.

Simon rief: »Beni, komm zu mir! Hier geht es weiter!«

»Du Witzbold! Ich sehe nichts! Wo soll ich denn hinkommen?«

»Mach es so wie ich! Taste dich langsam an der Wand entlang!«

Benedikt schluchzte: »Ich will hier raus! Ich habe Angst! Was ist, wenn der Kerl sich irgendwo versteckt hält und nur darauf wartet, dass er uns die Kehle aufschlitzen kann?«

»Du brauchst keine Angst vor dem Verbrecher zu haben. Der wäre schon längst auf und davon, wenn er mitbekommen hätte, dass wir sein Versteck entdeckt haben. Außerdem habe ich meinen Dolch dabei. Los! Komm schon!«

Schniefend tastete sich nun auch Benedikt in die Dunkelheit hinein. Der Bader setzte seinen Weg vorsichtig fort. Stück für Stück schob er seinen linken Fuß voran. Dann traute er sich, einen ganzen Schritt zu tun. Was war das? Es gab keinen Boden mehr! Er kippte nach vorne! Nein, es ging hinunter. Simon ruderte mit den Armen. Nichts! Plötzlich bekam er etwas zu fassen. Gott sei Dank! Der Bader klammerte sich mit aller Kraft erst mit der einen Hand und dann mit der zweiten an irgendetwas fest. Nun fand er auch mit einem Fuß wieder Halt. Was war das? Er umklammerte eine hölzerne Stange, die schräg nach unten führte. Ein Fuß stand fest auf einem steinernen Tritt, mit dem anderen ruderte in der Luft herum.

»Was ist geschehen?«, hörte er die verängstigte Stimme seines Begleiters.

»Alles gut! Mir ist nichts passiert! Ich glaube, hier ist eine Treppe, die nach unten führt.«

»Willst du jetzt da hinuntersteigen? Du weißt nicht, was dich erwartet, und sehen können wir auch nichts. Du kannst machen was du willst, aber ohne mich! Ich bin doch nicht verrückt.«

Simon dachte nach. Er musste zugeben, dass Benedikt recht hatte. »Es ist gut! Wir verlassen dieses finstere Loch und kehren dann mit einer Laterne zurück.«

Beide tasteten sich die Wand entlang zum Eingang, öffneten die Pforte und traten ins Freie. Das helle Tageslicht blendete sie. Nachdem sie ihre Umgebung wieder klar erkennen konnten, traf sie fast der Schlag. Die zwei Helden standen inmitten einer Gruppe Augsburger Marktfrauen. Diese starrten die urplötzlich aus der Mauer getretenen Männer entgeistert an.

»Wo kommt ihr denn her? Und wie schaut ihr bloß aus?«, fragte eine dicke Frau, die ein Gestell mit irdenem Geschirr auf dem Rücken trug.

»Wie sollen wir schon ausschauen? Wie ganz normale Leute eben«, erklärte der Bader.

Schallendes Gelächter war die Antwort. Sein Blick fiel auf seinen Begleiter, der von oben bis unten mit Spinnweben verziert war. Als er an sich hinunterblickte, stellte er fest, dass er noch dreckiger war.

»Ist das jetzt die neueste Mode bei den hohen Herren hier in Augsburg?«, grölte eine andere Frau und schlug sich vor Lachen auf die Schenkel.

»Lass uns sofort hier verschwinden«, zischte Simon Benedikt zu. Sie machten sich eiligst aus dem Staub. Das wiehernde Gelächter der Marktfrauen begleitete ihren Abgang.

Hinter der nächsten Hausecke blieben sie stehen und begannen sich leise fluchend von den Spinnweben zu befreien und den Schmutz aus der Kleidung zu klopfen.

»Da hast du uns aber in einen schönen Schlamassel gebracht«, schimpfte Benedikt.

»Es war vielleicht einiges schlecht geplant, das gebe ich zu, aber der Weg war der richtige. Wir haben das erste mögliche Versteck des schwarzen Mönchs gefunden.«

»Rede nur! Ich habe die Schnauze voll! Ich will nicht mehr!«

Jetzt wurde Simon ungehalten: »Wenn du nicht mehr willst, dann hau doch ab! Ich halte dich nicht auf! Sieh doch, wie du ohne mich klarkommst. Ich brauch dich nicht! Der Mönch wäre nicht der erste Verbrecher, den ich zur Strecke bringe!«

Beide trabten wortlos nebeneinander her, ließen das Rathaus hinter sich und stießen auf ein stattliches Bürgerhaus, von dem der Badermeister wusste, dass es dem Handelsherren Fugger gehörte. Zahlreiche Marktstände säumten an diesem Tage die prächtige Straße, die vom Dom im Norden bis zu ›St. Afra und Ulrich‹ im Süden führte.

Simon brach das Schweigen zuerst, ihm tat der ganze Streit schon wieder leid. »Komm, lass uns vernünftig miteinander reden!«

»Ich bin immer vernünftig!«, stieß Benedikt hervor, der noch ziemlich erbost war.

»Beni, jetzt lass es gut sein! Gemeinsam erreichen wir unser Ziel leichter als alleine.«

»Wessen Ziel? Deines oder meines?«

Der Bader dachte nach: »Wir haben verschiedene Ziele, da hast du recht. Überlege doch einmal: Du hilfst mir bei der Suche nach dem schwarzen Mönch und ich helfe dir, dich in der Welt der Männer zurechtzufinden. Eine Hand wäscht die andere! Außerdem habe ich Geld und du nicht.«

Der Junge wirkte zerknirscht: »Dann bleibt mir wohl nichts anderes übrig! Aber ich mache nicht mehr jeden Unfug mit. Du solltest darauf vorbereitet sein, dass wir im Dunkeln stehen werden, wenn wir in die Tiefe steigen. Außerdem hätte sich der Mönch dort versteckt, wären wir einem Angriff hilflos ausgeliefert gewesen. Vor deinem abgebrochenen Messer wäre er bestimmt schreiend davon-gelaufen.«

»Wir waren unvorsichtig und es war schlecht geplant. Das wird beim nächsten Mal anders sein, darauf kannst du dich verlassen.«

»Dein Wort in Gottes Ohr! Wie geht es jetzt weiter?«

»Zuerst werde ich etwas Essen, mit knurrendem Magen kann ich nicht denken! Der Mann dort drüben verkauft gebratene Fleischstücke im Fladen. Vielleicht hat er auch noch schön fette Sauce. Danach sehen wir weiter.«

Der Bratensaft tropfte ihnen vom Kinn und ihre Laune bes-serte sich mit jedem Bissen. Als Benedikt laut rülpste, bog sich der Bader vor Lachen. »Auf zur neuerlichen Jagd nach dem Schwarzgewandeten, ob nun Pfaffe oder nicht!«

»Im Wald oder wo willst du jagen?«

»Du hast wieder nicht aufmerksam zugehört! Der zweite Ort soll sich im Wagenhalsviertel in der Nähe des Haunstetter Tors im Süden befinden.«

»Wenn du es sagst!«

»Du weißt doch, Augsburg ist mir bestens vertraut! Seit meiner Lehrzeit kenne ich hier jeden Winkel.«

»Dann machen wir uns auf die Suche!«

17

Sie durchstreiften die Straßen und Gassen des Viertels rund um den Sparrenlech und ließen die Blicke in die Hauseingänge und durch die Höfe schweifen. Nichts erinnerte an die Beschreibung, die ihnen Nathan Edelmann vom Eingang der Mikwe gegeben hatte. Die Sonne würde bald untergehen und es zeichnete sich kein Ende der Suche ab.

In der ganzen Zeit hatte Simon das Gefühl, dass sie beobachtet wurden. Er drehte sich öfters um, konnte aber nichts Verdächtiges entdecken. Mit Benedikt sprach er nicht über seine Befürchtungen, um ihn nicht grundlos zu verängstigen.

Sein Begleiter schien entmutigt: »So kommen wir nicht weiter! Wir müssen jemanden fragen.«

»Ganz bestimmt nicht! Das Thema hatten wir doch gestern erst. Sollten wir es trotzdem tun, haben wir garantiert innerhalb kürzester Zeit die Augsburger Büttel am Hals. Das kannst du mir glauben.«

»Dann müssen wir uns eben so umhören, dass wir uns nicht verdächtig machen!«

»Häh? Wie stellst du dir das denn vor?«

»Ganz einfach! Wir gehen in die nächste Kaschemme und hören zu, was die Leute so reden und wenn wir dort auf keine brauchbare Spur stoßen, besuchen wir das nächste Gasthaus!«

»Das ist ein Ding! Beni, gratuliere! Aus dir wird noch ein guter Schnüffler. Genauso machen wir es!«

Nachdem sie mehrmals ohne greifbares Ergebnis eingekehrt waren, betraten sie ein weiteres Gasthaus, eher einen windschiefen Schuppen. Es schlug ihnen ein Gemisch übler Gerüche, Lärm und Streit entgegen. Der Schankraum platzte aus allen Nähten und die meisten Gäste schienen schon am helllichten Tag sternhagelvoll zu sein.

»Hier sieht es gut aus! Langsam wird es lustig, schwarzer Mönch hin oder her. Das Bier schmeckt mir!«, grinste der Bader.

»Meinst du? Ich habe glücklicherweise wenig getrunken. Hier erkennt man fast gar nichts, ein finsteres Loch! Es ist rappelvoll! Da hinten an dem langen Tisch versuchen wir unser Glück! Die werden schon zur Seite rücken.«

Die beiden drängelten sich durch die Zecher hindurch zu den ausgespähten Plätzen. Sie baten die Sitzenden, ihnen ein wenig zur Seite zu rücken. Murrend rutschten die Angesprochenen zusammen. Benedikt und Simon ließen sich auf die aus stabilen Holzbrettern gezimmerten Bänke nieder. Auf dem langen Tisch glänzten Bierlachen, in denen abgenagte Knochen lagen. Zwei Tranfunzeln spendeten spärliches Licht. Nach kurzer Zeit nahmen ihre Tischnachbarn keine Notiz mehr von ihnen und steckten die Köpfe zusammen.

Eine hübsche Schankmagd tauchte auf und erkundigte sich nach ihren Wünschen. Simon strahlte die junge Frau an und bestellte einen Krug Bier, dazu einen Teller mit fettem Fleisch und Brot. Benedikt betrachtete das gockelhafte

Gehabe des Baders kritisch. Die Bedienung schien jedoch nur Augen für dessen Begleiter zu haben. Sie tätschelte ihm die Schulter und drängte sich dicht an den Jungen heran. Der bekam einen knallroten Kopf und versuchte, dem Druck der weichen Brüste auszuweichen. Dies gestaltete sich schwierig, da sich vor ihm nur der Tisch und neben ihm ein betrunkener Alter befanden. Der knurrte unfreundlich, als der Junge enger an ihn heranrückte. Schnell gab Benedikt seine Bestellung auf.

Der Bader konnte sich vor Lachen kaum beruhigen. »Junge! Junge! Du hast aber einen guten Stand bei den Frauen, da kann man richtig neidisch werden!«

»Mach du dich nur lustig über mich! Ich kann darüber nicht lachen!«

Simon flüsterte: »Du wolltest doch wissen, wie es ist als Mann durchs Leben zu gehen. Das gehört dazu, du Weiberheld!«

Nachdem Simon zum zweiten Mal innerhalb kurzer Zeit eine große Portion Fleisch in sich hineingestopft hatte, stürzte er den Krug Bier herunter und beendete das Ganze mit einem lauten Rülpser. Benedikt blickte ihn angewidert an. Dagegen drehte sich der Tischnachbar um und klopfte dem Bader freundschaftlich auf die Schulter.

»Dir schmeckt´s wohl mein Freund? Man hört es!«

»Gut war´s! Von außen hat man dem Gasthaus nicht angesehen, wie gut hier gekocht wird. Außerdem mundet einem das Augsburger Bier besser, als noch vor ein paar Jahren!«, antwortete der Angesprochene.

»Das stimmt! Als das Korn für das Brot knapp und teuer war, hat der Rat der Stadt verboten, anderes Getreide als Hafer für das Bierbrauen zu verwenden. Abscheulich hat es geschmeckt! Aber woher weißt du das? Ihr beide kommt doch aus dem Bayrischen!«

»Da hast du recht, wir kommen aus Aichach, aber ich war in den letzten Jahren öfters in Augsburg und da trinkt man gerne mal das eine oder andere Bier!«

»So, aus Aichach seid ihr. Das ist ja nur eine Tagesreise entfernt. Ich war noch nicht dort und habe das Schwabenland nie verlassen. Ich komme aus Königsbrunn und bin seit ein paar Jahren als Stallknecht beim Welser in Brot und Lohn.«

Simon war auf einmal ganz aus dem Häuschen: »Wo kommst du her? Aus Königsbrunn? Das freut mich jetzt aber!«

»Ja, aus Königsbrunn! Was ist denn daran so Besonderes?«

»Ich komme ebenfalls von dort! Ich wurde in dem Dorf geboren!«

»Das glaube ich nicht! Du sprichst ganz anders, als wir Königsbrunner! Du redest bayrisch!«

»Es ist auch schon lange her, dass ich von daheim fort bin! Mein Bruder sollte den Hof erben und ich wurde in die Lehre nach Augsburg geschickt!«

Der Königsbrunner war noch nicht überzeugt. »Du kannst mir viel erzählen. In Augsburg redet man auch schwäbisch.«

»Ich habe hier den Beruf des Baders erlernt. Später zog ich als Feldscher im Heer Herzog Ludwigs in den Krieg. Nach dem Kriegsende habe ich mich als Bader in Aichach niedergelassen, und da musst du halt bayrisch reden. Es ist traurig, aber seit meiner Lehrzeit habe ich meine Familie in Königsbrunn nicht mehr gesehen.«

»Wie heißt denn dein Vater?«

»Sebastian Schenk war mein Vater. Uns gehörte der Hof direkt neben dem Pfarrhaus. Ich bin der Simon Schenk.«

»Der Simon bist du? Das glaube ich jetzt nicht! Man erzählt sich im Dorf du wärst tot.«

»So ein Schmarrn! Hier sitze ich doch und bin quietschfidel! Komm, erzähl mir von daheim. Wer bist du?«

»Ich bin der Jokel Schmidt, wahrscheinlich kennst du mich nicht mehr. Ich kann mich daran erinnern, dass du nach Augsburg gegangen bist. Dein Vater war sehr stolz auf dich und ich glaube, er musste sich dein Lehrgeld mühsam vom Mund absparen. Ich war damals noch ein kleiner Bub.«

»Wie geht es dem Vater und den anderen?«

»Du weißt doch sicherlich, dass deine Eltern tot sind?«

Der Bader war schockiert: »Nein! Das wusste ich nicht!«

»Über eurem Hof schwebte in den letzten Jahren eine dunkle Wolke. Zuerst hat es deinen älteren Bruder getroffen. Er wurde auf der Weide von einer Kuh niedergestoßen und hatte sich zahlreiche Rippen gebrochen. Zu den Schmerzen kam hohes Fieber hinzu und einen Tag später war er tot. Im folgenden Winter ist deine Mutter von uns gegangen. Dein Vater hat nach ihrem Hinscheiden all seinen Lebensmut verloren und ist ihr wenige Wochen später gefolgt. Soweit ich weiß, hat die Herrschaft überall nach dir suchen lassen. Aber du warst verschwunden. Man hat dich dann für tot erklären lassen.«

»Was haben die gemacht? Mich für tot erklären lassen? Sind die verrückt geworden?«, übertönte Simon den Lärm der anderen Gäste, die neugierig zu ihnen herüberblickten.

»Was hätten sie denn tun sollen? Du hast die ganzen Jahre nichts von dir hören lassen und jemand musste den Hof weiter bewirtschaften. Sonst wäre die Erbschaft an die Herrschaft gefallen. Du warst der Zweitälteste und wärst nach deinem Bruder der Erbe gewesen. Jetzt bewirtschaftet dein kleiner Bruder die Hofstätte.«

Simon war erleichtert. »Wenn das so ist, solls mir recht sein! Dem Lukas gönne ich den Hof von Herzen, der wird ein guter Bauer und die Hofstatt bleibt in der Familie. Dann weile ich halt nicht mehr unter den Lebenden, vielleicht bin ich ein Wiedergänger!«, lachte der Bader.

Erschrocken bekreuzigten sich Benedikt. Der Königsbrunner fuhr ihn flüsternd, aber mit Zorn in der Stimme an: »Mit so was scherzt man nicht! Da brennen sie einen hier in Augsburg schneller, als man denken kann. Überall sitzen Spitzel des Rats herum, die sich ihren Judaslohn verdienen wollen.«

»Du hast ja recht! Daran habe ich nicht gedacht.« Simon legte seine Hand auf dessen Unterarm. »Danke, Jockel! Manchmal schwätzt man halt mehr, als einem guttut. Ich weiß, der Augsburger Rat ist ständig auf der Suche nach Aufrührern, Ketzern und anderen Strauchdieben. Wenn du einmal zurück nach Königsbrunn kommst, geh zum Lukas und sag ihm, dass ich noch am Leben bin. Und versichere meinem Bruder, dass ich ihm sein Erbe nicht streitig machen werde. Mir geht es gut und ich will kein Bauer werden. Sag ihm, dass ich in Aichach verheiratet bin, eine liebe Frau, zwei Kinder und ein Geschäft habe. Mir geht es gut und ich denke oft an die Kinderzeit mit den Eltern und Geschwistern zurück.«

Benedikt folgte schweigsam dem Gespräch und starrte betrübt in seinen Becher, den er in einem Zug leerte. Den beiden Königsbrunnern entging der Stimmungswechsel ihres Tischnachbarn.

»Nach Königsbrunn komme ich nur noch sehr selten, vielleicht einmal im Jahr zur Kirchweih. Aber beim nächsten Mal gehe ich zu deinem Bruder und richte ihm deine Grüße aus. Warum besuchst du ihn nicht selber? Einen halben Tagesmarsch und du bist daheim!«

»Das würde ich gerne, aber ich habe hier in Augsburg noch einiges zu erledigen. Wenn ich hier fertig bin, muss ich unverzüglich ins Bayrische zurückkehren!«

Jockel konnte das nicht verstehen. Er ließ es sich aber nicht anmerken. »Ich habe oft Heimweh. Immer wenn es mir möglich ist, steig ich beim Haunstetter Tor auf die Stadtmauer und schau hinüber. An manchen Tagen kann man unsere Kirchturmspitze erkennen, wenn auch die Berge nahe herangerückt sind.«

»Wohnst du in der Nähe des Tores?«, mischte sich nun Benedikt in das Gespräch ein.

»Ja, ich teile mir eine Kammer unter dem Dach im Wagenhals mit zwei anderen Männern aus unserem Dorf. Warum willst du das wissen?«

»Ach nichts, ich dachte nur, der Weg aus dem Norden dieser großen Stadt bis ans andere Ende ist ganz schön weit. Ich komme vom Land und würde mich ohne Simon hier nicht zurechtfinden.«

Der Bader setzte nach: »Im Wagenhals wohnst du, das ist interessant!«

»Was soll denn daran interessant sein?«, wunderte sich Jockel.

»Wir haben gehört, dass sich in früherer Zeit irgendwo im Viertel ein jüdisches Bad befunden haben soll. Kannst du uns vielleicht sagen, wo das gewesen sein könnte?«

Der Königsbrunner war auf einmal verschlossen und fragte unfreundlich: »Was schnüffelt ihr hier herum? Jeder weiß, dass die Christusmörder der Stadt verwiesen wurden, weil sie an geheimen Orten ihre gotteslästerlichen Rituale praktiziert haben. Ich kenne keinen dieser Orte«, beschwor er und bekreuzigte sich.

»Nein, nein! Du verstehst mich falsch!«, versuchte Simon ihn zu besänftigen. »Ich habe dir doch gesagt, dass ich Bader bin. In Aichach laufen die Geschäfte nicht so, wie ich es mir wünschen würde. Hier in Augsburg kann ich mein Gewerbe betreiben, wie ich es mir vorstelle. Hier muss ich nicht auf den verklemmten Pfarrer Rücksicht nehmen. Ich könnte, wie fast alle Bader in Augsburg, hübsche Bademägde beschäftigen, die mir bei der Arbeit helfen, zur Freude meiner Gäste. In Aichach hat mir das die Obrigkeit verboten. Und mit dieser von den Juden vor vielen Jahren entdeckten Wasserquelle könnte ich in der Oberstadt mein Gewerbe betreiben. Aber um Himmels willen, ich bitte dich, sprich mit niemand darüber! Sonst kommen mir die Augsburger zuvor und ich bin raus aus dem Geschäft.«

Jockel nickte mit Verschwörermiene. Benedikt konnte sich ein Grinsen nur mühsam verkneifen.

»Das verstehe ich! Auf so einen Gedanken muss man erst einmal kommen. Wenn die Mädchen hübsch sind, dann besuche ich deine Badestube bestimmt auch einmal. Dann mache ich es wie es die reichen Augsburger und gehe baden. Du machst mir dann hoffentlich einen guten Preis. Natürlich kann ich dir bei deiner Suche weiterhelfen.«

Jockel beschrieb ihnen den Weg zu der verborgenen alten jüdischen Kultstätte. Nachdem Simon die Zeche bezahlt und seinem Zechkumpan einen weiteren Krug Bier spendiert hatte, verließen sie die Kaschemme. Die Nacht war schon hereingebrochen, als sie ihren Weg durch die dunklen Gassen zurück in ihre Unterkunft suchten.

Benedikt und Simon tranken vor dem Zubettgehen noch einen Krug Bier in der Gaststube. Im Anschluss begaben sie sich in ihre Kammer, denn am nächsten Tag wollten sie in aller Frühe aufbrechen.

Vor dem Einschlafen wollte Simon, Benedikta in den Arm zu nehmen. Sie entzog sich seinen Annäherungsversuchen.

»Ich bin immer wieder überrascht, welche Lügengeschichten dir einfallen, wenn du in Schwierigkeiten gerätst«, kommentierte sie die Beredsamkeit des Baders.

»Dadurch fällt es mir leichter den Spitzbuben auf die Spur zu kommen. Liebling, lass uns morgen weiterreden und lieber noch ein wenig kuscheln«, bettelte Simon.

Benedikta ging nicht auf ihn ein. »Und wie machst du es mit uns? Deine Frau und deine zwei Kinder werden vielleicht irgendwann fragen: Was ist denn das für einer oder eine? Was willst du denen erzählen? Oder was sagst du mir? Wann muss ich gehen, um deinem Familienglück nicht im Weg zu stehen?«

Der Bader war von den leidenschaftlichen Vorwürfen seiner Geliebten völlig überrumpelt: »Mein Liebling, so darfst du das nicht sehen. Wir leben im Hier und Jetzt und wir lieben uns. Warum sollen wir uns Sorgen über das Morgen machen? Komm zu mir, bitte! Lass uns uns lieben und allen Kummer vergessen!«

»Deine hohlen Worte kannst du dir sparen. Auf so einen Schmus falle ich nicht herein. Lass mich jetzt schlafen. Morgen denke ich darüber nach, wie es mit uns weitergeht.«

Sie drehte sich um, zog die Decke über den Kopf und reagierte nicht mehr auf seine Bitten und Schmeicheleien.

18

Ohne Frühstück, unausgeschlafen und missmutig begaben sich Benedikt und Simon in den Süden der Stadt. Diesmal waren sie besser vorbereitet. In ihrer Unterkunft hatte sich jeder mit einem Dolch bewaffnet, den sie unter der Kleidung verbargen. An einem Marktstand am Weg kaufte Simon Pechfackeln, Zunder und einen Feuerstahl.

Vom Haunstetter Tor aus suchten sie gezielt das zweite jüdischen Ritualbad. Nach einigem Hin und Her standen sie vor einer zerfallenen Hütte, genau wie sie Jockel am Vorabend beschrieben hatte.

»Denkst du, das ist der Zugang, den wir suchen? Irgendwie kann ich mir das nicht vorstellen. Hier ist doch seit ewigen Zeiten niemand mehr gewesen. Alles verwildert um die Hütte herum, der Fensterladen neben der eingetretenen Eingangstür hängt nur noch an einem Lederband«, bemerkte Benedikt.

»Es ist so, wie es uns der Königsbrunner beschrieben hat – ein perfektes Versteck. Hier sind wir richtig, sogar die Häuser drum herum sind verlassen. Niemand kann uns hier beobachten. Los, wir gehen rein«, ermunterte der Bader seinen Begleiter.

Sie schlichen sich durch hohes Gras und Gestrüpp zum mutmaßlichen Eingang in die Augsburger Unterwelt. Sie öffneten die Tür aus grob zurecht gehobelten Brettern. Das Knarzen war vermutlich meilenweit zu hören. Im Inneren wurde es schlagartig dunkel. Ein wenig Licht schimmerte durch das mit schmutzigen Säcken verhängte Fenster.

»Gut, das wir uns diesmal besser vorbereitet haben! Stimmts, Simon?«

»Das stimmt! Pack die Fackeln aus, ich zünde sie an!«

Der Bader entfachte mit Zunderschwamm und Feuerstahl eine Flamme, an der sie eine Fackel entzündeten. Es wurde hell und sie konnten ihre Umgebung in Augenschein nehmen.

»Ich glaube, hier sind wir richtig!«, erläuterte Simon. »Schau her! Siehst du die Fußspuren überall im Staub? Noch vor Kurzem muss jemand an diesem Ort gewesen sein. Weißt du noch, an der alten Stadtmauer war gestern alles voller

Spinnweben. Und hier gibt es kaum welche.« Er leuchte mit der Fackel in die Ecken.

»Und wenn der schwarze Mönch sich dort unten versteckt hat und uns auflauert? Was tun wir dann?« Benedikts Stimme zitterte.

»Du musst keine Angst haben! Ich habe das Kämpfen im bayrischen Krieg gelernt. Du weißt doch, wie wir es den Räubern gezeigt haben. Auf mich kannst du dich verlassen und ich kann mit dem Dolch umgehen. Mit so einem Mönchlein werde ich noch alle Tage fertig!« Der Bader zog den scharfen Stahl und fuchtelte damit in der Luft herum.

»Bist du dir da wirklich sicher? Es kommt oft anders, als man denkt. Ich habe Angst!«

»Wir müssen weiter hinein! Vermutlich geht es tief hinunter. Dann ist es besser, ich gehe allein voran. Du hältst hier am Fenster Wache und warnst mich, wenn der schwarze Teufel auftauchen sollte.«

»Und wenn er schon hier ist? Was machen wir dann?«

»Ich glaube nicht, dass er uns erwartet. Sonst hätten wir ihn schon längst bemerkt - bei dem Krach, den wir hier veranstaltet haben. Also keine Angst und behalte den Zugang zum Haus im Auge.«

Simon hielt die Fackel in der linken Hand und den Dolch in der Rechten. Langsam setzte er einen Schritt vor den anderen, schwenkte seine rußende Leuchte abwechselnd in alle Ecken. Der Innenraum war größer, als man es beim Betrachten der Hütte von außen vermutet hätte. Im hinteren Teil des Raums tauchte aus der Dunkelheit ein stabiles Holzgeländer auf. Er ging darauf zu, umfasste die Stange, rüttelte daran und sah in ein dunkles Loch. Nur mit Mühe konnte er in Stein gehauenen Stufen erkennen, die in die Tiefe führten.

Es half nichts, er musste da hinunter! Vorsichtig tastete er sich Stufe um Stufe in die Unterwelt hinab. Simon wagte sich Schritt um Schritt voran, sorgsam die Festigkeit jedes Tritts prüfend. Immer nach zehn Treppenstufen änderte die schlüpfrige Steintreppe ihre Richtung. Der Bader blickte hoch und stellte fest, dass er sich in einem gemauerten oder in Fels gehauenen Treppenhaus befand. Er wusste nicht, wie tief er unter der Oberfläche war, und es ging immer noch weiter hinab.

Schließlich hatte er das untere Ende der Treppe erreicht. Den Boden bildeten nackter Fels und behauene Steine. Simon achtete nicht darauf. Einige Schritte später und er stand vor einer verschlossenen Tür. Im Holz des Türstocks entdeckte der Bader zahlreiche geschnitzte rätselhafte Symbole. Er lauschte und glaubte, hinter dem Durchgang Wasser plätschern zu hören. Wie merkwürdig! Simon öffnete die Pforte, die zu seinem Erstaunen unverschlossen war. Er trat hindurch und erblickte im Schein des Lichts eine große, glitzernde Wasserfläche. Außerdem schien seine Fackel hier unten nicht die einzige Lichtquelle zu sein. Es lief Simon kalt den Rücken hinunter. Ein stechender Schmerz am Hinterkopf, und dann wurde alles dunkel um ihn herum.

19

»Was war geschehen?« Kopfschmerzen, wie er sie nicht kannte, quälten Simon. Mühsam öffnete er ein Augenlid, dann das andere. Alles war dunkel um ihn herum. Lag er in seinem Bett? Er schloss die Augen und fiel erneut in einen tiefen, einer Ohnmacht ähnelnden Schlaf. Nachdem er wieder zu sich kam, hatte sich an seinem Zustand nichts geändert. Kein Licht, nur Dunkelheit! Der Bader konnte sich nicht

bewegen. Er lag auf dem Rücken, alle Knochen taten ihm weh. Schultern, Brust und Becken schienen eine feste Verbindung mit einer harten, kalten Unterlage eingegangen sein. Die Hände ruhten wie festgenagelt auf dem Bauch.

»Bin ich gelähmt? Liege ich zu Hause im Bett? Wo ist meine Frau?« Simon hatte keine Ahnung, wo er sich befand und was mit ihm geschehen war. Die Augen gewöhnten sich langsam an die Finsternis. Er sah einen schwachen Lichtschein am Boden, der vermutlich unter einer Tür hindurch schimmerte. Die Dunkelheit schärfte alle Sinne. Es roch feucht und muffig. Der Bader glaubte, das Rauschen strömenden Wassers zu vernehmen.

»Ich bin offensichtlich nicht in meinem Haus in Aichach, da gibt es keinen Bach und es riecht auch anders. Was ist geschehen? Warum kann mich an nichts erinnern? Warum kann ich mich nicht bewegen?« Lange dachte er über seine Lage nach, ohne zu einem Ergebnis zu gelangen. Es brauchte eine Weile, bis er zu einer ersten Erkenntnis kam. Seine Hände waren gefesselt. Es dauerte nun nicht mehr lange, bis er entdeckte, dass er nicht gelähmt, sondern mit Stricken auf eine feste Unterlage, vermutlich einen Tisch oder etwas Ähnliches, gebunden war. Warum er sich in dieser Lage befand, verstand er immer noch nicht. Erneut verlor der Bader das Bewusstsein.

Simon erwachte und an seinem Zustand hatte sich nichts geändert. Sein Körper signalisierte ihm: Lange halte ich das nicht aus. Der Kopf, jeder einzelne Knochen, Rücken, Arme und Beine schmerzten und fühlten sich taub an. Ein starker Drang quälte ihn. Noch war er nicht so weit, sich einzunässen.

Der Bader nahm ein Geräusch wahr! Eine Tür öffnete sich langsam, und das einfallende Licht blendete seine an die

Dunkelheit gewöhnten Augen. Dann trat eine mächtige Erscheinung ins Helle, deren Schatten auf Simon fiel. Er erkannte kein Gesicht, sondern sah nur Umrisse. Die Gestalt trat direkt heran und versetzte ihm einen heftigen Stoß.

»Na, bist du endlich aufgewacht?«

Simon murmelte Unverständliches.

»Los du kleiner Schnüffler, was suchst du hier?«

»Nichts, was ist geschehen?«

Ein heftiger Hieb traf ihn. »Ich weiß, dass du mir hinterherschnüffelst! Sag mir die Wahrheit!«

»Nein! Mein Herr, Ihr müsst mir glauben. Ich schnüffele Euch nicht hinterher. Ich bin rein zufällig hierher geraten.«

Ein kräftiger Schlag ins Gesicht war die Antwort.

»Für wie dumm hältst du mich eigentlich? Du und dein kleiner Liebling seid vermutlich schon seit längerem auf meiner Spur. Die letzten Tage hatte ich das Vergnügen euch zu beobachten, wie ihr mit hinterherspioniert habt. Also nochmals, was wollt ihr von mir?« Drohend erhob er die Hand bereit erneut zuzuschlagen.

»Warte, warte! Du missverstehst das Alles!«

Klatsch! Er erhielt den nächsten Schlag ins Gesicht. Seine Wange brannte.

»Jetzt muss ich mir möglichst schnell etwas einfallen lassen, was der Grobian schluckt. Anderenfalls geht das Ganze übel für mich aus. Was meint der Kerl mit dem kleinen Liebling? Simon, schnell! Sonst bist du doch auch nicht aufs Maul gefallen.«

»Ein Augsburger Freund hat euch empfohlen. Wir sind fremd hier in Augsburg und er meinte, ihr könntet uns die ersten Tage helfen, uns besser zurechtfinden.«

Klatsch! Die andere Wange brannte.

»Das war wohl nicht überzeugend genug!«

»Hört auf! Hört auf zu schlagen! Bitte nicht mehr schlagen! Ich erzähle alles! Nur tut mir nicht mehr weh!«

»Das ist schon besser, du Wicht!«

»Nächster Versuch! Der muss sich jetzt aber glaubwürdiger anhören!«

»Ich will nun die Wahrheit sagen! Ich schwöre es bei allem, was mir heilig ist!«

»Das will ich dir auch geraten haben! Warum nicht gleich so?«, knurrte der Schwarzgekleidete.

»Also die Wahrheit ist, der Propst des Klosters Indersdorf hat Euch misstraut und mich beauftragt, Euch zu suchen und zu beobachten. Er sagte, Ihr hättet Euch in Indersdorf so merkwürdig benommen. Er verdächtigt Euch der Ketzerei und befürchtet, dass Ihr Schande über den Orden bringen würdet. Das ist die reine Wahrheit!«

»So ein Idiot! Ich wäre ein Ketzer!«, der Schwarze konnte sich vor Lachen kaum beruhigen. »Wie kommt der Narr denn auf so etwas!«

»So, das scheint er also geschluckt zu haben!«

»Genau weiß ich das auch nicht. Er meinte, Ihr hättet auf die anderen Mönche beängstigend gewirkt. Das kann ich gut nachvollziehen. Ein teuflisches Mal auf Eurer Stirn wäre ein Ketzermal. Die Gebete hättet Ihr auch nicht den Regeln entsprechend gesprochen. Ich verstehe nichts davon, ich bin nur ein einfacher Knecht des Klosters. Wenn ich Euch gefunden habe, sollte ich den Propst des hiesigen Augustiner-Klosters darüber Bescheid geben. So lautet mein Auftrag.«

»Ich hoffe nur, dass du die Wahrheit gesagt hast, sonst prügele ich die Seele aus dir heraus.«

»Ich schwöre beim Leben meiner Mutter, das ist die Wahrheit und nichts als die Wahrheit. Ihr könnt mich jetzt freilassen und ich versichere Euch, dass ich niemandem ein Sterbenswörtchen über Euch und Eueren Aufenthaltsort verrate. Ich werde nicht nach Indersdorf zurückgehen. Ich bleibe hier in Augsburg, hier gefällt es mir sowieso besser. Ihr habt mein Ehrenwort!«

Klatsch! Die rechte Wange brannte erneut.

»Warum schlagt Ihr mich?«

»Weil du mich für dumm verkaufst!«

»Nein! Niemals! Das würde ich nicht wagen!«

»So, so, das würdest du nicht wagen. Hältst du mich für blöd? Meinst du ich weiß nicht, dass draußen dein Freund, Lustknabe oder was auch immer auf dich wartet? Der soll doch Schmiere stehen, wenn du hier unten herumschnüffelst! Den hole ich mir als Nächstes!«

»Mein Freund hat gar nichts mit der Geschichte zu tun. Lasst ihn in Frieden! Ich bitte Euch! Ich habe ihn hier in Augsburg kennengelernt. Er wollte mich nur kurz begleiten und mir dann die Stadt zeigen. Sicherlich ist ihm das Warten zu lang geworden und er ist bereits nach Hause gegangen.«

Klatsch! - Erneut brannte seine Wange.

»Ich habe dir mehrmals gesagt, du sollst mich nicht zum Narren halten. Egal! Die Geschichte mit deinem Freund erledige ich später. Zuerst werde ich mich um dich kümmern!«

»Was heißt das? Bringt er mich jetzt um?«

»Lasst mich am leben, ich habe Euch doch alles gesagt!«

»Ja, ja! Dich bring ich erst einmal sicher unter und später werden wir weitersehen!«

Der schwarze Mönch band Simon los, ließ aber die Hände gefesselt. Dann stieß er ihn vor sich her in einen Raum, der direkt an die große, unterirdische Halle mit dem Wasserbecken angrenzte. Eine Tranfunzel warf flackerndes Licht in die Kammer. Auf dem Boden lag ein Haufen Stroh und in der Ecke stand ein Holzeimer. Der Mönch umschloss Simons Hals mit einem schweren eisernen Reif, den er mittels eines Vorhängeschlosses mit einer langen Eisenkette verband. Diese war an einem Ring knapp unterhalb der Decke befestigt.

»Hier wirst du wohl einige Zeit verbringen. Gewöhne dich schon einmal daran. Ich schnappe mir jetzt deinen kleinen Freund. In der Herberge erzählt man sich die wildesten Dinge über euch zwei. Das glaubt man nicht! Aber in den Klöstern scheint sowas ja üblich zu sein.«

Benedikt wartete und wartete, aber Simon kam nicht wieder herauf. Es ließ sich auch niemand sehen, der in die Mikwe hineinwollte und vor dem er hätte warnen können. Er hatte Angst und wusste nicht, was zu tun sei. Wenn er dem Bader jetzt in den Untergrund folgen würde wäre das entgegen dessen ausdrückliche Anordnung gewesen. Außerdem hatte er kein Licht, und vielleicht käme er dann auch nicht mehr heraus. Also wartete Benedikt weiter ab. Nachdem die Dämmerung hereinbrach, schlich er sich in die Unterkunft zurück. Dort begab er sich, ohne etwas zu essen oder zu trinken, in seine Kammer.

Nach einer schlaflosen Nacht erwachte Benedikta und wusste immer nicht, was sie weiter tun sollte. Sie hatte schreckliche Angst und fühlte sich in der großen Stadt alleingelassen. Sie zog sich die Decke über den Kopf und wollte ihr Bett nie wieder verlassen. Eigentlich musste sie sich in der nächsten Zeit erstmal keine Sorgen machen. Die Unterkunft war bereits im Voraus für einige Tage bezahlt. Simon hatte ihr gezeigt, wo er sein Geld versteckt hatte. So stand sie fürs Erste nicht mittellos da, falls der Bader nicht zurückkehren würde. Benedikta beschloss, die Sicherheit der Herberge erst dann aufzugeben, wenn sie genau wüsste, was das Richtige zu tun wäre. Sobald sie darüber Klarheit gewonnen hätte, würde sie entweder Simon suchen oder ohne ihn die Stadt verlassen.

20

Simon wusste nicht, ob draußen Tag oder Nacht war. Nach einiger Zeit erlosch die Tranlampe und es wurde finster. Nur ein matter Schimmer drang unter der verschlossenen Tür hindurch. Nachdem er ausreichend zu Kräften gekommen war, untersuchte der Bader sein Gefängnis, soweit ihm das möglich war. Die Wände bestanden aus feuchtem Mauerwerk. Seine Kette ließ ihm einen Freiraum bis kurz vor die Tür, aber eben nur fast. Er konnte sein Geschäft in dem Holzeimer verrichten und sich auf dem Stroh zur Ruhe legen. Wobei an Schlaf nicht zu denken war.

Es war bitterkalt und er hatte keine Decke in seinem Verlies. Die Tür öffnete sich und der schwarze Mönch trat ein.

»Na, wie geht es dir heute. Dein Liebster hat dich wohl im Stich gelassen. Er ist mir leider erwischt. Der Kerl hat sich vermutlich in eurem Liebesnest verkrochen und kommt nicht mehr heraus. Aber keine Sorge, den kriege ich trotzdem.«

»Was Ihr nur für einen Unsinn erzählt. Liebster! Er ist nicht mein Liebster. Wie ich Euch bereits erklärte, ich habe ihn hier in Augsburg kennengelernt. Er wollte mir die Stadt zeigen und danach mit mir durch die Gasthäuser ziehen. Außerdem bin ich verheiratet und habe zwei Kinder.«

»Ja, ja! Solche wie du sind die Schlimmsten. Eigentlich ist es mir egal, ob du es mit Frauen, Männern oder Eseln treibst.«

»Warum lasst Ihr mich nicht einfach laufen?«

»Dafür gibt es viele Gründe, fangen wir mit den einfachsten an. Du wirst sofort zu den Stadtknechten laufen und mich anschwärzen. Dann müsste ich mein schönes Nest hier tief unter der Stadt verlassen. Das will ich nicht, denn hier fühle ich mich wohl und kann in aller Ruhe meine

Pläne verfolgen. Hier findet mich keiner. Na ja ...., fast keiner.«

»Wenn ich es mir richtig überlege, dürftet Ihr mich auch nicht am Leben lassen, da Ihr mir nicht traut. Warum bin ich dann noch nicht tot?«

»Du bist ja ein richtig kluges Kerlchen. Eigentlich solltest du dich darüber freuen, dass ich dich noch nicht umgebracht habe. Ich sprach von meinen Plänen. Vielleicht brauche ich dich noch, deshalb bist du am Leben.«

Simon erschauderte:»Wie meint Ihr das? Wofür braucht Ihr mich?«

»Das werde ich dir erzählen, wenn es so weit ist. Bete drum, dass du mir von Nutzen sein kannst, sonst schneide ich dir die Kehle durch! Und jetzt Schluss mit dem Gerede. Hier ist etwas zu essen und zu trinken. Da hinten in der Ecke ist ein Loch, da kannst du den Eimer entleeren.«

Der Mönch wechselte die Tranlampe gegen eine brennende Neue, stellte einen Krug Wasser und eine Schüssel mit Brei auf den Boden, wandte sich um und verließ den Raum. Der Bader hörte, wie sich der Schlüssel im Türschloss drehte. Dann war er wieder alleine.

»Was will der von mir? Wozu kann er mich gebrauchen? Das verstehe wer will. Eins scheint sicher zu sein: Ich muss ständig damit rechnen, dass er mich umbringt. Gibt es hier irgendetwas, womit ich mich zur Wehr setzen kann? Benedikta hat sich Gott sei Dank in Sicherheit gebracht. Hoffentlich kommt sie nicht auf die Idee mich auf eigene Faust hier heraus zu holen. Zumindest weiß ein Mensch, wo ich gefangen gehalten werde. Vielleicht benachrichtigt sie die Augsburger Stadtknechte? Dann hätten wir zwar das nächste Problem, aber mein Leben wäre erst einmal nicht mehr unmittelbar in Gefahr.«

Simon schlang den kalten, klebrigen Brei hinunter und stürzte gierig das Wasser hinterher. Nachdem er sich gestärkt hatte, entleerte er den Fäkalieneimer in das das

Loch in der Ecke seines Verlieses. Er sah sich erfolglos nach einem Gegenstand um, den er als Waffe benutzen konnte. So setzte er sich auf das Strohlager und grübelte über sein weiteres Schicksal nach.

Die Dunkelheit unterbrach das neuerliche Eintreten des Mönches.

»Wach auf! Du hast lange genug geschlafen! Hast du darüber nachgedacht, was ich dir gesagt habe?« Während er sprach, stellte er eine frische Schale Brei vor den Bader und tauschte den Krug mit Wasser aus.

»Worüber soll ich nachgedacht haben?«

»Stell dich nicht blöder, als du bist! Zu welchem Ergebnis bist gekommen? Willst du mir helfen oder nicht?«

»Wie? Ich soll Euch helfen? Das verstehe ich nicht!«

»Ich sagte, ich brauche dich vielleicht noch. Was ist?«

»Ich kann Euch nur helfen, wenn ich weiß, um was es geht.«

»Wenn ich dir erzähle, was ich von dir will, weißt du zu viel! Und wenn du zu viel weißt, muss ich dich töten, wenn du es dir anders überlegst. Ein Teufelskreis, findest du nicht?«

»Was beabsichtigt der Kerl? Er bringt mich sofort um, wenn ich ihm nicht helfe. Anderenfalls bringt er mich später um, wenn er mir erzählt hat, was er von mir will. Verzwickt! Ich muss Zeit gewinnen. Je mehr ich in Erfahrung bringen kann, umso größer ist meine Aussicht irgendwie ohne Schaden aus der Geschichte herauszukommen. Das bedeutet, ich lasse mich auf die Sache ein.«

»Wenn ich darüber nachdenke, bleibt mir gar nichts anderes übrig, als Euch zu helfen.«

»Ich wusste doch, du bist ein kluges Kerlchen.«

»Gut, dann erzählt!«

Statt eine Erklärung abzugeben, stand der schwarze Mönch auf und ging hinaus. Er kehrte mit einem kleinen Tischchen in die Kerkerzelle zurück und stellte es vor Simon. Bei einem zweiten Gang brachte er einen schweren Gegenstand mit, eine Art Kasten, der mit einem teuren, tiefblauen Stoff verhüllt war. Diesen platzierte der Mönch auf den Tisch. Simon wartete verwundert, was nun folgen würde.

»Du führst mir jetzt bestimmt einen neuen Zaubertrick vor. Auf den Märkten habe ich so etwas schon einmal gesehen.«

»Du liegst nicht ganz richtig, aber eine Überraschung wird es für dich vermutlich werden.«

»Ich bin gespannt!«

»Abrakadabra - Simsalabim!« Mit einem Ruck zog der schwarze Mönch das Tuch von dem darunter verborgenen Gegenstand.

Simon starrte mit geöffnetem Mund auf das, was er zu Gesicht bekam. »Was ist denn das? Das ist ja wunderschön!«

»Da staunst du, nicht wahr!«

Der Bader glaubte, seinen Augen nicht zu trauen. Er bewegte sich, soweit es seine Kette zuließ, auf den Gegenstand zu. Nun erlebte er die zweite Überraschung.

»Pfui Teufel! Was ist denn das? Eine Ratte! Man konnte sie auf den ersten Blick nicht gleich erkennen. Jetzt verstehe ich gar nichts mehr!«

»So ist die Welt! Schön und hässlich, gut und böse, hell und dunkel, Liebe und Hass, hart und weich, männlich und weiblich, immer dicht beieinander.«

Auf dem Tischchen stand ein achteckiger Kasten. Er bestand aus blaugetönten Scheiben teuren, geschliffenen Glases, gefasst in silbernen Rähmchen. Sie waren zu einem stabilen Behältnis zusammengesetzt. Eine gewölbeförmige, reichverzierte Abdeckung, in der eine Klappe eingearbeitet war, bildete den Deckel. Darüber thronte eine große Kugel. An deren oberer Rundung befand sich ein Ring zum Aufhängen. Der Meister, der dies Kunstwerk erschaffen hatte, verwendete neben Glas nur feinstes Silber. Die dunkelblauen Glasscheiben erlaubten es zwar, in den Kasten zu sehen, aber die Ratte erkannte ein Betrachter erst auf den zweiten Blick. Das Tier lief aufgeregt hin und her und starrte den Bader neugierig mit seinen runden Knopfaugen an.

Simon war verwirrt: »Gut, das mit den Gegensätzen in der Welt verstehe ich! Aber was in Gottes Namen habe ich damit zu tun? Und warum diese abscheuliche Ratte?«

»Deine Aufgabe besteht darin, dieses Präsent zu überbringen!«, erwiderte der Mönch.

»Das soll ein Geschenk sein? Und ich soll es überbringen?«

»Genau das wird deine Aufgabe sein!«

»Aha! Ich soll also jemand dieses Geschenk überreichen? Eine Ratte im silbernen Käfig? Meint Ihr wirklich, dass das eine gute Idee ist?«

»Warum denn nicht?«

»Wenn ich ehrlich sein darf, ich kenne niemand, der sich über eine geschenkte Ratte wirklich freuen würde. Aber vielleicht ist das in Euren Kreisen anders.«

»Das lass mal ruhig mein Problem sein.«

»Der ist nicht ganz richtig im Kopf, aber leider nicht ungefährlich. Wenn ich hier ohne Schaden rauskomme, bringe ich gerne jedem eine Ratte, den er mir nennt.«

»Lasst uns das Ganze schnell erledigen. Dann erklärt mir einfach, wem und wohin ich das Geschenk bringen soll. Ich werde sofort aufbrechen. Vielleicht packt Ihr den Rattenkäfig schön ein und macht oben eine bunte Schleife in den Ring.«

»So schnell geht das nicht. Du wirst wohl noch eine Weile hier unten abwarten müssen. Der Empfänger des Geschenks lebt auch nicht in Augsburg. Und noch etwas, mach dich nicht lustig über mich!«, fügte er mit drohender Stimme hinzu.

»Das ist doch nicht Euer Ernst. Wie lange muss ich denn in Eurem Kerker schmoren?«

»Das wirst du schon sehen. Wenn du Ärger machst, kann ich dir immer noch den Hals umdrehen und mir jemand anderen suchen.«

Simon war erst einmal schockiert. Um sich das nicht anmerken zu lassen, sah er sich die Ratte genauer an.

»Die sieht aber nicht gesund aus!«

Der Mönch blickte ebenfalls kurz zu dem Tier und erklärte: »Das kann gut sein. Die stirbt wahrscheinlich bald. Ich habe einige andere, die setze ich dann hinein. Hier unten gibt es die Viecher in rauen Mengen.«

»Was machst du? Und die tote Ratte beerdigst du dann feierlich?«

Der Mönch konnte oder wollte die Ironie nicht verstehen: »Wieso beerdigen? Die bleibt als Futter für die andere liegen, dann sind die Knochen auch weg.«

Der Bader schüttelte sich vor Ekel.

»Hilfe, der Mann ist geisteskrank. Wie kann man nur so gestört im Kopf sein? Wie komme ich aus dieser misslichen Lage nur heraus? Der zögert keine Sekunde und schneidet mir die Gurgel durch! Ich werde alles tun, was der Irre von mir will. Einfach krank, der Kerl!«

Sein Peiniger nahm den Tisch zusammen mit dem Rattenpalast hoch und trug ihn vorsichtig hinaus. Dann schloss er grußlos die Tür und sperrte ab. Der Bader war mit sich und seinen Gedanken wieder alleine.

»Simon, bleib ruhig! Du hast nur die Möglichkeit, mittels deines Verstandes aus diesem Schlamassel herauszukommen. Was steckt bloß hinter dieser Geschichte?«

Trotz allen Grübelns kam er zu keinem vernünftigen Ergebnis. Simon wälzte sich von einer Seite auf die andere bevor er in einen unruhigen Schlaf fiel. Immer wieder wachte er schweißgebadet auf. Er träumte von riesigen Rattenköpfen mit blutunterlaufenen Knopfaugen, die sich um sein Strohlager versammelten und ihn lauernd beäugten. Der Bader schreckte durch ein verdächtiges Scharren und Rascheln in den Ecken seines dunklen Verlieses hoch. Der Albtraum hatte ihn erreicht.

21

Der Bader vermutete, dass ein Tag vergangen war, als sich die Tür seines Kerkers erneut öffnete und der schwarze Mönch eintrat.

»Wie hast du die Nacht verbracht?«

»Was für eine Frage? Ich habe selten so eine luxuriöse Wohnstatt genießen dürfen! Ich möchte gar nicht mehr weg!«

»Das freut mich, dass es dir so gut gefällt, dann wird es dir ja nichts ausmachen, wenn du noch ein paar Tage länger hierbleibst!«

Der Mönch hatte heute nicht nur den üblichen Brei gebracht, sondern auch einen Krug Bier, einen Hocker und zwei Becher.

»Was soll das schon wieder? Er will dich vermutlich aushorchen oder ihm ist es einfach langweilig hier unten. Vielleicht gar nicht schlecht, je mehr ich über ihn erfahre, umso eher gelingt es mir ihn an der Nase herumzuführen, oder umso sicherer bringt er mich um.«

Der Schwarze setzte sich auf den Hocker, goss Bier in die beiden Becher und reichte Simon einen davon.

»Da! Trink!«

»Danke! Wann verratet Ihr mir denn, wann ich das schöne Geschenk überbringen darf?«

»Da wirst du dich schon noch ein paar Tage gedulden müssen.«

»Könnt Ihr Euch vorstellen, dass der Beschenkte sich zwar über das Behältnis freuen wird, nicht aber über den Inhalt? Vielleicht könnt Ihr einfach etwas anderes hineintun.«

»Nein! Das Geschenk soll eine Überraschung sein!«

»Eine Überraschung wird es zweifellos werden! Nachdem ich Euer Präsent überbracht habe werde ich sicher gefragt werden, was Ihr damit bezweckt und von wem es ist? Was soll ich antworten?«

Das Geringste, was sie mit mir anstellen werden, ist mich verprügeln. Was das Ganze soll wird den Beschenkten vermutlich überhaupt nicht interessieren.«

»Antworte einfach, das ist ein Geschenk nach Art des Alten vom Berge.«

»Häh? Nach ›Art des Alten vom Berge‹? Ich verstehe überhaupt nichts! Wer soll das denn sein? Ich kenne nur die Alte vom Berg, dem Schmied in der oberen Vorstadt.«

Blitzschnell schoss der Mönch vor und versetzte Simon einen kräftigen Faustschlag ins Gesicht. »Ich habe dir bereits einmal gesagt, du sollst dich über mich nicht lustig machen!«

Simon tropfte Blut aus der Nase, das er mit seinem Ärmel abwischte.

»Verdammt! Das verfluchte Schwein! Ich muss vorsichtiger sein. Der Kerl ist gefährlich und ich bin zu leichtsinnig! Er muss glauben, dass er mir haushoch überlegen ist. Er muss mich unterschätzen und nicht ich ihn!«

»Es tut mir leid, mein Herr! Ich wollte Euch nicht beleidigen! Entschuldigt mein loses Mundwerk. Ich verspreche Euch, es wird nicht noch einmal geschehen.«

»Das will ich dir auch geraten haben. Das nächste Mal kommst du mir nicht so glimpflich davon.«

»Ich bitte Euch, setzt trotz meiner Aufsässigkeit weiterhin auf meine Dienste als Überbringer dieses Geschenks.«

Höhnisch grinste der unheimliche Mönch: »Jetzt geht dir der Arsch auf Grundeis. Du hast endlich verstanden, dass man sich mit mir keine Späße erlauben kann. Was ich von dir erwarte ist bedingungsloser Gehorsam. Wenn du nicht parierst, werde ich dich hart bestrafen. Und wenn ich glaube, dass du für meine Aufgabe ungeeignet bist, werde ich dir die Kehle durchschneiden. Du wärst nicht der Erste, dem es so ergeht. Vor kurzem meinte ein Mönch sich mir widersetzen zu können. Er blieb ihm keine Zeit, es zu bereuen. Er hatte übrigens auch Vorlieben für Männer, wie du!«

Simon sah davon ab zu widersprechen. Es lief ihm eiskalt den Rücken hinunter. Der Mönch hatte gerade den Mord an dem Augustiner in Aichach zugegeben. Er versuchte, sich nichts anmerken zu lassen, und fragte: »Um meine Aufgabe zu Eurer vollen Zufriedenheit erfüllen zu können, versuche ich die Dinge zu verstehen. Ihr glaubt, dass der Empfänger Eures Geschenks die Nachricht versteht?«

»Ich hoffe es! Und wenn nicht, ist es mir auch egal! Wir beide scheinen in der nächsten Zeit mehr miteinander zu tun zu haben, deshalb sollst du meinen wahren Namen kennen. Nenne mich zukünftig Vetulus de Montanis.«

»Sehr gerne, ist das Euer Ordensnamen?«

»Das ist mein Name, einen anderen gibt es nicht.«

»Ihr seid doch Angehöriger eines Ordens der Heiligen Mutter Kirche, ich glaube der Augustiner!«

»Nein, das scheint nur so! Ich führe einen Orden, der weit mächtiger ist, als du es dir vorstellen kannst! Nimm dich in Acht und versuche nicht mich zu hintergehen!«

Nach diesen Worten erhob sich der Mönch und verließ die Zelle. Der Bader war wieder alleine.

»Was hat das alles zu bedeuten? Der Mann ist vermutlich unberechenbar, brandgefährlich und völlig übergeschnappt. Bruder Johannes? Bruder Anselm? Vetulus de Montanis? Wie viele Namen denn noch und was bedeutet das mit dem ›Alten vom Berge‹? Ich werde daraus nicht schlau und was habe ich mit alledem zu tun? Das wird wieder eine schlaflose Nacht. Ich weiß nicht, ob es Nacht ist. Vielleicht ist draußen auch helllichter Tag.«

22

Simon lag schon lange wach. Seine innere Uhr verkündete ihm, dass sich die Kerkertüre bald wieder öffnen müsste. Er fror und es war stockfinster. Die Tranfunzel war bereits vor Stunden erloschen. Er wartete, aber es kam niemand. Der Bader wusste nicht, wie lange er schon so ausharrte. Er hatte sein Zeitgefühl verloren.

Nach gefühlter Ewigkeit öffnete sich die Kerkertüre. Simon war froh und dankbar, dass seine Einsamkeit für einen Moment unterbrochen wurde.

»Wie geht es dir heute?«

»Es geht so! Was ist draußen? Tag oder Nacht? Das könntet Ihr mir doch verraten. Hier unten ist irgendwie alles gleich.«

»Dir scheinen die lockeren Sprüche vergangen zu sein! Recht so!«

»Es ist kein großes Vergnügen die Zeit hier unten zu verbringen.«

»Du bist eben noch nicht zu der Erkenntnis gelangt!«

»Zu welcher Erkenntnis sollte ich kommen?«

»Dass es eine große Ehre ist mir in meinem Orden dienen zu dürfen.«

»Mein Gott, ist der verrückt!«

»Wie soll ich denn zu irgendwelchen Erkenntnissen gelangen, wenn ich nichts über Euch weiß.«

»Mir soll es recht sein, du darfst mich befragen. Warte einen Augenblick!«

Der Mönch verließ kurz die Zelle. Er kehrte mit seinem Schemel und Bier für sich und den Gefangenen zurück.

»Was möchtest du wissen.«

»Wer ist der Alte vom Berg, in dessen Namen ich das Geschenk überreichen soll?«

»Gut gefragt! Du kommst gleich zum Kern des Ganzen. Aber ich muss weiter ausholen, um dir einen kleinen Einblick in meinen Lebensweg gewähren. Mein Vater war Kaufmann im Salzburgischen und ich durfte ihn, gerade dem Kindesalter entwachsen, auf einer Handelsreise nach Konstantinopel begleiten. Es war vorgesehen, dass ich später in seine Fußstapfen treten sollte. Man kann nicht früh genug damit beginnen sich auf das Erwachsenenleben vorzubereiten. Auf der gefährlichen Überfahrt mit einer venezianischen Galeere wurden wir von Piraten geentert. Meinen Vater sowie die meisten der Passagiere und Seeleute, die ihnen unnütz erschienen, warfen sie einfach über Bord. Frauen und Kinder wurden unter Deck eingesperrt. Die überlebenden Männer der Besatzung mussten das Schiff nach Tanger navigieren. Dort wurde ich zusammen mit den anderen auf dem Sklavenmarkt verkauft.«

Der Mönch machte eine Pause und trank einen Schluck Bier. Simon hatte ihm fasziniert zugehört.

»Das ist ja ein schreckliches Schicksal, wenn man zusehen muss, wie der Vater umgebracht und man selber in die Sklaverei verkauft wird. Wie alt warst du denn zu jener Zeit?«

Der schwarze Mönch wischte sich den Schaum vom Mund. »Ich bin damals gerade zwölf Jahre alt geworden. Du meinst also, es wäre schrecklich gewesen. In der ersten Zeit habe ich das ebenso gesehen. Heute weiß ich, es war die harte Schule des Lebens.«

»Das verstehe ich nicht!«

»Die Sklaverei hat mich gestählt. Dadurch wurde ich zu dem Menschen, der ich heute bin. Alle Erfahrungen, jeder einzelne Schlag, all die Gewalt, die mir angetan wurde, haben mich nur stärker gemacht. Sobald es mir möglich war, habe ich es meinen Peinigern heimgezahlt. Als Sklave muss deine Rache hinterlistig sein. Du musst sie glauben machen, du wärst ihr treuster Diener. Du musst ihre Geheimnisse kennen. Sie müssen dir vertrauen. Ihren Fehler werden sie erst dann erkennen, wenn du ihnen die Gurgel durchgeschnitten hast.«

»Du wirkst auf mich eher verbittert!«

Der Mönch brauste auf. »Hüte dich! Ich bin nicht verbittert! Das Leben war mein Lehrmeister und ich habe gelernt, das kann ich dir versichern!«

»Ich muss vorsichtiger sein! Ich darf ihn nicht ständig verärgern. Er muss mich ins Vertrauen ziehen. Da hat er schon recht.«

»So habe ich es nicht gemeint. Ich habe nur versucht, mich in Euch hinein zu versetzen.«

Vetulus de Montanis lachte höhnisch auf: »Du wirst dich nie in mich hineinversetzen können. Du bist ein viel zu unbedeutendes Licht. Du hattest das große Glück zu einem

Punkt deines Lebens meinen Weg kreuzen zu dürfen. Du darfst dich glücklich schätzen, dass ich dich auserwählt habe, mein Werkzeug zu sein.«

»Ich kann Euren Gedanken zwar nicht folgen, vermutlich habt Ihr recht! Ich bin jedoch von Eurer Geschichte sehr beeindruckt. Bitte erzählt weiter. Ich kann es kaum erwarten, zu hören, wie es Euch weiter ergangen ist.«

»Fast noch ein Kind wurde ich an einen fetten, marokkanischen Kaufmann verkauft. Ihm musste ich als Lustknabe zu Diensten sein. Eines Tages beschloss er auf eine Reise nach Mekka zu gehen. Mich nahm er mit. Dorthin hat jeder fromme Moslem einmal in seinem Leben zu pilgern. Der Kaufmann schaffte es nicht. In Kairo schnitt ich dem dreckigen Widerling mit einem scharfen Dolch sein Gemächt ab, als ich ihm zu Willen sein sollte. Danach stach ich ihm in die Eingeweide, damit er elendiglich krepieren würde. Das meine ich, wenn ich sage, du bist nie sicher, wem du trauen kannst und wem nicht.«

»Bei mir scheinst du dir ja ziemlich sicher zu sein, dass ich ein dummer Bauerntölpel bin. Trotzdem muss ich mich vor diesem Teufel höllisch in Acht nehmen.«

»Und wie ging es dann weiter?«

»Gemach, gemach! Ich war zu jener Zeit dreizehn Jahre alt. Kairo ist eine große Stadt, in der man leicht untertauchen konnte. Dort und in der Zeit der Sklaverei lernte ich schnell Arabisch und gab an, dass ich die Waise einer muselmanischen Flüchtlingsfamilie aus Granada sei. Damit waren meine mangelhaften Kenntnisse des Koran, mein europäisches Aussehen und mein fremdartiger Akzent erklärt.«

Der Erzähler unterbrach seine Geschichte und nahm einen Schluck Bier, um seine vom Reden trockene Kehle zu befeuchten.

»Und Euer Ziel war es, schnellstens wieder in die Heimat zurückzukehren?«

»Nein, warum sollte ich? Mir ging es gut, ich hatte meinem Peiniger sein ganzes Gold abgenommen. Das Morgenland ist bunt und man kann dort ein Leben führen, von dem ihr hier im Abendland nur träumen könnt. Ich dürstete danach in diese fremde Welt einzutauchen und Abenteuer zu erleben. Genauso begierig war ich darauf mir das Wissen Arabiens anzueignen. Dort ist Medizin eine Wissenschaft. Die arabischen Ärzte können sich gar nicht vorstellen, wie unwissend unsere Chirurgen sind. Sie sind Scharlatane im Vergleich zu den hochgebildeten Medizinern in Kairo, Granada oder Bagdad. Deshalb bewarb ich mich bei einem dieser Ärzte als Gehilfe. Er nahm mich an und so lernte ich vieles über die Menschen und ihre Gebrechen.«

Der Bader biss sich auf die Zunge, nachdem er fast begonnen hätte mit den eigenen chirurgischen Kenntnissen zu prahlen.

»Und dann habt Ihr studiert und seid Arzt geworden?«

»Nein, dazu kam es nicht. In Kairo brach die Pest aus, die man hier den ›Schwarzen Tod‹ nennt. Tausende krepierten elendig an der Seuche. Mein Arzt und ich eilten von Krankenlager zu Krankenlager, von Sterbendem zu Sterbendem. So erwarb ich mein Wissen über diese Krankheit. Dann wählte sich der Tod meinen Lehrherrn aus. Zur Mittagszeit legte er sich nieder, litt unter fürchterlichen Schmerzen, spukte Blut, und am Morgen des folgenden Tages war er tot. Danach traf es mich. Ich kann mich an nichts mehr erinnern. Tage oder Wochen später war ich wie durch ein Wunder genesen. Nur die Male an meinem Körper werden mich immer an diese Krankheit erinnern.«

»Das ist wirklich ein Wunder, da hilft nur beten.«

»Bete du nur! Ich habe jetzt genug geredet!«

Er verließ abrupt den Raum und schloss wieder ab.

»Er erzählt mir viel zu viel über sich. Was bezweckt er damit? Will er mich zu seinem Jünger machen? Das ist eher unwahrscheinlich. Ihn nur für geisteskrank zu halten ist zu einfach. Eigentlich kann er mich nicht am Leben lassen. Schon gar nicht wenn er so handelt, wie es seine Erzählungen vermuten lassen. Er schickt mich auf eine Mission. Wenn diese beendet ist wäre ich, bis auf wenige Blessuren, frei. Das darf er aber nicht zulassen. Also muss er mich loswerden, nachdem ich die Ratte abgeliefert habe. Ich darf nicht plaudern und muss verschwinden. Vermutlich sorgt entweder der Empfänger des Geschenks oder Vetulus de Montanis selbst für mein Ableben. Mein Leben bedeutet ihm nichts. Ich muss noch viel mehr erfahren, um zu wissen, was hier vor sich geht.«

23

Am folgenden Morgen erwachte Simon vor Kälte schlotternd. Er wollte beim nächsten Öffnen der Zellentür um eine Decke bitten. Der Bader hatte jegliches Gefühl dafür verloren seit wie vielen Tagen er jetzt schon in diesem dreckigen Loch hauste.

»Was ist wohl aus Benedikta geworden? Hoffentlich konnte sie sich rechtzeitig in Sicherheit bringen und ist dem schwarzen Mönch nicht in die Hände gefallen. Dann wäre sie jetzt bestimmt nicht mehr am Leben. Ich hoffe, dass sie nicht versucht, mich hier zu finden. Den Stadtknechten eine Nachricht zukommen zu lassen traut sie sich vermutlich auch nicht. Am besten wäre es, wenn sie sich in der Unterkunft so lange versteckt, bis ich hier wieder raus bin. Ach, was wird nur werden?«

Benedikta hatte ihre Kammer in den vergangenen Tagen kaum verlassen. Wenn der Wirt nach Simon fragte, gab sie ihm zur Antwort, dass dieser bald zurückkäme. Er hätte schließlich sein Geld im Voraus erhalten. Sie wusste nicht mehr, welche Rolle sie weiterhin spielen sollte. Als Benedikt und Mann durchs Leben zu gehen oder als Benedikta in Schimpf und Schande ins Kloster zurückzukehren. Ihr gelang es nicht über ihre Gefühle Klarheit zu gewinnen. In ihrer Not verließ sie die Kammer immer nur für kurze Zeit, um etwas zu essen oder den Abtritt aufzusuchen.

Sie saß auf ihrer Schlafstatt, hatte die Knie angezogen und den Rücken an die Wand gelehnt. Eine Decke wärmte sie, und es schwirrten ihr tausend Gedanken durch den Kopf.

»Hat mich das Glück verlassen? Ist dies alles die Strafe Gottes für mein sündiges Leben? Ich war dem Herrn Jesus Christus als Braut versprochen. Ich habe gelobt für ihn meine Unbefleckbarkeit zu bewahren. Und was habe ich getan? An den erstbesten Mann, der mir über den Weg lief, meine Jungfräulichkeit verschleudert.«

Unruhig nickte Benedikta ein. Lautes Hundegebell draußen auf der Straße schreckte sie auf.

»Ich weiß nicht, was ich tun soll. Ich liebe diesen verdammten Bastard, die glücklichen Momente mit ihm. Schmeckt so das Himmelreich? Im Kloster habe ich von dieser Art von Liebe nicht zu träumen gewagt. Aber er hat Frau und Kinder. Kann es für unsere Liebe überhaupt eine Zukunft geben? Ich weiß es einfach nicht!«

Ihre Augen füllten sich mit Tränen und sie schluchzte leise vor sich hin.

»Trotz alledem, habe ich Simon nicht schändlich im Stich gelassen? Hätte ich meine Angst nicht überwinden und in die Dunkelheit hinuntersteigen müssen? Bin ich mutlos weggelaufen? Bin ich ein Feigling? Bin ich nur eine schwache Frau und habe nicht den Mut wie ein richtiger Kerl? Oder habe ich klug gehandelt? Ist mein Geliebter noch am Leben?«

Diese immer wiederkehrenden Gedanken quälten Benedikta Stunde um Stunde. Sie kam zu keinem Ergebnis. Am einfachsten wäre es, Augsburg so schnell wie möglich zu verlassen. Würden dann ihre Schwierigkeiten nicht erst so richtig beginnen?

»Heute muss ich eine Entscheidung treffen! Ich werde in der Stadt bleiben! Ich werde hinuntersteigen und Simon zu Hilfe kommen! Hoffentlich hat ihn der schwarze Mönch nicht umgebracht und ich stoße auf seine Leiche. Trotzdem, ich muss ihn suchen! Doch zuerst gehe ich in den Dom und flehe die Heilige Jungfrau um ihren Beistand an. Sie wird mich verstehen!«

Benedikt stand erneut vor der windschiefen Hütte im verlassenen Judenviertel. Ängstlich näherte er sich dem Eingang. Der Dolch, dessen Griff er unter dem Obergewand fest umklammert hielt, gaukelte ihm eine vermeintliche Sicherheit vor. Die Tür ließ sich ohne Schwierigkeiten öffnen. Er zog sie hinter sich nicht zur Gänze zu, so dass noch ein wenig Licht den Weg in die Dunkelheit fand. Nach etlichen vergeblichen Versuchen gelang es ihm mithilfe des Feuerstahls, Zunder und viel Mühe eine mitgebrachte Fackel anzuzünden. Er überwand seine Angst und tastete sich Schritt für Schritt in die Unterwelt hinab. Dann versperrte eine stabile Tür den Weg. Unter ihr nahm er einen Lichtschimmer wahr. Irgendwo plätscherte Wasser. Auf einmal empfand er einen stechenden Schmerz am Hinterkopf und alles wurde schwarz.

Benedikta erwachte mit pochenden Kopfschmerzen. Sie glaubte zu träumen und hatte das Gefühl sich an Simon zu kuscheln. Welch ein schöner Traum und es roch vertraut. Dies hatte ihr so gefehlt. Sie hörte die zärtliche Stimme ihres Geliebten.

»Mein Liebling, Gott sei Dank bist du endlich wach!«

Vorsichtig strich seine Hand über eine dicke Beule an ihrem Hinterkopf.

»Was ist geschehen? Der Kopf scheint mir zu platzen. Sind wir in unserem Bett in der Herberge? Habe ich zu viel getrunken? So muss es sein, ich hatte einen schrecklichen Albtraum. Aber jetzt ist alles wieder gut.«

»Mein Liebling, es wäre schön, wenn wir alles nur geträumt hätten. Leider ist dies kein Traum und du hast auch nicht zu viel getrunken. Wir sitzen ganz schön in der Patsche und nichts ist gut.«

»Ich habe solche Kopfschmerzen!«

Simon konnte ihr nicht helfen. »Hier unten gibt es leider nichts, womit ich deine Schmerzen lindern kann.«

»Wo um Himmelswillen sind wir? Ich friere! Liegen wir etwa auf dem blanken Boden. Außerdem stinkt es.«

»Wir befinden uns tief unter dem Pflaster Augsburgs, ganz unten in der Mikwe. Du hättest nicht herkommen dürfen. Ich bin aber heilfroh, dass du noch am Leben bist.«

Jetzt erst bemerkte sie die Kette, mit der Simon am Mauerwerk angeschlossen war. Sie befühlte das kalte Metall.

»Was in Gottes Namen ist das?«

»Der nette Gefängniswärter ist für seine erlesenen Geschenke bekannt. Mir hat er dieses wunderschöne Schmuckstück vermacht. Du hast keines, bist du neidisch?«

»Das ist nicht lustig! Überhaupt nicht lustig!«

»Du hast ja recht. Er hat mich, nachdem er mich niedergeschlagen hatte, oben an der Wand festgekettet. Dich hat er nur reingeschmissen und ist gleich wieder verschwunden. Hoffentlich macht er dich nicht auch noch fest.«

»Wie bin ich überhaupt hierhergekommen?«

»Vermutlich so wie ich, über die Treppe. Dann hat er dich ebenfalls niedergestreckt und zu mir in den Kerker gesperrt. Nun sind wir hier schon zu zweit!«

»Wird er uns töten?«

»Vorerst nicht, er scheint uns noch zu brauchen!«

»Wozu denn?«

Simon versuchte ihr mit wenigen Worten die schwierige Lage, in die sie geraten, zu erklären. Benedikta konnte ihm kaum folgen. Doch schon vernahmen sie Geräusche vor der Zellentür.

24

Die Tür öffnete sich und Vetulus de Montanis, wie er sich nannte, betrat die Zelle. Grinsend wandte er sich an Simon.

»Ist es nicht nett von mir, dass ich dir dein Täubchen gebracht habe? Er hat dich so vermisst, dass er dich unbedingt besuchen wollte. Das ist wahre Liebe!«

»Das ist nicht mein Geliebter! Wir sind keine Sodomiten!«

Simon war heilfroh, dass der Mönch nicht auf ihr Geheimnis gestoßen war.

»Im Grunde ist es mir egal, ob ihr es miteinander treibt oder nicht. Jetzt seid ihr beide bei mir und wenn ich es mir recht überlege, nützt ihr mir gemeinsam mehr, als einer alleine.«

»Wie meint Ihr das?«, wollte der Bader wissen.

»Das werdet ihr schon noch sehen.«

»Sollen wir jetzt das Geschenk zusammen überreichen?«

»Ich sagte, wenn die Zeit gekommen ist, werdet ihr es sehen.«

Damit warf er eine Decke auf das Stroh, stellte Essen, Wasser und eine neue Tranfunzel ab und verließ den Raum. Sie hörten, wie die Tür wieder verriegelt wurde. Beide sahen sich ratlos an.

»Das war also der schwarze Mönch?«

»Ja, das war er! Und verdammt noch einmal, wir sind in seiner Gewalt.«

»Aber wir sind zusammen. Und gemeinsam kommen wir hier auch wieder raus!«

»Da bin ich mir nicht so sicher. Mir ist es lieber, ich wäre jetzt alleine und wüsste, du wärst in Sicherheit.«

Benedikta rückte von ihm weg und begann zu schluchzen. »Ich dachte, ich bedeute dir etwas! Ich suchte nach dir und kam hierher, weil ich dir helfen wollte. Und was tust du? Du machst mir Vorwürfe! Das ist so gemein von dir!«

Erneut schluchzte sie herzzerreißend.

»Genau das hat mir gerade noch gefehlt! Eine heulende Frau, die mir eine Szene macht.«

Simon drückte Benedikta an sich und strich ihr zärtlich über das Haar. »So habe ich es doch nicht gemeint! Bitte, weine nicht mehr! Wir müssen jetzt fest zusammenhalten. Nur dann haben wir eine Chance, das hier zu einem glücklichen Ende zu bringen. Ich bin sicher, es wird alles gut werden. Unsere Liebe ist stark genug, um diese Prüfung zu bestehen.«

Benedikta schluchzte noch einmal laut, dann kuschelte sie sich eng an den Bader. Nach kurzer Zeit war sie wieder eingeschlafen.

»Gut, dass du nochmal eingenickt bist. Du musst dich schnell erholen, denn sollten wir hier heil heraus kommen werden wir all unsere Kraft brauchen. Klar müssen wir jetzt zusammenstehen. Aber in Aichach warten meine Frau und die Kinder. Spätestens dann müssen wir uns entscheiden. Ich liebe meine Familie ebenfalls und du willst studieren und die Welt erobern. Lieber nur an den nächsten Tag denken, sonst wird alles schiefgehen.«

Als Benedikta erwachte, war das Öl in der Funzel verbraucht und nur der Spalt unter der Kerkertür schimmerte ein wenig. Der Körper Simons und die übelriechende, dreckige Decke hatten sie gewärmt. Der Bader hielt sie im

Schlaf fest umschlungen. Sie streichelte ihn zärtlich und rüttelte ihn langsam wach.

»Simon, warum ist es so dunkel?«

»Hmmm?«

»Es ist dunkel!«

»So? Ja! Es ist dunkel! Die Lampe ist ausgebrannt. Wenn er wiederkommt, bringt der Mistkerl jedes Mal eine Neue mit.«

»Wann kommt er denn wieder?«

»Ich weiß es nicht. Ich glaube, er kommt einmal am Tag, bringt Brot, Wasser und wechselt die Tranfunzel aus. Vielleicht kommt er aber auch nur alle zwei Tage. Ich weiß es nicht! Ich habe hier unten das Gefühl für Tag und Nacht verloren.«

»Was will er von uns?«

»Auch das weiß ich nicht genau. Ich konnte es noch nicht herausfinden. Es muss wichtig für ihn sein, sonst wären wir beide nicht mehr am Leben.«

»Was hast du denn herausgefunden?«

»Ich soll irgendjemandem ein wertvolles silbernes Gefäß, in dem eine Ratte sitzt, überbringen!«

»Ihhh ...! Eine Ratte, das ist einfach ekelhaft!«

»Ja! Das sehe ich genauso. Er muss verrückt sein.«

»Du hast dich hoffentlich geweigert!«

»Natürlich nicht! Hätte ich es abgelehnt, wäre ich jetzt nicht mehr am Leben. Das ist die einzige Möglichkeit, aus diesem Loch unversehrt wieder herauszukommen.«

»Dann bringt dich eben der um, dem du die Ratte überreichst. Mein Vater würde den Überbringer solch eines Geschenks im Torbogen unserer Burg aufhängen lassen, nachdem er ihn vorher ausgepeitscht hat.«

»Da magst du recht haben, aber erstmal bleibt uns nichts anderes übrig, als zu tun, was er sagt. Später findet sich möglicherweise ein Ausweg!«

»Dein Wort in Gottes Ohr! Warum ausgerechnet eine Ratte? Hat er dir das gesagt?«

»Nein! Er hat sie mir gezeigt! Das Tier sitzt in einem wunderschönen Gefäß mit gläsernen Scheiben, die einen Blick ins Innere erlauben. Vermutlich hat er das wertvolle Gehäuse aus einer Kirche geraubt.«

»Ich verstehe das nicht!«

»Ich auch nicht! Aber irgendein finsteres Geheimnis muss sich dahinter verbergen.«

»Du hast mit ihm gesprochen, was hast du über ihn in Erfahrung gebracht?«

»Er nennt sich Vetulus de Montanis.«

Benedikta merkte auf: »Vetulus de Montanis, sagst du? Komisch!«

»Ja! Vetulus de Montanis! Was ist daran komisch?«

»Das ist Latein und heißt auf Deutsch ›Der Alte vom Berge‹.«

»Ja, ich weiß! Und was ist daran nun komisch? Er hat etwas von einem Alten vom Berge dahergeredet. Ich glaube, er ist nur nicht ganz richtig im Kopf.«

»Vielleicht ist da doch mehr. Ich habe in der Burg meines Vaters in Haslangkreit meine Brüder des Öfteren heimlich bei ihren Gesprächen belauscht. Sie wollten mich nicht dabeihaben, wenn sie von fernen Ländern fabulierten und mit Heldentaten prahlten, die sie in Zukunft vollbringen wollten. Sie versetzten sich in die Zeit der Kreuzzüge zurück und träumten davon, als Ritter die heiligen Stätten zu befreien.«

»Die Zeit der Kreuzzüge ist lange vorbei und die Anhänger des Propheten wird die nächsten paar hundert Jahre niemand mehr vertreiben. Was hat das alles mit unserer beschissenen Lage hier zu tun?«

»Warte doch ab! In den Gesprächen war oft von dem Alten vom Berge die Rede.«

»Was ist das denn für ein Kerl?«

»Genau weiß ich es auch nicht. Ich bin mir nicht einmal sicher, ob es ihn wirklich gegeben hat oder ob es sich um eine Legende handelt. Ich erzähle es dir so, wie ich es verstanden habe. Der Mann soll in der Zeit der Kreuzzüge im Morgenland gelebt haben und der Fürst einer geheimnisvollen Sekte gewesen sein. Es waren keine Christen und die Moslems hielten sie ebenfalls für Ketzer. Den Alten vom Berge fürchteten sowohl die Kreuzfahrer als auch die moslemischen Herrscher. Seine Anhänger waren ihm in bedingungsloser Treue ergeben. Ihre Feinde nannten sie Assassinen. Die jungen Kämpfer wurden ausgeschickt, die Gegner des Alten ohne Rücksicht auf ihr eigenes Leben zu töten. Der Attentäter erwarb das Vertrauen des zukünftigen Opfers oder lebte unerkannt in dessen Nähe. Fällte der Alte sein Urteil, nahm der Assassine seinen Dolch und ermordete den Ahnungslosen. Vor dem tödlichen Stoß verkündete der Vollstrecker dem Unglücklichen das Todesurteil seines Herren. Der vermutlich kurz darauffolgende sichere eigene Tod schreckte den Mörder nicht.«

»Davon habe ich noch nie etwas gehört. Dann ist so ein Assassine eine Waffe, gegen die es keinen Schutz geben kann. Kaum verständlich, dass sie nicht einmal ihren eigenen Tod fürchten. So richtig kann ich das nicht glauben. Es gehört sicherlich zu den vielen fantastischen Erzählungen aus der fremden Welt des Morgenlandes.«

»Egal, ob die Geschichte stimmt oder nicht. Für uns ist sie von Bedeutung. Der schwarze Mönch glaubt offensichtlich daran.«

»Da hast du sicherlich recht. Er erzählte mir, dass er viele Jahre unter den Muselmanen gelebt und sich als einer der ihren ausgegeben hätte. Was kannst du mir über den Alten vom Berge noch erzählen.«

»Das war es im Großen und Ganzen schon. Meine Brüder lauschten mit wohligem Gruseln den Erzählungen. Und immer wieder ging es um die uneingeschränkte Hingabe der Jünger des Alten. Einem Gast auf seiner Burg soll er diesen bedingungslosen Gehorsam vorgeführt haben. Er befahl einem seiner Gefolgsleute auf eine Zinne der Burgmauer zu steigen. Dann befahl er: Spring! Ohne einen einzigen Augenblick zu zögern, sprang der junge Mann in den sicheren Tod.«

»Das ist ja kaum zu glauben! Wie kann man Menschen dazu bringen, so etwas zu tun?«, der Bader schüttelte verständnislos den Kopf.

»Das weiß ich auch nicht!«

»Kannst du dich an mehr solche Geschichten über ihn erinnern?«

»Du scheinst ebenso fasziniert von dem Alten vom Berg zu sein, wie meine Brüder damals. Ich weiß nicht mehr viel. Diese ›Assassinen‹ verbreiteten im gesamten Herrschaftsbereich Mohammeds Angst und Schrecken. In der Sprache der Araber bedeutet das angeblich ›Haschischfresser‹. Haschisch ist irgendein berauschendes Kraut, das im Morgenland wächst. Die jungen Männer führte der Alte in den Garten des Paradieses. Dort gaukelte man ihnen einige Tage die Herrlichkeiten des Lebens in der anderen Welt vor, die auf sie warten würde, wenn sie ihren Auftrag erfüllt hätten. In diesem Garten auf der Burg des Alten verwöhnten wunderschöne Jungfrauen die auserwählten Mordbuben. Sie genossen für kurze Zeit ein Leben des Genusses, ohne Sorgen benebelt von berauschenden Kräutern. Dafür lässt es sich doch mit Freuden sterben!«

»Der schwarze Mönch führt uns vermutlich auch gerade das Paradies vor. Komm, lass uns jetzt schlafen, wir müssen immer auf das Schlimmste vorbereitet sein.«

»Mir ist kalt, es stinkt im Paradies und ich habe Angst vor dem Morgen.« Benedikta kroch enger an Simon heran. Der Bader versuchte sich und seine Geliebte unter der alten Decke so gut wie möglich zu wärmen. Es dauerte lange, bis sie eingenickt waren. Sie träumte vom Garten des Paradieses mit zahlreichen wunderschönen Männern. Einer sah sogar aus wie Simon.

25

Quietschend öffnete sich die Kerkertür und der Mönch trat ein. Benedikta und Simon schreckten hoch. Der Kerkermeister brachte wortlos ein neues Licht und stellte eine Schale mit Brei und einen Krug Wasser auf den Steinboden. Das leere Geschirr und die ausgebrannte Lampe nahm er mit. Seine Laune schien nicht die Beste zu sein.

»Guten Morgen!«, begrüßte ihn Simon.

»Hmm!«, brummte der Mönch.

»Was hast du uns Leckeres gebracht?«

»Das werdet ihr schon sehen! Fresst es oder lasst es bleiben!«

»Wann sollen wir das Geschenk überbringen?«

»Das werdet ihr noch rechtzeitig erfahren!« Er drehte sich um und knallte die Tür wieder zu.

»Guten Morgen, mein Schatz!« Benedikta reckte und streckte sich, bevor sie Simon zärtlich küsste.

»Hast du gut geschlafen?«, flüsterte ihr der Bader ins Ohr.

Benedikta gluckste: »In diesem Himmelbett habe ich geschlafen wie in Abrahams Schoß. Mit dir, mein Liebster, ist jede Nacht wie im Paradies!«

»Paradies, da wären wir wieder beim Thema!«

»Lass es gut sein. Wir wollen erst mal sehen, was uns Leckeres zum morgendlichen Mahl gereicht wurde?« Sie krabbelte unter der Decke hervor und griff sich die Schale und den Krug. Schnell kehrte sie in das warme Nest zurück.

Simon nahm ihr beides aus der Hand und stellte es in Reichweite auf den Boden. Er ergriff den Krug und reichte ihn seiner Mitgefangenen, die gierig daraus trank.

Im Anschluss tat Simon einen tiefen Zug. »Wenigstens das Trinkwasser ist frisch und nicht abgestanden. Draußen hört man Wasser rauschen, vielleicht fließt dort ein unterirdischer Bach.«

»Dann wollen wir mal sehen, wie uns der erste Gang mundet.« Sie nahm die hölzerne Schale und roch daran.

»Ein köstlicher Duft, wie er nur den Küchen hochherrschaftlicher Häuser entströmt!« Trotz ihrer misslichen Lage hatten beide guter Laune.

Simon steckte den Finger in den Brei und probierte: »Nein, da irrst du dich! Dem Koch muss ein kleines Missgeschick passiert sein. Er hat vergessen, Geschmack hinein zu tun.«

»Wirklich?« Sie probierte ebenfalls. »Du hast recht! Kein bisschen Geschmack! Wir sollten den Koch auspeitschen lassen. Was denkst du?«

Simon kostete erneut und gluckste: »Wir lassen den Küchenchef kommen und teilen ihm mit, dass er entlassen ist.«

Lachend begannen sie sich gegenseitig zu füttern. Zwei Finger in den Brei, die dann genüsslich vom anderen abgeleckt wurden. Die Luft fing an zu knistern. Ob Stroh oder Himmelbett, Kerker oder Palast, Benedikta und Simon waren nur noch sich wichtig. Tief unter den Straßen der alten Handelsstadt liebten sie sich, als ob es kein Morgen gäbe. Vielleicht wäre ihnen dies ja auch nicht beschieden.

Sie wachten eng aneinandergeschmiegt auf, kurz bevor die Leuchte erlosch. Die Flamme war schon kräftig geschrumpft und flackerte heftig vor dem endgültigen Ausbrennen. Benedikta streichelte Simon innig und ihre Hand berührte den eisernen Reifen, der den Hals des Baders umschloss. »Wie bekommen wir bloß das verdammte Ding ab. Ich kann ja Gott sei Dank frei in diesem Kerker herumlaufen.«

»Mein Liebling, ich habe schon alles Mögliche versucht, um meinen Halsschmuck loszuwerden. Nur da oben«, er zeigte mit der Hand auf den eisernen Ring an der Wand, knapp unter der Decke, »komme ich nicht dran.«

»Dann will ich es versuchen!« Benedikta nahm zuerst das Vorhängeschloss in die Hand. Aber ohne Werkzeug oder irgendeinem Gegenstand, der einem Schlüssel ähnelte, war hier nichts zu machen. Nachdem sie mit dem Schloss nicht weiter kam, stemmte sie sich mit den Beinen gegen die Wand, umfasste mit beiden Händen die Kette und kletterte mit großem Geschick Stück für Stück hinauf. Oben an der Wandbefestigung angekommen zog und ruckelte sie mit all ihrer Kraft an der Kette. Aber der Haken im Mauerwerk bewegte sich kein Stück. Erschöpft und enttäuscht ließ sie sich wieder hinuntergleiten.

»Mein Liebster, ich habe den verdammten Ring nicht herausbekommen. Es tut mir leid, ich habe mein Möglichstes versucht!«

»Das weiß ich doch! Der verfluchte Kerl muss alles vorbereitet haben, um hier jemanden gefangen zu halten.«

»Aber nicht für zwei, sondern nur für einen!«

»Was bezweckt er damit? Ich verstehe auch nicht, was das ganze Gerede über den Alten vom Berge soll!«

Die Tranfunzel erlosch und sie saßen wieder in tiefster Dunkelheit. »Es wäre besser gewesen, wenn du ihm nicht auch noch in die Hände gefallen wärst. Andererseits bin ich froh, nicht mehr alleine zu sein. Du gibst mir Kraft und Hoffnung. Ich bin sicher, zu zweit schaffen wir es, hier wieder heraus zu kommen.«

Benedikta war gerührt und küsste ihn. Sie schmiegte sich an ihn und lehnte den Kopf an seine Brust.

»Weißt du, was wir machen, wenn wir wieder in Freiheit sind?«

»Ich weiß nicht, was du meinst? Ich würde mich freuen und dem Herrn danken.«

»Daran dachte ich eigentlich weniger. Ich meinte, wir sollten uns vom Dreck und Gestank befreien, in dem wir hier hausen mussten.«

»Wie meinst du das?«

»Wir sollten in eins der Augsburger Badehäuser gehen und es uns dort gut gehen lassen.«

»Badehäuser? Was denkst du eigentlich von mir? Das sind Orte der Unzucht! Zum Waschen reicht ein Eimer mit kaltem Wasser.« Benedikta rückte ein Stück von Simon ab.

»Meine Liebe«, er drückte sie wieder fest an sich, »du warst zu lange im Kloster. Aber du wirst dich schnell daran gewöhnen, die Freuden des Lebens zu genießen. Lass uns deshalb nicht streiten. Als Erstes müssen wir frei sein. Dann danken wir dem Herrn und später sehen wir weiter.« Der Bader knabberte zärtlich am Ohr seiner Geliebten, deren kurz aufgeflammter Zorn schon wieder verraucht war.

»Lass uns noch einmal überlegen, was der schwarze Mönch eigentlich von uns will«, griff Simon den Faden ihres letzten Gespräches wieder auf.

»Er wird kaum davon ausgehen, dass wir seine fanatischen Jünger werden, die bedingungslos jeden Mordauftrag ausführen.« Benedikta dachte laut nach.

»Er glaubt vermutlich daran, der Alte vom Berg oder dessen Nachfolger zu sein. Er zögert keinen Moment jemanden zu töten. Ein Menschenleben ist ihm nichts wert. Wenn er uns nicht mehr braucht, sind wir tot. Was hat es mit der Ratte auf sich? Wozu benötigt er uns wirklich?«

»Das mit der Ratte ist doch nur eine verrückte Spinnerei. Das macht am wenigsten Sinn. So kannst du niemanden umbringen, außer jemand fällt vor Schreck tot um. Es ist einfach nur eklig! Mit einem Messer oder Schwert, das ist möglich, aber mit einer Ratte? Und wozu braucht er mich? Er hat ja dich.« Benedikta konnte sich keinen Reim auf diese Geschichte machen.

»Wahrscheinlich, benötigt er dich, um mich zu erpressen, damit ich irgendjemandem eine Ratte bringe und nicht einfach verschwinde.«

»Ich verstehe es trotzdem nicht!«

Sie wendeten jedes Argument hin und her, kamen aber zu keinem halbwegs vernünftigen Ergebnis. Schließlich schliefen sie eng umschlungen ein.

26

Das Liebespaar vernahm ein Geräusch an der Tür, die mit Schwung aufflog. Der schwarze Mönch schien heute richtig gute Laune zu haben.

»Na ihr Turteltäubchen, wie geht es euch? Habt ihr gut geschlafen?« Er wartete keine Antwort ab und redete weiter. »Zur Feier des Tages habe ich euch sogar einen Krug Bier mitgebracht.«

»Was feiern wir denn heute? Unsere erste Woche in diesem Palast?«, knurrte Simon.

»Du kannst mir die Laune nicht verderben, obwohl ich dir eigentlich dafür schon wieder das Fell gerben sollte. Morgen geht es los. Wir werden unseren Auftrag erfüllen.«

»Wie, unseren Auftrag erfüllen?«, hakte der Bader nach. »Wir erfüllen einen Auftrag? Ich dachte, ich solle für Euch ein persönliches Geschenk überreichen.«

»Das muss deine Sorge nicht sein!« Vetulus de Montanis wirkte auf einmal gereizt, da er annahm, zu viel erzählt zu haben. »In jedem Fall geht es morgen los.«

»Ihr gebt mir dann das Gefäß mit der Ratte und sagt mir, wohin ich es bringen soll?«

»Nein! So wird es nicht sein!«

»Wie dann?«

»Das werdet ihr schon noch rechtzeitig erfahren!«

Der Mönch beabsichtigte verärgert die Zelle verlassen, als ihn Simon fragte: »Herr, erlaubt mir noch eine Frage. Eure Geschichte hat mich tief beeindruckt. Erfülle ich den Auftrag für Euch als Anführer dieses mächtigen Ordens, von dem Ihr mir erzählt habt? Ist die Ratte so etwas, wie ein Erkennungszeichen dieser geheimnisvollen Gemeinschaft?«

Vetulus de Montanis drehte sich um. »Du bist gar nicht so dumm, wie ich dachte. Nein, die Ratte ist kein Symbol unserer Gemeinschaft. Unser Zeichen ist der Dolch. Aber man muss seine Methoden der neuen Zeit anpassen.«

Damit verließ er schaurig lachend die Zelle. Das war das erste Mal, dass Simon ihn lachen hörte.

»Jetzt sind wir genauso schlau, wie vorher«, grummelte der Bader.

»Nicht ganz, er hat uns doch einiges verraten«, erwiderte Benedikta.

»Wie meinst du das?«

»Das will ich dir gerne erklären. Aber zuerst sollten wir mal probieren, ob das Bier auch genießbar ist, das er mitgebracht hat.«

Sie ließen sich den Gerstensaft schmecken und in der Schüssel lagen sogar einige Stücke kaltes Fleisch und ein dicker Kanten Brot.

»Der hatte heute wirklich gute Laune. Er will uns mästen«, grinste der Bader und wischte sich den Mund am Ärmel ab. »Was denkst du über ihn?«

»Er erwähnte den Dolch, der ihr Kennzeichen wäre. Der Dolch war, wenn die alten Erzählungen stimmen, das Symbol der Assassinen. All ihre Morde führten sie mit einem Dolch aus. Und er hält sich vermutlich für den Nachfolger dieses Alten vom Berge. Ob er das ist, oder es nur seinem kranken Geist entspringt, ist für uns eigentlich unwichtig.«

»Dem kann ich folgen, aber was bedeutet die Ratte?«

»Ich habe keine Ahnung. Eine Ratte ist kein Dolch. Ich wüsste nicht, wie er damit jemandem ernsthaften Schaden zufügen will?« Benedikta war ratlos.

»Er sagte auch, man müsse seine Methoden der neuen Zeit anpassen. Im schlimmsten Fall bedeutet das, die Ratte ist doch irgendeine Art Waffe. Vielleicht dient sie der Ablenkung. Und statt freiwilliger Fanatiker benutzt er heutzutage nützliche Idioten, wie mich.«

»Das hört sich alles so verrückt an. Wenn du das draußen jemandem erzählst, werden sie dich für geisteskrank halten«, vermutete Benedikta.

»Es bleibt uns wohl nichts anderes übrig als abzuwarten, wie es weitergeht. Vielleicht verrät er uns im Lauf der Zeit mehr.«

»Viel Zeit dazu bleibt uns nicht mehr!«

»Da hast du wohl recht. Ich finde übrigens, dass du dich gerade zu einer ausgezeichneten Ermittlerin entwickelst. Ich glaube zusammen werden wir das Rätsel lösen.« Simon war stolz auf seine Begleiterin.

»Danke für die Blumen. Wenn wir nicht in solch einer miesen Lage wären, würde ich sagen, ermitteln macht Spaß«, lachte sie. »Es bleibt uns bis dahin vermutlich nichts anderes übrig, als noch ein wenig zu kuscheln.«

Sie fielen auf ihr Strohlager zurück und küssten sich zärtlich.

27

Wieder öffnete sich die Kerkertür und der schwarze Mönch betrat den Raum. Offensichtlich war der entscheidende Tag angebrochen.

»Guten Morgen! Freut euch, ihr beiden Turteltäubchen. Heute ist euer letzter Tag in diesen feuchten Gemäuern gekommen!«

Benedikt und Simon hatten sich erhoben und streckten sich.

Der Bader gab sich unternehmungslustig: »Dann lasst uns aufbrechen. Gebt mir den goldenen Käfig und die Ratte und sagt mir, wem ich das Geschenk überreichen soll. Dann können wir das Ganze endlich hinter uns bringen. Ach so, vorher müsstet ihr mich natürlich noch von dem wundervollen Halsschmuck befreien.«

»Du hast schon wieder ein ziemlich freches Mundwerk, aber heute will ich nochmal Gnade vor Recht sein lassen. So wie ihr es euch vorstellt, wird es nicht ablaufen. Wir werden eine kleine Reise unternehmen.«

»Eine Reise?«, fragte Benedikt überrascht. »Wohin denn?«

»Ja, eine Reise. Wohin es geht, werdet ihr noch früh genug erfahren.«

»Wie wollen wir denn reisen? Werden wir reiten, laufen oder mit einem Reisewagen unterwegs sein?«, hakte der Bader nach.

»Zuerst einmal, sehr bequem wird diese Reise für euch nicht werden. Ihr solltet mich nicht für einen Idioten halten. Sobald wir unser Versteck verlassen haben, würdet ihr euch sofort aus dem Staub machen und mir die Stadtknechte auf den Hals hetzen.«

»Das würden wir niemals tun, das könnt Ihr uns glauben«, versicherte Benedikt.

»Ich sagte doch, haltet mich nicht für dumm. Ihr werdet genau das tun, was ich für euch vorbestimmt habe, ob ihr das einseht und versteht oder nicht.«

Auf einmal schnappte sich der Mönch Benedikt, brachte ihn außer Reichweite von Simon und warf ihn zu Boden. Mit ein paar Stricken, die er unter seiner Kutte hervorzog, schnürte er dem Jungen erst die Hände und dann die Beine fest zusammen. Dieser konnte sich nun nicht mehr bewegen, schrie aber wie von Sinnen. Der schwarze Mönch versetzte ihm deshalb einen heftigen Hieb ins Gesicht. Das Blut tropfte Benedikt aus der Nase.

Simon rannte los, um seinem Freund zu Hilfe zu eilen. Kurz vor der Tür riss ihn die Kette von den Beinen. Der Eisenring um den Hals schnürte ihm die Luft ab. Hilflos musste er zusehen, wie sein Gefährte gefesselt wurde. Er schrie und schimpfte, aber das störte den Verbrecher überhaupt nicht.

Nachdem Benedikt gebunden war, wandte sich der Mönch den am Boden liegenden Bader zu. Er packte ihn an den Händen und schnürte sie ihm, wie vorher bereits Benedikt, hinter dem Rücken zusammen.

»Wenn ich den Eindruck gewinne, dass ihr mich nicht hintergeht, wird es leichter für euch werden. Aber zurzeit traue ich euch kein Stück über den Weg. Ich will hoffen, dass ihr irgendwann zur Einsicht gelangt, dass es sinnlos ist, sich gegen mich aufzulehnen.«

»Das machen wir doch gar nicht. Wir werden alles tun, was Ihr von uns verlangt«, flehte Simon.

Der Mönch band auch dem Bader die Beine zusammen.

»Falls du brav bist, fessele ich später eure Hände vor dem Bauch. Vieles soll dann ja leichter gehen«, lachte sein Peiniger. Er setzte seine beiden Opfer nebeneinander an die Wand.

»Und jetzt hört ihr mir genau zu: Wir gehen zusammen auf eine längere Reise. Und ihr beiden Turteltäubchen werdet euch auf unserem Ausflug so verhalten, wie ich es von euch erwarte. Ihr werdet nicht versuchen wegzulaufen, um Hilfe zu rufen oder mich anderweitig zu hintergehen. Falls ihr es euch doch anders überlegen solltet, werde ich zuerst dem lieben Benedikt die Kehle durchtrennen. Ratz, fatz von links nach rechts!« Er deutete den Schnitt mit dem Daumen an.

»Habe ich mich klar ausgedrückt?«

»Das werdet Ihr doch nicht wirklich machen? Wir werden alles so tun wie Ihr es von uns verlangt«, schluchzte Benedikt.

»Schön, dass du das einsiehst! Vertrauen ist gut, aber ein gewisses Misstrauen sollte immer bleiben. Deshalb verbinde ich euch jetzt Mund und Augen. Den Knebel behaltet ihr, bis wir die Stadt verlassen haben. Solltet ihr trotzdem Spuk machen wisst ihr ja, was geschehen wird. Habt ihr mich verstanden?«

»Ja! Haben wir!«, antwortete der Junge.

»Und was ist mit dir?«, herrschte der Mönch Simon an und trat mit dem Fuß nach ihm. »Hast du mich auch verstanden?«

»Ist ja gut! Ich habe verstanden!«

Vetulus de Montanis knebelte seine Gefangenen und verband ihnen die Augen. Dann schulterte er Benedikt und trug ihn mit Leichtigkeit die Treppen hinauf.

Vor dem Zugang zur Augsburger Unterwelt stand ein vierrädriger Leiterwagen, vor den zwei Ochsen gespannt waren. Auf dem Wagen lag eine dicke Schicht Stroh. Der schwarze Mönch öffnete vorsichtig den Eingang zu dem Versteck. Er blickte hinaus und kontrollierte, ob sie unbeobachtet wären. Dann warf er den jungen Mann, mit dem Kopf in Fahrtrichtung, auf den Wagen. Ein paar handvoll Stroh und man sah nichts mehr von ihm.

»Ich rate dir«, flüsterte der Mönch, »verhalte dich ruhig, sonst geschieht mit deinem Kumpan genau das, was ich dir angedroht habe. Wenn er dir etwas bedeutet, solltest du ganz, ganz leise sein.«

Er klopfte auf das Holz des Wagens und machte sich auf den Weg, um Simon zu holen.

Mit dem Bader auf den Schultern machte er sich erneut an den Aufstieg. »Du wiegst aber erheblich mehr als dein Freund!«, ächzte er auf den letzten Stufen. Dann verfuhr er mit dem Bader ebenso wie vorher mit Benedikt. Ein wenig Stroh, und beide waren versteckt. Im Anschluss hörten die Gefangenen, wie sich die Schritte des Mönchs entfernten. Vermutlich stieg er noch einmal hinab, um etwas zu holen.

Simon versuchte, sich aufzusetzen. Er konnte aber nur seinen Kopf aus dem Stroh stecken. Statt Rufen gelang ihm nur ein heißeres Krächzen, der Knebel saß zu fest. Dann traf ihn ein heftiger Schlag, der ihm die Besinnung raubte.

Leise zischte ihr Peiniger: »Du verfluchter Hundsfott! Was habe ich dir gesagt? Keine Sperenzchen, bis wir die Stadt verlassen haben. Und was machst du? Du vermaledeiter Mistkerl versuchst bei der ersten Gelegenheit mich zu hintergehen.« Erneut versetzte er dem Ohnmächtigen einen heftigen Schlag. »Bis wir die Mauern hinter uns gelassen haben, werde ich mir überlegen, wie ich dich bestrafen werde.«

28

Langsam setzte sich das Fuhrwerk in Bewegung. Die Ochsen zockelten gemächlich durch die hektischen Gassen der alten Reichsstadt. Jeder Pflasterstein, den die hölzernen mit Eisen beschlagenen Räder überfuhren, war eine Qual für die beiden Gefangenen. Das wenige Stroh konnte die Schläge des Weges nicht abfedern. Sie lagen auf dem Rücken und in regelmäßigen Abständen knallten die Köpfe auf den hölzernen Wagenboden. Ihre Körper waren dich aneinandergepresst. Dies linderte ihre Pein nicht im Geringsten, ganz im Gegenteil. Die Fahrt schien nicht enden zu wollen.

Dass sie sich an die Qualen der Reise gewöhnen würden, war nicht zu erwarten. Sie genossen jeden Augenblick, in dem die Zugtiere stehenbleiben mussten. Nach einer Weile führte der Weg schräg bergab. Vermutlich befuhren sie eine der Straßen von der Oberstadt in die Jakobervorstadt. Dann ging es langsam weiter, bis die Geräusche auf einmal hallig wurden. Wieder konnten sie nur raten, was gerade geschah. Simon, der Augsburg gut kannte, vermutete, dass sie durch das Jakobertor stadtauswärts fuhren. Ihr Peiniger wechselte einige launige Worte mit den Stadtknechten und dann bewegte sich das Gefährt unbehelligt weiter.

Niemand bemerkte die beiden unter dem Stroh verborgenen Gefangenen. Diese konnten sich kaum bewegen.

Knebel und Augenbinden verhinderten jeden Kontakt mit ihrer Umgebung. Es war unmöglich, die Stadtwachen zu alarmieren, die nur wenige Fuß von ihnen entfernt standen. Noch ein paar Holzbohlen, offenkundig die Brücke des Befestigungsgrabens, dann endete das monotone Ruckeln des Wagens über das Pflaster.

Die menschliche Fracht hatte mit ihrem Fuhrmann das Augsburger Stadtgebiet verlassen. Die Fahrt verlangsamte sich erneut. Der Bader nahm an, dass sie sich dem Lech, der Grenze ins Bayrische, näherten. Wie schon an der Stadt-grenze der Reichsstadt wechselte der schwarze Mönch freundliche Worte mit den Grenzsoldaten. Im Anschluss nahmen sie das Holz der Lechbrücke unter den Hufen der Zugochsen und der Räder wahr. Das Ganze wiederholte sich erneut auf der bayrischen Seite. Nach kurzer Zeit ging es weiter, ohne dass einer der Wachposten nachgesehen hätte, was sich im Wagen befand. Simon konnte sich vor-stellen, dass der Mönch die Soldaten bestochen hatte.

Dem Bader schmerzte jeder einzelne Knochen und er bekam kaum Luft. Benedikta lag regungslos neben ihm. Er drehte ihr mühsam den Rücken zu. Dadurch gelang es ihm, sie trotz seiner hinten verschnürten Hände zu berühren. Sie reagierte nicht auf seine hilflosen Bemühungen. Panisch wandt er sich hin und her. Seine Finger tasteten sich bis zu ihrem Hals. Dort ertastete er noch einen schwachen Puls-schlag.

»Gott sei Dank, sie lebt! Aber wenn sie nicht bald diesen verfluch-ten Knebel loswird, erstickt sie langsam.«

Der Bader bäumte sich auf und versuchte, sich bemerk-bar zu machen. Es nützte nichts, die Ochsen stapften stur vor sich hin und ihr Kutscher reagierte nicht.

Schließlich blieb das Fuhrwerk stehen. Simon hörte, dass die Ochsen ausgespannt wurden. Es schien unendlich lange zu dauern, bis das Stroh zur Seite geschoben wurde. Der Mönch entfernte die Augenbinde. Schlagartig wurde es hell. Sofort drehte er den Kopf und schloss die Augen. Der Knebel wurde gelöst und der Bader saugte gierig die frische Luft in seine Lungen. Sein erster Blick galt Benedikta. Sie atmete! Ihm fiel ein Stein vom Herzen.

»Ihr werdet mir jetzt genau zuhören!«, herrschte sie ihr Peiniger an. »Die letzten Stunden hattet ihr genug Zeit, darüber nachzudenken, was es für Folgen hat, sich mir zu widersetzen. Außerdem seht ihr, es läuft trotzdem alles so, wie ich es wünsche. Deshalb erwarte ich, dass ihr ab jetzt meine Befehle ohne Widerspruch befolgt. Wir stehen kurz vor unserem Ziel. Ihr seid Werkzeuge in meiner Hand und werdet mir nicht im Weg stehen. Sollte es einer von euch trotzdem wagen, werde ich keinen Moment zögern, ihn zu töten. Habt ihr das verstanden?«

»Ja!«, krächzte Simon.

»Wir machen hier Rast und morgen früh geht es weiter.«

Der Mönch hatte ihnen die Hände befreit und die Beinfesseln soweit gelockert, dass sie kleine Schritte machen konnten. Sobald es möglich war, trippelten beide los, um hinter dem nächsten Gebüsch ihre Notdurft zu verrichten. Benedikta setzte sich und achtete darauf, dass sie der Mönch nicht beobachten konnte und ihre Rolle als Mann nicht aufflog.

»Das sieht komisch aus. Ihr benehmt euch wie kleine Mädchen«, prustete der schwarze Mönch los und konnte sich kaum beruhigen. Er hielt sich den Bauch vor Lachen. »Glaubt ihr, ich habe noch nie das Ding von einem Mann gesehen?«

Simon sah sich um! Wo waren sie? Das Fuhrwerk stand auf einer Lichtung, die an drei Seiten von einem kleinen Fluss begrenzt wurde. Der Bader blickte in Richtung der untergehenden Sonne. Er erkannte in der Ferne die Türme der bayrischen Stadt und Grenzfestung Friedberg.

»Vetulus de Montanis, dort drüben liegt Friedberg. Warum übernachten wir hier im Freien? Gab es dort kein freies Quartier mehr?«

»Es ist sicherer hier am Fluss. Eine Nacht im Freien wird euch schon nicht umbringen.«

»Dann lasst uns Holz für ein Feuer sammeln!«, schlug der Bader vor.

»Das werden wir schön bleiben lassen. Wir wollen doch nicht, dass man auf uns aufmerksam wird. Und deshalb nächtige ich mit euch lieber hier draußen.«

»Es ist Winter, wir werden erfrieren!«, warf Benedikt ein, der langsam wieder zu Atem gekommen war.

»Du zartes Bürschchen wirst es überstehen, du hast die Fahrt hierher ja auch überlebt«, höhnte der Mönch.

Es blieb ihnen nichts anderes übrig, als sich auf eine frostige Nacht einzustellen. Der Mönch warf den beiden zwei Decken zu, mit denen sie es sich auf dem Wagen, so gut es ging, einrichteten. Ihm selbst schien die Kälte nichts anzuhaben.

Erst jetzt bemerkten sie den Silberkasten mit der Ratte, der die gesamte Zeit unter einer Decke dicht neben ihren Köpfen gestanden hatte. Daneben befand sich ein Drahtkäfig in dem drei weitere Ratten unruhig hin und herliefen.

»Ihhh ....«, rief Benedikt aus, der die Nagetiere und ihre Behausung vorher noch nicht gesehen hatte. »Ist das ekelig!«

Erstaunt sah ihn der Mönch an: »Was bist du denn für einer? Du benimmst dich wie ein Mädchen. Du solltest dich schon mal an die Tierchen gewöhnen.«

Der schwarze Mönch warf einen Blick durch die Glasscheiben ins Innere des kostbaren Gehäuses.

»Die rührt sich nicht mehr! Schon wieder eine verreckt! Für ein paar Tage habe ich noch Nachschub!«

Er griff in den Drahtkäfig, packte eine Ratte an ihrem langen Schwanz und zog sie heraus. Das Tier fiepte vor Angst, zappelte und wollte seinen Peiniger zu beißen. Der lachte nur, öffnete den Silberkasten, warf die panische Ratte hinein und schloss die Klappe blitzschnell wieder. Dann beobachtete er, wie das Tier versuchte sich in der neuen Umgebung zurechtzufinden. Interessiert beschnupperte es seinen toten Vorgänger.

»So, sieh zu, dass du länger lebst, als die andere. Sonst muss ich noch einige von euch fangen, bevor wir unser Ziel erreicht haben. Zu Fressen hast du ja!«

Umsichtig deckte er die beide Behältnisse mit den Tieren wieder ab.

Benedikt schüttelte sich vor Ekel. Simon konnte man seinen Widerwillen ebenfalls ansehen.

»Neben den Ratten sollen wir schlafen? Ich werde kein Auge zutun!«, raunte der Junge dem Bader zu.

»Das wirst du bei der Kälte sowieso nicht!« Simon flüsterte ebenfalls. »Du hast sicherlich des Öfteren neben Ratten geschlafen, ohne es zu wissen.«

»Ich begreife es nicht. Was hat der Wahnsinnige mit diesen abscheulichen Viechern vor? Was bezweckt er nur damit?«

»Ich sehe auch keinen Sinn darin. Aber irgendetwas Übles hat er damit vor, da bin ich sicher. Er mag wahnsinnig sein, aber er scheint trotzdem einen Plan zu verfolgen. Nur leider kennen wir den nicht.«

»Hört auf zu flüstern, sonst könnt ihr wieder auf eurem Knebel herumkauen. Ich will hören, was ihr zu sagen habt,« schimpfte der Mönch.

Benedikt und Simon kuschelten sich, mit dem Rücken an die schräge Seitenwand des Fuhrwerks gelehnt, aneinander und schlangen die Decken um sich. So versuchten sie, sich gegenseitig zu wärmen. Der Mönch lachte hämisch und machte eine abfällige Bemerkung über die beiden sich vermeintlich liebenden Männer. Er kontrollierte noch einmal die Behältnisse mit den Ratten. Auf dem Bock des Wagens sitzend und mit einer Decke um die Schulter gewickelt schien er einzunicken.

29

Kälte und Nebelschwaden zogen langsam vom Fluss herauf. Sie waberten über die Reisenden hinweg, die trotzdem ein paar Stunden Schlaf fanden. Der Morgen dämmerte, als sie das Gebrüll der Zugochsen weckte. Die Sonne erhob sich im Osten und brachte die wenigen Wolken am Firmament zum Leuchten. Es würde ein schöner, aber bitterkalter Tag werden.

Der Mönch sprang vom Kutschbock, streckte sich und führte die Zugtiere zum Wagen. Ohne Schwierigkeiten spannte er sie ein. Er schnitt für Simon und Benedikt je eine dicke Scheibe Brot und Käse ab, deren Laibe er in einem Tuch eingewickelt mitführte. Zum Trinken und Waschen sollten sie zum Fluss hinunter gehen. Langsam wärmte die Sonne die steifgefrorenen Reisenden. Das kalte Flusswasser weckte dann ihre Lebensgeister und sie setzten ihre Reise fort.

Vorher wandte sich der schwarze Mönch an seine Gefangenen. »Ihr könnt wählen, entweder ihr verhaltet euch so, wie ich es von euch erwarte. Dann dürft ihr mit den leichten Fesseln, die ihr an den Beinen tragt, hinten auf dem Wagen sitzen. Anderenfalls reist ihr so wie gestern, geknebelt und gebunden unter dem Stroh. Was ist euch lieber?«

»Welche Frage? Natürlich auf dem Wagen! Wir werden Euch auch keine Scherereien machen. Versprochen!«, antwortete der Bader und Benedikt fast gleichzeitig.

Entlang des Flusses, bei dem Simon sich ziemlich sicher war, dass es sich um die Paar handelte, zogen sie gemächlich nach Norden. Die Wege, die sie benutzten, führten um die Dörfer herum. Während der ganzen Fahrt saß das Pärchen eng aneinandergeschmiegt. Sie sprachen sich gegenseitig Mut zu und hielten sich an den Händen. Der Kutscher warf ihnen hin und wieder spöttische Blicke zu. Wie es der Mönch vorausgesagt hatte, trafen sie kaum auf Bauern oder andere Reisende. Kurze Zeit, nachdem die Sonne ihren höchsten Stand erreicht hatte, kam eine befestigte Stadt in Sicht. Simon erkannte sofort, sie bewegten sich auf den Ausgangspunkt seiner Reise zu. In einem Gebüsch am Ufer der Paar legten sie eine längere Rast ein.

»Da vorne liegt Aichach! Ist das unser Ziel?«, wollte der Bader wissen.

Mürrisch erwiderte der Mönch: »Du kennst dich gut aus. Ja, das ist Aichach!« Er wandte sich ab.

»Ihr habt meine Frage nicht beantwortet. Ist das unser Ziel?«

»Lasst mich in Ruhe. Ihr werdet es schon noch rechtzeitig erfahren.« Der schwarze Mönch antwortete ihnen nicht mehr. Er ließ er sich auf einer sonnigen Stelle der Lichtung nieder und legte sich ins Gras.

Simon und Benedikt konnten sich ungestört unterhalten, denn der Mönch war weit genug entfernt und schien die Augen geschlossen zu haben.

»Was zum Teufel soll das nun wieder? Es wird immer rätselhafter, ich verstehe es beim besten Willen nicht! Was wollen wir hier? Wem will er eine Ratte bringen? Ich kenne alle Bürger von Rang in der Stadt. Den meisten wäre die Ratte egal. Die Frauen würden kreischen und die Männer das Vieh totschlagen. Anschließend würden sie sich über das wertvolle Gefäß freuen und mein guter Ruf wäre dahin. Also, wofür soll das Ganze gut sein?«

»Vielleicht ist Aichach ja nicht unser Ziel!«, warf Benedikt ein.

»Und warum rasten wir dann hier? Der wartet doch auf irgendetwas oder irgendwen!«

»Nun, ich habe keine Ahnung, worauf das alles hinausläuft. Vielleicht ist er wirklich einfach nur verrückt.«

»Es gibt einen weiteren Punkt, der unklar ist. Was hat das mit der Ratte auf sich? Warum macht er sich die Mühe, die Viecher mitzuschleppen. Es laufen hier doch genug davon herum.«

»Vielleicht sind es ja besondere Ratten.«

»Ich wüsste nicht, was an den ekligen Biestern besonders sein soll. Sie sehen genauso aus wie andere Ratten auch.«

»Irgendetwas muss doch sein!«

»Sie sterben sehr schnell. Das ist mir aufgefallen, aber ehrlich gesagt, ich weiß nicht, ob Ratten Tage, Monate oder Jahre leben.«

Benedikt musste trotz ihrer bedrohlichen Lage lachen. »Da hast du Recht, über das Leben der Ratten habe ich mir auch noch nie Gedanken gemacht.« Sie wurde wieder ernst. »Diese Frage bringt uns leider kein Stück weiter.«

Die Sonne stand bereits im Osten, als sie sich erneut gemächlich in Bewegung setzten. Der Mönch lenkte den Wagen auf die Straße nach Aichach. Bevor sie jedoch die obere Vorstadt erreicht hatten, steuerte er das Gefährt links auf einen Feldweg in Richtung Paar. Nahe dem Fluss hielten sie neben einer verfallenen Hütte an. Er forderte die Gefangenen auf, abzusteigen und die Decken mitzunehmen. Dann stellte er das Fuhrwerk im Gebüsch ab, so dass es weder von der Straße noch von der nahen Stadtmauer aus zu sehen war.

Die Hütte machte einen baufälligen Eindruck. Vielleicht hatten sie Bauern als Unterstand für ihr Vieh errichtet. Sie lag unweit des Flusses und ungefähr drei Steinwürfe von der Stadtmauer und der Burg entfernt. Der Mönch ging auf den Eingang zu, zog einen Schlüssel unter der Kutte hervor und sperrte den Zutritt auf. Die hölzerne Türe machte unerwartet einen sehr massiven Eindruck. Sie betraten einen dunklen, fensterlosen und auf den ersten Blick leeren Raum.

Im Anschluss holte der schwarze Mönch die Behältnisse mit den Ratten und die restlichen Vorräte herein. Er entzündete eine Tranfunzel, die in einer Halterung an der Wand befestigt war. Danach verließ er die Hütte und sperrte den Zugang von außen ab. Benedikta und Simon hörten das Schnauben der Ochsen und stellten fest, dass sich das Fuhrwerk langsam entfernte.

»Das ist die Gelegenheit! Lass uns schnell verschwinden, bevor der Kerl wieder zurückkommt!«, forderte Benedikta den Bader auf.

»Du hast recht! Jetzt oder nie! Am einfachsten ist es, wenn wir die Tür aufbrechen.« Er rüttelte an ihr und als nichts geschah, warf er sich mit aller Gewalt dagegen. Das Holz bewegte sich kein Stück und Simon rieb sich die schmerzende Schulter. »Das ist doch nur ein morscher Holzschuppen. Es wäre gelacht, wenn wir hier nicht irgendein Schlupfloch finden.«

Sie suchten die Wände nach Öffnungen oder losen Brettern ab, um hinaus zu gelangen. Aber die Bauweise war sehr viel stabiler, als es von außen den Anschein hatte. Sie stiegen auf die große Kiste, die sich gegenüber der Tür an der Wand befand, um zu versuchen, über das Dach zu fliehen. Erneut mussten sie feststellen, dass dies nicht möglich war. Dicke Balken und stabile Dachlatten verhinderten das. Es gab kein Entkommen, selbst den Boden bedeckten schwere Steinplatten. Die Lampe erlosch langsam und im Raum breitete sich die Dunkelheit aus. Sie ließen sich enttäuscht auf der Kiste nieder.

Simon nahm Benedikta in den Arm: »Wir dürfen nicht aufgeben. Wir werden sicherlich einen Ausweg finden.«

»Hoffentlich hast du recht. Das Ganze erscheint mir wie ein böser Traum. Wohin führt uns dieser Weg?«

»Darauf weiß ich auch keine Antwort. Unser Ziel scheint jedenfalls Aichach zu sein. Aber was will er hier?«

».... und was ist das hier für eine merkwürdige Hütte.«

»Das ist ebenfalls eine gute Frage! Ein Unterstand der Bauern oder Ackerbürger scheint es nicht zu sein, dafür ist er viel zu stabil gebaut. Er liegt im Schussfeld der Burg. Der Kommandant der Stadtwache muss die Hütte im Auge haben, alles andere wäre fahrlässig. Ein möglicher Belagerer könnte sich hier verschanzen. Mir ist dieses Gebäude früher nie aufgefallen. So ist es vermutlich auch beabsichtigt.«

»Wie geht es jetzt weiter?«

»Ich weiß es nicht. Es bleibt uns wohl nichts anderes übrig, als abzuwarten. Am schrecklichsten finde ich, dass wir uns in unser Schicksal fügen müssen und scheinbar keinen Einfluss auf die weitere Entwicklung nehmen können.«

»Das ist bereits der Fall seitdem der Verbrecher uns in Augsburg überrumpelt hat«, seufzte Benedikta.

Sie schwiegen, jeder in seine Gedanken versunken, und rückten enger zusammen. Die Rückkehr des Mönches ließ auf sich warten.

»Glaubst du, der Dreckskerl kommt zurück?« Benedikta schwankte zwischen Angst und Hoffnung.

»Der wird schon wiederkommen. Meinst du, der hat das alles gemacht, um jetzt zu verschwinden?«

Sie lachte laut: »Und außerdem wird er kaum seine lieben Tierchen im Stich lassen.«

Trotz oder wegen ihrer aussichtslosen Lage schüttelten sich die beiden vor Lachen.

Nachdem sie sich beruhigt hatten, griff Benedikta den Faden des letzten Gesprächs wieder auf. »Was hat das alles zu bedeuten?«

»Auf jeden Fall hat er Helfer in der Stadt. Woher würde er sonst diese Hütte kennen und wie käme er zu dem Schlüssel? Woher wüsste er, dass er uns hier einsperren kann und es uns nicht gelingen wird, zu entkommen?«

»Was will er hier? Aichach ist eine kleine Stadt im Herzogtum wie viele andere auch. Es gibt hier nichts, was diesen Aufwand rechtfertigen würde«, sinnierte Benedikta.

»So unbedeutend ist Aichach nun auch wieder nicht. Wir haben einige Bürger, die mit fernen Ländern Handel treiben. Unserem Herzog verdankt die Stadt sehr viel.«

»So, eure Fernhandelskaufleute meinst du? Hast du schon mal was von den Fuggern gehört oder nimm die Stadt, aus der wir gerade kommen. Dort gehen seit Jahrhunderten die Kaiser ein und aus. Das nenne ich eine bedeutende Stadt.«

»Du hast ja recht! Ich versuche doch nur, eine Antwort auf unser Rätsel zu finden. Alles deutet auf ein groß angelegtes Komplott hin. Aber wer zum Teufel soll in einer Stadt, in der an einem Markttag mehr Rindviecher herumlaufen als Einwohner, eine Verschwörung anzetteln. Und die verfluchten Ratten machen es auch nicht einfacher das Ganze zu verstehen.«

Die einstige Nonne bekreuzigte sich: »Du versündigst dich an unserem Herrn! Erwähne nicht den Leibhaftigen und fluche nicht so gotteslästerlich!«

»Der Herr hilft uns jetzt auch nicht weiter! Wir müssen alleine sehen, wie wir aus dieser misslichen Lage herausfinden.«

»Du solltest es einfach einmal mit Beten versuchen. Schaden würde es dir auf keinen Fall! Mir hilft es fast immer!«

Simon blickte verschämt zu Boden. Sie blieben auf der Kiste sitzen, wärmten sich unter den Decken und schliefen eng umschlungen ein.

30

Es war draußen bereits hell geworden. Die beiden Liebenden erwachten und stellten überrascht fest, dass sie immer noch alleine waren.

»Wo steckt er denn bloß?«, fragte Benedikta erstaunt.

»Warum? Fehlt er dir jetzt schon?«

Sie schlug neckisch nach ihm. »Bist du etwa eifersüchtig?«

»Ich und eifersüchtig? Das glaubst du doch nicht wirklich! Ich bin sicher, dass ihr beide füreinander geschaffen seid. Du, die fromme Klosterschwester und er, der Oberste eines geheimnisvollen Ordens. Ein ideales Paar sozusagen.«

Beide lachten glucksend. Urplötzlich öffnete sich die Tür und der schwarze Mönch betrat den Raum. »Hier geht es ja lustig zu! Kaum ist man aus dem Haus, schon tanzen die Mäuse auf dem Tisch.«

Sie hatten ihn nicht kommen hören. Er war anscheinend ohne das Ochsenfuhrwerk zurückgekehrt.

Der Mönch hatte offensichtlich gute Laune. Der Bader sprach ihn an: »Ihr scheint eine angenehme Nacht gehabt zu haben. Nach der ganzen Zeit in dem Augsburger Kellerloch habt Ihr euch das sicher verdient.«

»Hör auf rumzuschleimen! Seid doch lieber froh, dass ich euch Turteltäubchen alleine gelassen habe. Ich wollte euch die letzte Nacht nicht verleiden!«

»Wie? Unsere letzte Nacht, wie meinst du das?«, entfuhr es Benedikt.

»Heute ist der große Tag gekommen! Danach werden sich unsere Wege trennen.«

»Dann solltet Ihr uns langsam mit unserer Aufgabe vertraut machen«, erwiderte der Bader.

»Damit habe ich dich doch vertraut gemacht! Du sollst mein Geschenk überbringen.«

»Wer soll denn der Glückliche sein? Wäre es nicht an der Zeit, dass Ihr uns darüber aufklärt?«

»Es kann dir einerlei sein, wer es ist. Du wirst es schon noch rechtzeitig herausfinden.«

»Kann es sein, dass Ihr mich auf eine Reise ohne Wiederkehr schickt?«

»Zu mir kommt ihr jedenfalls nicht zurück, da hast du recht.«

»Meint Ihr nicht, wir hätten ein Recht darauf, mehr zu erfahren? Wenn ich mich nicht täusche, wird sich Simon in große Gefahr für Euch begeben. Ich glaube, egal wem Ihr die Ratte überbringen lasst, er wird es nicht lustig finden.«

»So! So! Der Kleine hat auch schon etwas zu melden! Ich erkläre es jetzt zum letzten Mal: Ihr werdet meinen Anweisungen Folge leisten, ohne irgendwelche Fragen zu stellen. Tut ihr das nicht, werde ich dem Jungen da die Gurgel durchschneiden. Das Gleiche geschieht mit deinem Geliebten, wenn du,« damit versetzte er dem Bader einen Stoß gegen die Brust, »irgendwelche Zicken machst und meine Anweisungen nicht Punkt für Punkt befolgst.«

»Natürlich tun wir, was Ihr uns befehlt! Ihr solltet keinen Zweifel daran haben«, versicherte ihm Simon.

»So! Dann ist es ja gut! Ich will jetzt nichts mehr von euch hören. Es geht los, wenn ich es sage!«

Damit verließ der Mönch die Hütte, schloss den Eingang hinter sich jedoch nicht ab.

»Und nun?«, wollte Benedikta wissen.

»Gute Frage? Ich weiß es nicht!«

»Meinst du, er ist weg? Er hat die Türe nicht abgeschlossen! Vielleicht hat er es vergessen und wir können bis zu den ersten Häusern laufen? Dort helfen uns die Leute ganz bestimmt.«

»Ich weiß es nicht, aber ich glaube, er wartet draußen bis es weitergeht. Möglicherweise ist er nicht alleine oder er bekommt das Aufbruchssignal aus der Stadt.«

»Wie finden wir heraus, ob er noch da ist?«

»Vielleicht lauschen wir an der Tür, ob man etwas von ihm hören kann.«

Schon war Benedikta am Eingang und presste ihr Ohr an das Holz. Nach einer Weile zuckte sie mit den Schultern.

»Ich höre nichts.«

»Er wird draußen warten. Sein Vorhaben steht kurz vor der Vollendung, da wird er bestimmt keinen Fehler mehr machen. Er unterbindet vermutlich jeden Versuch ihn aufzuhalten mit brutaler Gewalt. Wir müssen jetzt noch mehr auf der Hut sein.«

Unschlüssig setzten sie sich wieder auf die Kiste und warteten, was als Nächstes geschehen würde.

31

Die Zeit wurde ihnen lang, ohne dass irgendetwas geschah. Wahrscheinlich war der Nachmittag bereits angebrochen, als der Mönch die Hütte wieder betrat. Er schleppte einen Holzkübel mit Wasser herein und ein längliches in eine Decke eingeschlagenes Paket.

Er gab Simon einen sauberen Lappen: »Wasch dir das Gesicht, den Hals und die Hände. Du stinkst!«

»Was soll ich machen? Ich stinke seit ein paar Tagen. Bis jetzt hat Euch das nicht gestört!«

»Du sollst dich waschen. Sonst ....«, er hob drohend die Hand.

»Ist ja gut! Ich wasche mich gerne!« Der Bader zog sich den Kittel aus und begann sich mit dem Stofflappen zu reinigen.

»Ich möchte mich auch waschen!«, forderte Benedikt.

»Ist mir egal. Du kannst dich waschen, wenn er fertig ist und noch Wasser vorhanden ist.«

Simon genoss das frische Nass, dass der schwarze Mönch, vermutlich von der Paar, heraufgeschleppt hatte. Um den Kübel herum bildete sich eine große Wasserlache auf dem Boden.

Nachdem er seine Reinigung beendet hatte, reichte ihm der Mönch einen Kamm.

»Und bring deine Haare in Ordnung. Wisst ihr beiden überhaupt, wie ihr ausschaut? Wie irgendwelche dahergelaufenen Bauern, ihr stinkenden Landstreicher!«

In der Zwischenzeit säuberte sich Benedikt ebenfalls. Wobei er darauf achtete sich nicht auszuziehen. Er wusch sich nur Gesicht und Arme.

»Also jetzt geht es los?«, wollte Simon wissen.

»Hmmm ...«

»Vielleicht wäre es nun sinnvoll, uns ein wenig in Euer Vorhaben einzuweihen!«

»Ja, vielleicht!«, damit drehte der Mönch sich um und putzte mit einem trockenen Lumpen und Spucke das silberne Gehäuse und die Glasscheiben des Käfigs auf Hochglanz.

Der Bader ließ nicht locker. »Von mir aus kanns losgehen!« Er trat zur Tür.

Der Mönch lachte: »Falsche Richtung!«, und wies mit dem Finger zur Rückseite der Hütte.

»Häh? Was soll das?« Benedikt blickte sich um und starrte verwundert die Holzbalken an.

Der Mönch amüsierte sich köstlich. »Was seht ihr denn da noch?«

Simon besah sich die Rückseite der Hütte ebenfalls. »Da ist außer der verfluchten Holzkiste nichts. Vetulus de Montanis, kennt Ihr einen Zauber, der es uns ermöglicht durch Wände zu gehen, wenn Ihr es befehlt?«

Der Mönch lachte immer noch. »So ähnlich! Wir gehen durch die Kiste!«

»Jetzt ist er wirklich übergeschnappt!«, dachte der Bader.

»Wir gehen also alle drei in die große Kiste und deine Ratten kommen auch mit. Habe ich das richtig verstanden?«

»Genau so ist das!«

Der Mönch begab sich zur Kiste und versuchte, sie wegzuschieben. Nachdem er sie mit Mühe ein Stück verrückt hatte, knurrte er die beiden an, ihm dabei gefälligst zu helfen. Gemeinsam gelang es ihnen, den Kasten zur Seite zu verfrachten. Mit offenen Mündern bestaunten Simon und Benedikt ein großes, rechteckiges Loch im Boden, das die Truhe verdeckt hatte. Beim Blick in die Tiefe konnte man nicht erkennen, wie weit es hinab ging. Eine sehr steile, hölzerne Leiter führte in die Dunkelheit. Die beiden Gefangenen betrachteten immer noch ungläubig das Loch, während der Mönch das Bündel öffnete. Darin befanden sich mehrere Fackeln, Feuerstahl und Zunder, ein langer Dolch und ein Schwert. Ihr Bewacher gürtete sich die Waffen um. Zwei der Fackeln entzündete er. Eine behielt er, die andere gab er Simon.

»Du steigst zuerst hinunter, dann der Kleine und zum Schluss komme ich.«

»Aber ....«

»Kein aber! Jetzt geht es los! Einer nach dem anderen. Wenn der Erste unten angekommen ist, folgt der Nächste!«

Simon trat vorsichtig auf die erste Stufe der Leiter und dann Tritt um Tritt hinunter. Nach ungefähr zwanzig Querhölzern war er angekommen. Der Bader winkte mit der Fackel. Behutsam begab sich Benedikt nun den Weg abwärts. Simon beleuchtete die Umgebung, während der Junge hinunterkletterte. In der Zwischenzeit sah er sich um. Der Schacht nach oben war mit Ziegelsteinen gemauert. Genauso wie ein nicht ganz mannshoher, gewölbter Gang, der in die Dunkelheit führte. Simon umarmte Benedikt, als ihn dieser erreicht hatte. Nun machte sich der Mönch auf den Abstieg.

»Können wir ihn jetzt nicht überwältigen?«, flüsterte Benedikt.

»Ich glaube nicht. Er sitzt immer noch am längeren Hebel. Er hat die Waffen, und wenn er zurück nach oben klettert, sitzen wir hier unten fest. Wohin der Gang führt und was uns am Ende erwartet, weiß nur er«, antwortete Simon.

Der Mönch war doch nicht so gelenkig, wie es vorher den Anschein hatte. Ächzend und stöhnend kletterte er herunter. Er hatte auch seine Waffen und das Gefäß mit den Ratten dabei.

»Oh, solche Klettertouren sollte ich in meinem Alter nicht mehr machen«, stöhnte der schwarze Mönch, nachdem er unten angekommen war.

»Ihr hättet Euch das Ganze auch sparen können. Wir wären gerne alleine gegangen und hätten Euer Geschenk überbracht. Vielleicht hätten wir einen weniger mühsamen Weg benutzt«, erwiderte der Bader.

»Da bin ich mir ganz sicher! Ich traue euch kein bisschen! Los weiter, da hinein!« Er wies mit der Hand in den Stollen.

»Würdest du uns bitte verraten, was uns am Ende erwartet?«

»Nein! Ihr werdet es sehen, wenn wir angekommen sind! Los gehts! Erst du, dann der Kleine und zum Schluss komme ich!«

Der Bader schritt voran. Er konnte nur gebückt gehen, damit er sich den Kopf nicht an den Steinen der Gewölbedecke anstieß. Der Boden war matschig und sie versanken hin und wieder bis über die Knöchel im Schlamm. Vermutlich überschwemmte die Paar bei Hochwasser regelmäßig den Tunnel. Es roch entsprechend muffig. Der flackernde Schein der Fackeln erleuchtete mit ihrem gespenstischen Licht immer nur eine kurze Strecke des Weges.

Simon wusste nicht, wie weit sie gegangen waren. Plötzlich betraten sie eine kleine Kammer. Diese war gerade so groß, dass alle drei darin Platz fanden. Zwei Wände des Raumes waren, wie der Tunnel gemauert. Dicke Holzbohlen versperrten auf der der Tunnelöffnung gegenüberliegenden Seite den Weg.

»Und nun?«, wollte Benedikt wissen. »Wie geht es jetzt weiter? Vielmehr, es geht hier nicht weiter!« Dabei schlug er mit der flachen Hand gegen die Holzbalken. Dahinter klang es hohl.

»Hör auf, so einen Lärm zu machen!«, herrschte ihn der Mönch an.

»Wer soll uns denn hier unten hören?«, erwiderte Simon.

»Ich habe gesagt, ihr sollt keinen Lärm machen!«

»So! Hier ist also Endstation!«, warf der Bader ein.

Höhnisch antwortete der Mönch: »Ihr Kleingläubigen, ihr bezweifelt immer noch, dass ich alles, was ich plane und in die Hand nehme, auch erfolgreich zum Abschluss bringe.«

»Dann zeigt uns doch einfach, wie wir hier herauskommen!«, forderte ihn Benedikt auf.

Der Mönch lachte auf. »Dann will ich einmal nicht so sein.«

Er ging zur Holzwand und zog an einem Hebel, den sie vorher nicht bemerkt hatten. Mit einem lauten Klacken öffnete sich auf der rechten Seite ein kleiner Spalt, der von der Decke bis zum Boden verlief.

32

Der Mönch drückte mit aller Kraft gegen die hölzerne Wand, die langsam in einen weiteren Raum hinein aufschwang. Die drei stiegen durch die Öffnung hindurch. Vor ihnen beschien das Licht der beiden Fackeln einen merkwürdigen Ort. Überall standen eigenartige Gerätschaften herum. Der schwarze Mönch drückte die Geheimtür, durch die sie eingetreten waren, wieder zu. Simon starrte die Holzwand unverwandt an. An ihr hingen allerlei eiserne Zangen und Haken.

Plötzlich fiel es ihm wie Schuppen von den Augen. Laut schrie er auf. »Wisst ihr, wo wir hier sind? Wisst ihr, was das ist?«

»Was regst du dich denn so auf?« Benedikt versuchte ihn zu beruhigen.

Das gelang ihm jedoch nicht. »Wir sind in einer Folterkammer! Siehst du die ganzen Marterwerkzeuge dort? Da steht die Streckbank, dort die Daumenschrauben und die Feuerkörbe. Was zum Teufel habt Ihr mit uns vor? Was ist das für ein Spiel, das Ihr mit uns spielt? Wenn Ihr uns foltern wolltet, hättet Ihr uns doch nicht hierherschleppen müssen?«, wandte er sich wutentbrannt an den Mönch.

»Zuerst einmal hörst du auf hier herumzuschreien!«, entgegnete ihm dieser. »Sonst hört uns der Henker und sieht nach, ob er unerledigte Arbeit hier unten vergessen hat.«

Wieder konnte er vor Lachen kaum an sich halten. »Du hast recht, dies ist eine Folterkammer, aber so lange ihr tut, was ich wünsche, braucht ihr keine Angst zu haben.«

Der Bader hatte sich langsam wieder beruhigt. »Was soll das Ganze! Wie wird es jetzt weitergehen?«

Der Mönch stieg eine kleine Treppe zu einer schweren mit eisernen Beschlägen verstärkten Tür hinauf. »Wie oft soll ich es euch noch sagen. Ihr werdet sehen, wie es weitergeht, sobald es so weit ist. Jetzt muss ich euch leider eine Weile alleine lassen. Also keine Angst, ich komme zurück. Derweil könnt ihr es euch gemütlich machen!« Vergnügt trat er durch die Tür und schloss sie von außen ab.

Sofort stürzten die beiden zum Ausgang der Kammer. Sie warteten eine Weile. Dem Mönch sollte ausreichend Zeit bleiben, sich zu entfernen. Danach versuchten sie den Eingang zu ihrem Verlies zu öffnen. Trotz aller Kraft und mittels einer schweren Eisenstange, die zu den Gerätschaften der Folterkammer gehörte, gelang es ihnen nicht. Entmutigt gaben sie auf.

»Es wird immer verrückter!«, stöhnte Benedikta und drückte Simon ganz fest an sich.

»So siehst du es, aber es wird auch einiges klarer!«

»Was denn?«

»Wir wissen jetzt, wo wir sind!«

»Du vielleicht, aber ich nicht! Dann erklär es mir!«

»Wir sind in Aichach!«

»Du Scherzbold, das weiß ich auch!«

»..... und wir sind im Untergeschoss der Burg, denn nur dort gibt es eine Folterkammer.«

»Und was hat es mit der Hütte und dem merkwürdigen Stollen auf sich? Weißt du das auch?«

»Dieser Tunnel dient vermutlich dazu, bei einer Belagerung hinter die feindlichen Linien zu gelangen. Durch ihn könnte man aus der Stadt fliehen oder Bewaffnete in den Rücken eines Belagerers schicken.«

»Und wie sollte uns diese Erkenntnis in unserer verzwickten Lage nun weiterhelfen?«

»Du stellst Fragen! Ich habe keine Ahnung! Aber zumindest wissen wir nun, wo wir sind!«

»Das ist ja wunderbar! Vielleicht können wir in den Stollen und die Hütte zurück und dem Unhold so entwischen?«

»Wir haben doch schon einmal erfolglos versucht, aus dem Unterstand zu fliehen. Ein zweites Mal wird es uns auch nicht gelingen. Er hat den Ausgang ganz sicher versperrt.«

»Hier findet sich bestimmt etwas, was wir als Waffe benützen können. Wenn er uns dann durch den Schacht folgt und herauf kommt, greifen wir ihn an.«

»Niemand sagt uns, dass er alleine kommen würde oder dass er nicht von außen zur Hütte gelangt. Die Art, wie wir hierher gekommen sind, zeigt uns Folgendes: Er kennt nicht nur irgendwelche Strolche in der Stadt, sondern er muss über Vertraute unter den Wachsoldaten der Burg verfügen. Die haben ihm die Geheimnisse der Verteidigung der Stadt verraten und den Weg freigeräumt. Selbst wenn wir versuchen sollten, Hilfe herbeizurufen, hören uns möglicherweise nur seine Komplizen! Wahrscheinlich würde aber kein Mensch unser Rufen bemerken, denn die Schreie der Gefolterten in dieser Kammer soll draußen auch niemand hören.«

Entmutigt ließen sie die Köpfe hängen.

»Je näher wir dem Ziel dieses Teufels kommen, desto rätselhafter und gefährlicher wird die ganze Geschichte für uns«, grübelte Benedikta. »Wir haben immer gezögert, wenn es darum ging, dem Verbrecher mutig entgegenzutreten. Wir haben einige Gelegenheiten verstreichen lassen, aus Angst es könnte schiefgehen. Wenn er sein Ziel erreicht hat, dann ist es tatsächlich schiefgegangen. Also worauf warten wir denn noch.«

»Wie meinst du das?«, wollte der Bader wissen.

»So, wie ich es gesagt habe. Wir versuchen ihn zu überwältigen, wenn er zurückkommt. Hier liegen genug Gegenstände herum, die wir als Waffe benützen können.«

»Es überrascht mich, dass so ein Vorschlag von dir kommt. Vielleicht hast du Recht, ich habe bisher immer auf List und Tücke gesetzt. Das hat uns aber nicht weit gebracht«, gab Simon nachdenklich von sich.

»Doch! Wir sind noch am Leben, das ist eine ganze Menge. Aber, ob das weiterhin gut geht?«

»Hast du denn keine Angst?«

»Natürlich habe ich Angst! Trotzdem sollten wir nichts unversucht lassen, ihm das Heft des Handelns aus der Hand zu schlagen«, erwiderte Benedikta.

Der Bader nickte. »Kannst du dich noch an den Kampf mit den Straßenräubern erinnern? Da haben wir uns ganz gut geschlagen und die Gefahr gemeinsam gemeistert.«

»Wie wollen wir es anstellen«, fragte die Gefährtin.

»Da drüben liegt ein Flacheisen, damit schlägst du zu. Ich behalte die Eisenstange!« Der Bader hielt die Stange in die Höhe, mit der sie an der Tür gescheitert waren. »Am besten wir stellen uns neben der Treppe auf.«

Es mochte eine Stunde vergangen sein, als der Mönch zurückkehrte. Er kam langsam die Treppe herunter und betrachtete misstrauisch seine beiden Gefangenen, die sich einige Fuß entfernt von ihm befanden und sehr nervös wirkten.

»Ich hoffe, ihr seid in der Zwischenzeit nicht auf dumme Gedanken gekommen.«

Er erhielt keine Antwort.

Stattdessen schrie der Bader: »Jetzt!« Die beiden rissen die Eisenstangen in die Höhe und stürmten auf ihren Widersacher zu.

Blitzschnell duckte sich der Mönch zur Seite, und so ging der möglicherweise tödliche Schlag ins Leere. Mit einem Satz sprang er auf Benedikt zu, hatte den Dolch in der Hand und drehte seinen Gegner so, dass er ihm als Deckung diente. Der scharfe Stahl ritzte den Hals des Überrumpelten.

Wutentbrannt schrie der schwarze Mönch: »Wirf die Stange weg! Du Hundsfott, du verfluchter! Ich trenne deinem Liebchen die Kehle durch, wenn du nicht sofort tust, was ich dir sage!«

Er presste die Klinge fester gegen den Hals, so dass sich der Schnitt vertiefte und Blut aus der Wunde ran.

»Ich gebe auf! Nur lasst Euren Zorn nicht an dem Jungen aus. Er kann nichts dafür. Es war alles meine Idee.

Bestraft mich, aber lasst Benedikt am Leben. Bitte! Ich flehe Euch an!«

Simon warf die eiserne Stange zu Boden und kniete sich nieder. Er hob flehend die Hände empor.

Mit vor Wut bebender Stimme drohte der Peiniger: »Eigentlich müsste ich euch beide in Stücke hacken. Ihr hättet es nicht anders verdient. Aber leider müsst ihr noch etwas für mich erledigen. Ihr habt jetzt die Gelegenheit, euch als Sühne für euer frevelhaftes Benehmen zu bewähren. Danach sehen wir, wie ich euch bestrafen werde.«

Benedikt erwiderte zitternd: »Bitte, Herr Vetulus de Montanis, lasst uns am Leben. Wir können Euch nur innigst bitten, uns unser böses Tun zu verzeihen. Wir werden nie wieder etwas Unrechtes gegen Euch unternehmen. Wir schwören das bei allem, was uns heilig ist!«

Der Mönch stieß Benedikt von sich, so dass er neben Simon auf den Boden fiel. Der schwarze Mönch spukte vor ihnen aus. »Ihr seid so erbärmlich! So klein! Wie könnt ihr es wagen die Hand gegen mich zu erheben? Wie niederträchtig! Aber ich will Gnade vor Recht ergehen lassen und euch nicht sofort töten.«

Damit warf er ein Bündel Kleidungsstücke, das er mitgebracht hatte, vor sie auf den Boden.

Er forderte Simon auf: »Hier, zieh das an! Du wirst mein Geschenk einer Person von hohem Stand überbringen. Da kannst du nicht auftauchen wie irgendein Landstreicher. Sonst werden sie dich gar nicht vorlassen, sondern zum Teufel jagen!«

»Hättet Ihr die Freundlichkeit, uns irgendwann mehr über dies großartige Geschenk und den Beschenkten zu erzählen? Wäre es jetzt nicht langsam an der Zeit?«

»Nein! Nach dem, was ihr mir gerade versprochen habt, riskierst du schon wieder eine ganz schön dicke Lippe. Es ist für euch nicht nötig, mehr zu wissen! Ich werde dich in die Nähe des Empfängers meines Geschenks bringen. Du gehst zu ihm und übergibst das Präsent!«

»Und woher soll ich wissen, wer der Glückliche ist?«

»Den wirst du sofort erkennen, er ist der Höchstgestellte im Saal. Er wird nicht zu übersehen sein.«

»Wisst Ihr was? Das ist alles Kinderkram! Was wollt Ihr jetzt tun, wenn ich mich weigere zu gehen? Ihr könnt mich töten, aber dann müsst Ihr wohl oder übel euer Nagetier selbst überbringen.«

»Ich glaub, ich hör nicht recht,« der Mönch zückte erneut seinen Dolch und ging auf den Jungen zu. »Hast du es denn immer noch nicht verstanden? Was meinst du eigentlich, warum wir deinen Liebsten den ganzen Weg hierher mitgeschleppt haben? Ich sagte euch bereits, wenn ich mich zu etwas entschlossen habe, dann wird es genauso durchgeführt, wie geplant! Solltest du nicht sofort damit aufhören, dich mir zu widersetzen, werde ich deinen Liebling vor deinen Augen bei lebendigem Leibe in handliche Stücke zerlegen. Diese Räumlichkeit ist dafür hervorragend geeignet. Alle Instrumente, die ich brauche, finde ich hier, und nach außen dringt kein Ton.«

Benedikt stieß einen angstvollen Schrei aus und Simon erwiderte: »So etwas werdet Ihr doch nicht wirklich tun?«

»Da kannst du sicher sein, dass ich das tue. Und zwar in genau der Weise, wie ich es dir erklärt habe. Dich hänge ich dort an der Decke auf, damit du dir das alles genau aus der Nähe mitansehen kannst.« Dabei zeigte er auf einen großen Metallhaken über ihren Köpfen, der vermutlich zum Aufhängen der Folteropfer diente.

»Wir tun, was Ihr von uns verlangt. Ihr habt gewonnen!«, gab Simon resigniert von sich.

»Gut, dass du es langsam einsiehst! Jetzt beeile dich und zieh die Kleidungsstücke an, die ich mitgebracht habe.«

Der Bader schlüpfte in die Sachen und stellte fest, dass sie das Wappen des Bayernherzogs ›Ludwig im Barte‹ trugen.

»Was ist das für ein seltsames Gewand?«

»Mach dir keine Gedanken, hier laufen alle so rum. Damit fällst du nicht auf, falls du unerwarteterweise schnell verschwinden musst.«

»Vermutlich damit ich nicht auffalle, wenn ich unerkannt weiter in die Burg eindringe. Du verfluchter Hund! An irgendeinen Punkt muss es mir gelingen dieses missliche Schauspiel zu beenden. Wenn es wirklich alles so laufen sollte, wie er es geplant hat, werden Benedikta und ich am Ende tot sein. Aber, noch sind wir am Leben! Noch haben wir die Chance, diesem üblen Spiel ein Ende zu bereiten.«

Der Mönch machte sich ebenfalls fertig. Er wechselte das alte Ordensgewand der Augustiner gegen den weißen Habit der Dominikaner. Er band sich den schwarzen Ledergürtel um, an dem ein langer Rosenkranz hing. Die große weiße Kapuze zog er sich tief ins Gesicht, so dass seine Narbe nicht mehr zu sehen war.

»Ich werde dich ein Stück auf deinem Weg begleiten, nicht das du zwischenzeitlich erneut auf dumme Gedanken kommst. Unser Geschenk trage ich so lange, bis du alleine weitergehen wirst!«

»Ihr scheint Euch hier gut zurechtzufinden. Seid Ihr schon früher einmal in Aichach gewesen?«, wunderte sich der Bader.

»Auch das geht dich nichts an. Aber ich will einmal nicht so sein. Ja, ich war in den letzten Jahren mehrmals in der Stadt. Aber jetzt ist genug geschwätzt. Lass uns aufbrechen.«

Simon umarmte, unter den höhnischen Blicken ihres Peinigers, Benedikt liebevoll. Dann folgte er dem verkleideten Dominikaner zum Ausgang.

33

Der Mönch öffnete die Tür der Folterkammer und sie betraten mit der Fackel in der Hand einen langen Gang. Auf einmal wurde Simon bewusst, dass er früher bereits hier gewesen war. Nur genaue Lage der Räumlichkeit für die peinliche Befragung kannte er damals nicht. Sie schritten durch den Kerkertrakt der Aichacher Burg. In einer der Zellen, die links und rechts abzweigten, hatte er vor geraumer Zeit die Bewohner des Gerberhofes befragt. In einem anderen Verlies war später das fahrende Volk, die Gefährten Gesas, eingesperrt worden. Am Ende des Ganges befand sich der Aufgang ins Erdgeschoss der Burg und die Wachstube der Kerkerwächter.

Leise schlichen sie den Gang weiter. Aus den Zellen drangen unterschiedliche Geräusche. Menschen schimpften, andere schrien und stöhnten. Simon taten die Gefangenen leid. Dann dachte er, dass er sich jetzt besser Sorgen um sein eigenes Wohlergehen machen sollte. An der Wachstube angekommen stellte der Bader erstaunt fest, dass sie leer war. Soweit ihm bekannt war, musste sie immer besetzt sein.

Vorsichtig stiegen sie die Treppe hinauf, öffneten die Tür ins Erdgeschoss einen kleinen Spalt und lugten hinaus. Dort liefen zahllose Menschen herum, erheblich mehr als sonst. Sie bemerkten viele Bewaffnete, Köche und Bedienstete, welche Brot, Fleisch und Kuchen mit sich schleppten.

»Was ist denn hier los?«, erkundigte sich der Bader.

»Die feiern ein kleines Fest, du wirst es gleich sehen!«

»Und wir sind eingeladen und ich darf das Geschenk überbringen?«

»So ähnlich ist es! Komm jetzt! Es ist gerade keiner draußen.«

Augenblicke später standen sie im Erdgeschoss, und schon schlug der Trubel über ihnen zusammen. Links verteidigte ein Zuckerbäcker seine süßen Schätze gegen zwei Soldaten, die versuchten etwas zu stibitzen. Rechts drosch ein Koch mit dem Kochlöffel nach einem Lehrbuben. Die einen lachten, die anderen schimpften. Niemand nahm in diesem Durcheinander Notiz von dem Dominikaner und seinem Begleiter.

»Was ist denn das für ein Fest? Hier feiert doch eine Person von Rang und Namen.«

»Ja meinst du, ich begehe so einen Aufwand für irgendeinen dahergelaufenen Landedelmann? Du wirst bald sehen, welch edlem Herrn du gegenübertreten wirst«, dabei gab er ein lautes Glucksen von sich.

Simon war bei seinen Ermittlungen schon öfters in die Burg gerufen worden. Im Erdgeschoss befanden sich der Gerichtssaal, die Schreibstuben, eine Wache für die Waffenknechte des Herzogs und das Arbeitszimmer des herzoglichen Richters und Pflegers Leonhard Sandizeller. Das darüber gelegene Stockwerk kannte er nicht. Das Betreten war einem einfachen Aichacher Bürger nicht gestattet. Das Fest oder die Versammlung, die ihr Ziel war, schien in den oberen Räumlichkeiten stattzufinden.

Der Bader nahm undeutlich wahr, dass Musikanten aufspielten. Der Mönch und sein Begleiter begaben sich zum Treppenaufgang, der von zwei Soldaten bewacht wurde. Von denen hatte jeder ein Schild vor sich aufgestellt, den er mit der linken Hand festhielt. Die Rechte umfasste den hölzernen Schaft eines Spießes, den sie am Boden aufstützten. Die Schilde trugen das Wappen der Ingolstädter Herzöge. Die Wachen blickten geradeaus und schienen den Trubel um sie herum nicht wahrzunehmen. So gelangten die Eindringlinge ohne Schwierigkeiten in das Obergeschoss.

Der Mönch begleitete den Bader bis kurz vor eine große zweiflügelige Tür, vor der ebenfalls zwei Wachen postiert waren. Dann zog er Simon in eine Fensternische, aus der man auf die Stadtpfarrkirche blicken konnte.

»Ich lasse dich jetzt alleine. Du wirst von nun an alles so ausführen, wie ich es dir befohlen habe. Vergiss nicht, dass ich deinen Herzallerliebsten immer noch in meiner Gewalt habe. Führe dir vor Augen, was mit ihm geschieht, wenn du versagen solltest. Ich warte mit ihm unten, bis du deinen Auftrag erfüllt hast! Und nun viel Glück!«

Der Dominikaner überreichte Simon das mit blauem Samt abgedeckte silberne Gefäß mit seinem Ekel erregenden Inhalt und verschwand. Von nun an war der Bader auf sich allein gestellt.

34

Nachdem der Mönch mit Simon die Folterkammer verlassen hatten, fühlte sich Benedikta elend und allein. Der flackernde Schein der Fackel erzeugte unheimliche Schatten an den Wänden. Sie glaubte, die Schreie der an diesem Ort gequälten Kreaturen zu vernehmen. Auf einmal war ihr schrecklich kalt. Wie lange würde sie hier ausharren müssen, bis man sie fand? Würde sie ihren Geliebten jemals wiedersehen?

Vielleicht hatte ihr Peiniger ja diesmal vergessen, die Tür zu verriegeln. Sie stieg, so schnell es ihr möglich war, die Stufen hinauf und versuchte, die Kerkertüre zu öffnen. Nicht die Breite eines Fingernagels bewegte sich der rettende Ausgang. Resigniert gab sie auf, setzte sich auf die Streckbank und begann hemmungslos zu weinen. Wäre sie doch in ihrem Kloster in Altomünster geblieben. Dies hier war die Strafe Gottes für all ihre Sünden. Sie versuchte zu beten, aber es gelang ihr nicht.

Benedikta trocknete ihre Tränen. Dann ging ein Ruck durch ihren Körper, ihre Niedergeschlagenheit und Furcht waren wilder Entschlossenheit gewichen. Wer war sie denn? Die stolze Tochter einer edlen Familie! Ihre Brüder hatten zu kämpfen gelernt, ihr war es verwehrt geblieben. Aber sie war ebenfalls eine Kämpferin. Sie hatte sich gegen das strenge Regiment des Klosterlebens aufgelehnt, sie hatte heimlich Latein gelernt und sich ein wenig Griechisch zu eigen gemacht. Sie hatte versucht, die griechischen Philosophen zu verstehen. Sie wollte studieren und ein Leben in Gelehrsamkeit führen. Trotzdem beabsichtigte sie, zukünftig als Frau zu leben und sich nicht hinter dem Namen Benedikt zu verstecken. Sie würde kämpfen, die Geister dieser Folterkammer verscheuchen und mit diesem verfluchten Mönch würde sie ebenfalls fertig werden. Sie setzte sich aufrecht, erwartete ihren Schinder und würde ihm die Stirn bieten. Mit Klugheit, wie es Simon versucht hatte, aber auch mit List und Tücke.

Er saß und wartete. Nachdem einige Zeit vergangen war, öffnete sich die Tür und der Dominikaner kehrte alleine zurück. Benedikt sprang auf.

»Wo ist Simon?«

»Weshalb fragst du? Er tut das, womit ich ihn beauftragt habe. Er überbringt mein Geschenk.«

»Und Ihr seid nicht bei ihm?«

»Das kann er schon ganz alleine«, höhnte der Mönch.

»Jetzt könnt Ihr es mir doch verraten, was es mit der Ratte und diesem merkwürdigen Geschenk auf sich hat? Das ist doch nichts, worüber sich der Beschenkte wirklich freuen würde. Über das Äußere sicherlich, aber die Ratte ist doch eigentlich eine tödliche Beleidigung. Was soll das also?«

»Mit tödlich hast du wohl recht«, der Dominikaner war belustigt.

»Das verstehe ich nicht.«

»Das wundert mich nicht. Du hast ja vorher auch noch nie vom Alten vom Berge gehört und wirst das andere ebenfalls nicht verstehen.«

»Erzählt es mir trotzdem.«

»Vor vielen hundert Jahren befolgten die Getreuen des Alten vom Berge jeden seiner Befehle, ohne eine Sekunde zu zögern. Was sie antrieb waren ihr tiefer Glauben und die Aussicht auf ein wundervolles künftiges Leben im Paradies, das sie für wenige Stunden bereits im Diesseits erblicken durften. Heute kannst du die jungen Leute nicht mehr mit dem Paradies locken. Geld und Ruhm müssen es sein. Also muss ich andere Wege finden, meine Aufträge zu erfüllen.«

»Ihr sucht also Idioten, die für Euch die Drecksarbeit erledigen.«

»So würde ich es nicht ausdrücken. Die Menschen wissen oft nicht, was gut für sie ist.«

»Und Ihr wisst es?«

Beide schwiegen einen Moment.

»Ihr habt meine Frage nicht beantwortet. Was soll die Ratte? Wollt Ihr jemanden beleidigen, einen Schrecken einjagen oder hat alles eine tiefere Bedeutung, die ich nicht verstehe?«

»Eigentlich kann ich es dir erzählen. Es spielt nun keine Rolle mehr.«

»Das finde ich auch.«

»Die Ratte, ja was hat das zu bedeuten?«

»Mach es nicht so spannend!«

»Vor vielen Jahren hat mich das Schicksal ins Land der Anhänger des Propheten verschlagen. Dort gibt es Dinge, die jenseits davon sind, was ihr euch hier im Abendland auch nur vorstellen könnt. Das Wissen des Orients ist weit fortgeschritten. Es gründet auf eigenen Erkenntnissen und dem Wissensschatz der großen griechischen Gelehrten der alten Zeit.«

»Aha, und was hat das mit den Ratten zu tun?«

»Ich verstehe, dass du mir nicht folgen kannst. Um es einfach zu machen. Diese Ratten tragen den schwarzen Tod in sich. Nur wenigen ist dies Geheimnis der Krankheit bekannt.«

Einen Moment brauchte Benedikt, um diese Nachricht zu verarbeiten. »Das ist nicht wahr!«

»Natürlich ist es wahr!« Der Mönch lachte, als ob ihn der Wahnsinn gepackt hätte.

»Seid Ihr vollkommen verrückt geworden? Ihr bringt Tod, Verderben und Elend über das ganze Land!«, schrie der Junge.

Der Mönch gab ihm eine schallende Ohrfeige. »Wie sprichst du eigentlich mit mir? Zuerst trifft es diesen verdammten Herzog und seine Brut. Dass dabei auch einige Bewohner dieses Landstrichs den Weg zu ihrem Herrn finden ist nun einmal nicht zu vermeiden.«

»Ich fasse es nicht, wie Ihr das Leben Eurer Mitmenschen aufs Spiel setzt. Es scheint Euch nichts auszumachen, wenn tausende elendig verrecken.« Benedikt spuckte aus.

»Habt Ihr keine Angst, dass Euch die Krankheit selber heimsucht?«

»Ich weiß, wie schrecklich diese mörderische Krankheit ist. Ich habe sie überlebt und werde nie wieder daran erkranken.«

Benedikt war sprachlos und setzte sich erneut auf die Streckbank. Der Mönch rückte näher an ihn heran. Der Junge roch dessen fauligen Atem.

»Während wir auf deinen Liebsten warten könnten wir zwei doch ein bisschen Spaß miteinander haben.« Er legte Benedikt seine Hand auf das linke Knie. »Weißt du, ich kann es gut verstehen, dass sich Simon in dich vernarrt hat. Du bist wirklich sehr begehrenswert.« Sein Atem ging jetzt stoßweise.

»Lasst mich in Ruhe!«

»Komm, stell dich nicht so an!«

»Ich sagte, Ihr sollt mich in Ruhe lassen!« Er stieß die gierigen Hände des Mönchs von sich, die sich plötzlich überall zu befinden schienen.

»Gut, wenn du nicht anders willst, tun wir es auf die harte Art. Ich liebe es, wenn sich so ein zartes Knäblein mir widersetzt.«

Der Mönch hob die Kutte bis zum Bauch und stand mit steil aufgerichtetem Glied vor ihm. Er trat einen Schritt nach vorne und griff seinem Opfer in zwischen die Beine.

Ein kurzer Atemzug verging.

»Da ist ja nichts!« Der Mönch wurde blass und seine Männlichkeit hing von einem Augenblick auf den anderen schlaff herab. »Du bist ja ein verfluchtes Weib!«

Benedikta erkannte die Chance, die sich ihr in diesem Moment bot. Jetzt oder nie! Sie rammte dem verdatterten Mönch mit aller Gewalt das rechte Knie zwischen die Beine.

Dieser sackte jaulend zusammen und hielt sich den Unterleib. Im Anschluss sprang sie von der Streckbank, schnellte sie nach vorne, holte aus und trat ihm gegen den Kopf. Dann rannte sie so schnell sie konnte zur Tür, nahm mehrere Treppenstufen auf einmal und betete, dass nicht abgeschlossen wäre.

Der Mönch hatte sich langsam wieder aufgerichtet. Blut tropfte von einer Platzwunde am Kopf auf den weißen Stoff seiner Kutte. Mit ohrenbetäubendem Gebrüll hinkte er hinter Benedikta her. Vorher hatte er sein Schwert und seinen Dolch, die er unter seinem Gewand verborgen hatte, ergriffen.

Die Tür war, Gott sei Dank, nicht abgesperrt. Benedikta öffnete sie und lief in den Kerkertrakt. Sehr schnell entdeckte sie die Treppe, die ins Erdgeschoss führte. Dort angekommen bemerkte sie den Mönch, der wild schimpfend hinter ihr her humpelte. Jetzt ärgerte sie sich, dass sie nicht die Geistesgegenwart besessen hatte, den Eingang zur Folterkammer abzusperren. Aber sie hatte anderes zu tun, als sich über begangene Fehler zu ärgern. Sie sprintete die Stufen hinauf. Der Mönch folgte ihr, so schnell es ihm möglich war.

Im Erdgeschoss hatte sich der Trubel noch gesteigert und sie konnte sich keinen Reim auf die Betriebsamkeit machen. Deshalb hielt sie einen Zuckerbäcker an.

»Mein Herr wollte dem Herzog ein Geschenk überbringen. Wo kann ich ihn finden?«

»Wo denn schon?«, muffelte sie der Befragte an.

»Das will ich ja gerade von dir wissen!«

»Da oben im Festsaal, wo denn sonst!« Der Mann drehte sich um und ging weiter.

Benedikta entdeckte den Aufgang mit den zwei Schildwachen. Sie strebte vorsichtig in deren Richtung. Die Wächter starrten immer noch einfach geradeaus und nahmen nicht die geringste Notiz von dem Durcheinander um sie herum. So war es auch für Benedikta kein Problem, nach oben zu gelangen.

35

Simon versuchte, mit seinem Geschenk den Saal zu betreten. Die Wachen vor dem Saaleingang schienen ihre Aufgabe ernst zu nehmen. Sie verweigerten ihm mehrfach den Zutritt. All seine Beredsamkeit nutzte nichts. Der Bader war kein Mensch, der schnell aufsteckte. Er überlegte angestrengt, wie er an den aufmerksamen Wachposten vorbeikommen könnte. Es musste doch irgendwo eine Küche geben, oder einen Zugang in den Saal, durch den die Speisen und Getränke aufgetragen wurden. Er spazierte den Gang an der stadtseitigen Fensterfront entlang. Das Ende bildete eine Wand mit einem niedrigen Durchgang, der durch eine Tür versperrt wurde. Hier ging es eigentlich nicht weiter, trotzdem versuchte er es. Der Zugang war unverschlossen und auf einmal stand er in der Welt der Dienstboten, Köche und Küchenfrauen.

In dem Durcheinander fiel er anfangs nicht weiter auf. Er suchte den Eingang in den Festsaal. Nun stand er mitten im Weg. Schon rempelten ihn die ersten Bediensteten an, die in einer sich in ständiger Bewegung befindenden Kette Speisen und Getränke in den Saal trugen.

»Was stehst du hier so dumm herum?«, schnauzte ihn ein Diener an, der mehrere Krüge Bier schleppte. »Mach, dass du aus dem Weg kommst!«

Simon sprang zur Seite und folgte der Schlange der hin und her hastenden Menschen. Schließlich stand er vor einer zweiflügligen Tür. Ein Mann hielt ihn auf, der die Bediensteten anwies, wohin sie Getränke und Speisen zu bringen hatten.

»Was willst du denn hier! Was ist das für ein komisches Ding, das du da bei dir trägst? Scher dich in die Küche und stell dich in die Reihe, wo du hingehörst.«

»Mein Auftrag lautet, dem Herzog ein Geschenk zu überreichen.«

»Schwätz kein dummes Zeug! Mach augenblicklich, dass du in die Küche kommst und fang an zu arbeiten. Wenn du nicht sofort verschwindest, stecken dich die Waffenknechte in den Kerker, bis du versauerst.«

Simon schloss sich dem Zug der Bediensteten an. In der Küche schnappte er sich ein Holzbrett, stellte das mit Samt verdeckte Behältnis mit der Ratte darauf und machte sich wieder auf den Weg in Richtung Festsaal. Er stand erneut vor dem Einweiser und überrumpelt ihn. Simon schlüpfte an ihm vorbei. Der unaufhaltsame Strom der auftragenden Bediensteten hinderte den Wächter der Leckereien daran, dem Bader zu folgen.

Simon nahm das Geschenk wieder an sich und stellte das Brett einfach irgendwo an die Wand. Er blickte sich um und versuchte, sich einen Überblick zu verschaffen. Der Einweiser war ein paar Schritte in den Saal getreten und suchte mit Blicken die Reihen nach ihm ab. Der Bader duckte sich hinter ein fröhlich turtelndes Pärchen. Er lugte zwischen den zweien hindurch und sah, wie sein Verfolger zu seiner Arbeit zurückkehrte. Neben dem Zugang für die Bediensteten entdeckte er jetzt ebenfalls zwei Wachen, bewaffnet mit Spießen und Schwertern. Diese nahmen jedoch keine Notiz von ihm.

Er war überrascht, dass es in Aichach einen so prächtigen Saal gab. Mächtige mit Schnitzereien verzierte Balken stützten die Decke. Die Wände überzogen übergroße Gemälde, deren Themen die Jagd und das ritterliche Leben bildeten. In mehreren Reihen füllten Bänke und Tische den Saal an denen es sich die Gäste wohl ergehen ließen. Am Kopfende des Festsaales hatte man drei Tische quer zu den Übrigen zusammengeschoben. Dort erkannte er den Herzog ›Ludwig im Barte‹ und andere hochgestellte Persönlichkeiten des Ingolstädter Herrschaftsbereichs. Hinter den Ehrengästen brannte ein offenes Feuer unter einem großen Rauchfang.

Trotz der Feuerstelle war es ziemlich kalt im Saal und die Gäste an den Tischen trugen warme Kleidung. Der Bader hatte den Herzog sofort wiedererkannt. Schließlich diente er im bayrischen Krieg als Feldscher in dessen Heer. Der Herzog war älter und sein Bart grau geworden. Er strahlte aber immer noch dieselbe Entschlossenheit aus wie damals.

Simon überlegte gerade, wie er durch die Menge der Feiernden hindurch am schnellsten zum Tisch des Herzogs gelangen konnte. Da legte sich eine kräftige Hand auf seine Schulter, drehte ihn herum und fragte: »Was hast du hier verloren, und was hast du denn da unter dem Tuch versteckt?«

Simon wandte sich um und stand auf einmal seinem Freund Ludwig Kroiß gegenüber, dem Hauptmann der Stadtwache, mit dem er schon so manches Abenteuer bestanden hatte.

»Ludwig, was tust du denn hier?«

»Ja, was glaubst du denn, wo ich sonst sein sollte? Hast du vergessen, wofür mich die Stadt bezahlt? Mich wundert eher, was du hier machst? Was trägst du denn für eine komische Uniform? Ich wusste gar nicht, dass du wieder in der Stadt bist.«

Wie kam er nur aus dieser Situation heraus, ohne seinen Freund zu belügen. Die Wahrheit konnte er ihm kaum anvertrauen. »Ich musste, um meine Ermittlungen durchführen zu können, in die Dienste einer hochgestellten Person treten. Deshalb meine Kleidung und ich warte mit einem Geschenk für den Herzog auf ihn.«

»Der ist hier unter den Gästen?«

»Noch nicht, aber er ist bereits in der Burg!«

»Na, dann ist es gut. Wenn der Herzog wieder abgereist ist, treffen wir uns und zechen, wie in alten Tagen. Grüß deine Frau von mir!«

Mit diesen Worten begab sich Ludwig zurück zu den zwei Wachposten und stellte sich neben sie. Das war gerade nochmal gut gegangen und richtig gelogen hatte der Bader auch nicht.

Simon bahnte sich langsam seinen Weg durch die Gäste zum Tisch des Herzogs.

36

Benedikta stürmte die Treppe hinauf. Oben angekommen rempelte sie aus Versehen einen älteren Herren an, der vermutlich zu den Gästen zählte.

»Kannst du nicht aufpassen, du Trampel? Wie siehst du denn aus?«, empörte sich der Mann.

»Entschuldigt, mein Herr! Es tut mir leid! Es war ein Versehen!«

»Wache! Wache! Was treibt sich hier für ein Gesindel herum?«

Bevor der aufgebrachte Gast sie festhalten konnte, entwischte sie zwischen einer Gruppe jüngerer Männer. Diese betrachteten sie erstaunt. Rasch verschwand sie in Richtung

Gästeeingang des Festsaals. Die zwei Wachen hatten sie bereits ins Visier genommen und musterten sie misstrauisch. Hinter ihr entstand ein neuer Tumult. Der falsche Dominikaner rannte die Treppe hinauf und prallte mit dem Herrn zusammen, der sich nach der Begegnung mit Benedikta immer noch nicht wieder beruhigt hatte. Beide stürzten zu Boden. Während der Mönch laut fluchte, schlug der Niedergestoßene wild auf ihn ein. Der vermeintliche Dominikaner versetzte diesem daraufhin einen Faustschlag, durch den er blutend liegenblieb. Mühsam rappelte sich der Verfolger Benediktas wieder auf.

Die beiden schimpfenden und sich am Boden wälzenden Männer lenkten die Wachen für einen Augenblick ab. Benedikta nutzte die Gelegenheit, um unbemerkt in den Saal zu schlüpfen. Sie entdeckte Simon, der kurz vor dem Tisch des Herzogs stehengeblieben war. Er entfernte das Samttuch von dem silbernen Gefäß und wollte es Herzog Ludwig gerade überreichen. Benedikta wusste nicht, wie sie die Übergabe noch verhindern konnte. Blitzschnell kam ihr der rettende Gedanke.

Sie schrie so laut, wie sie nur konnte, quer durch den Saal: »Simon! Simon! Ich bin frei! Wirf das Geschenk ins Feuer!«

Der Bader drehte sich um und erkannte sie. »Warum denn das?«, brüllte er zurück.

Im Saal war inzwischen eine neugierige Ruhe eingetreten. Der Herzog hatte sich zurückgelehnt und beobachtete das Ganze mit Interesse.

»Tu einfach, was ich dir sage. Wirf das verfluchte Ding endlich ins Feuer! Verdammt noch einmal!«, fluchte Benedikta, vermutlich das erste Mal in ihrem Leben.

Simon befolgte ihre Anweisung und warf das Gefäß mitsamt der Ratte in hohem Bogen über den Tisch des Herzogs. Es landete mit lautem Krach mitten in den Flammen. Das Glas zerbarst. Das Nagetier sprang mit einem markerschütternden Pfeifton direkt ins Feuer. Dort blieb es liegen. Funken stoben aus dem brennenden Fell und zerplatzten, wie kleine Sterne in den züngelnden Flammen.

Im Saal setzten das Gerede und Getuschel wieder ein. Die Gäste wandten sich von dem Geschehen ab und widmeten sich erneut ihren Gesprächen an den Tischen. Vom Eingang schallte abermals Lärm herein. Der Mönch war an den Wachen vorbei in die Halle eingedrungen. Als er sah, wie sein Präsent in den Flammen verschwand, stieß er einen markerschütternden Schrei aus und stürzte mit gezogenem Schwert in Richtung des Tisches Herzog Ludwigs. Der Hauptmann der Stadtwache, der sich in der Zwischenzeit zum Gästeeingang begeben hatte, reagierte sofort.

Ludwig Kroiß entriss einem mit offenem Mund neben ihm stehenden Wachsoldaten den Spieß. Er hob die Waffe hoch und warf sie mit aller Kraft in Richtung des Dominikaners. Abrupt blieb dieser stehen, ließ das Schwert fallen und blickte fassungslos auf die eiserne Spitze, die aus seiner Brust ragte. Dann brach er zusammen und lag blutüberströmt zwischen den von den Plätzen aufgesprungenen Festgästen.

Benedikta stand jetzt nicht mehr im Mittelpunkt des Interesses und schlängelte sich durch die Menschenmenge in Simons Richtung. Auch der Herzog hatte sich erhoben und sein Schwert gezogen. Er befürchtete offenkundig, dass seine Sicherheit noch nicht gewährleistet wäre. Er beäugte Simon misstrauisch. Vom Gästeeingang her rannte der Kommandant der auf der Burg stationierten Kriegsknechte mit gezogener Waffe auf den Fürsten zu. Der Herzog ließ das Schwert sinken, da er davon ausging, dass der Offizier ihn schützen wollte. Zu spät erkannte er, dass der Mann offenbar anderes im Sinn hatte. Aus funkelnden Augen schlug ihm blanker Hass entgegen. Der Angreifer stieß einen markerschütternden Schrei aus.

In diesem Moment rannte der Attentäter an Benedikta vorbei. Auch sie erkannte, dass der Horror noch nicht zu Ende war. Geistesgegenwärtig stellte sie dem vorwärtsstürmenden Verräter ein Bein. Dieser kam ins Stolpern und stürzte, kurz bevor er Herzog Ludwig erreicht hatte, zu Boden. Der Herzog stach entschlossen mit seiner Waffe zu und rammte sie seinem Gegner ins Herz. Dieser bäumte sich nur einmal kurz auf, dann war alles vorbei.

Endlich hatten auch die Gäste den Ernst der Lage erkannt. Mehrere bewaffnete Besucher bildeten einen Ring um ihren Fürsten, um ihn zu schützen. Andere ergriffen Simon und warfen ihn zu Boden. Nachdem er wirklich sicher war, dass keine Gefahr mehr bestand, winkte Herzog Ludwig Benedikta zu sich heran.

37

»Du hast mir wohl das Leben gerettet. Dafür werde ich dir immer zu Dank verpflichtet sein. Vielleicht kannst du auch ein wenig Licht ins Dunkel bringen. Dass mein Leben nicht zum ersten Mal in Gefahr war, ist mir bewusst. Aber was hier gerade geschehen ist, übersteigt meine Vorstellungsgabe.«

»Ganz verstanden habe ich auch nicht alles. Ich will es trotzdem versuchen, soweit es mir möglich ist. In drei Sätzen wird mir dies nicht gelingen. Es ist eine längere Geschichte.«

»Das hört sich interessant an. Die Zeit will ich mir gerne nehmen. Setz dich an meine Seite, dann kannst du schon einmal mit der Schilderung beginnen. Wer bist du überhaupt?«

»Mein Name ist ...«

»Jetzt sag schon, du musst keine Angst haben.«

»Mein Name ist Benedikt und ich bin ein einfacher Junge vom Land.«

Der Herzog blickte auf den immer noch auf dem Boden festgehaltenen Bader, zu dem sich in der Zwischenzeit auch Ludwig Kroiß gesellt hatte. »Werft ihn in den Kerker und befragt den Mann. Vermutlich hat er etwas mit der Verschwörung hier zu tun.«

»Nein!«, schrie Benedikta auf. »Er hat nichts mit dem Mordanschlag zu tun. Ganz im Gegenteil, ohne ihn wäre großes Unglück über das Land gekommen.«

»Du kennst ihn also?«

»Ja! Ich kenne ihn!«

»Ich kenne diesen Mann ebenfalls. Der Badermeister Simon Schenk ist ein unbescholtener Bürger unserer Stadt. Ich würde meine Hand für seine Rechtschaffenheit ins Feuer legen!«, unterstützte der Hauptmann der Stadtwache seinen Freund.

»Gut, dann bringt ihn zu mir!« Der Herzog winkte den Männern zu, die Simon überwältigt hatten. Ludwig Kroiß führte ihn zum Fürsten.

»Wie bist du in diese ganze Sache verwickelt?«, wollte der Herzog wissen.

»Das ist eine lange Geschichte!«

»Genau dasselbe habe ich gerade schon einmal gehört!«

Herzog Ludwig wurde ungeduldig. »Ich weiß nicht, wer mir den Tod wünscht. Da gibt es viele Möglichkeiten, ich habe mir in meinem bisherigen Leben zahlreiche Feinde gemacht.

Meine Wittelsbacher Vettern, die Verwandtschaft in Frankreich und leider sogar mein eigener Sohn – da gibt es viele, die mir den Tod wünschen. Es ist ein Elend. Dass nun sogar einer meiner Hauptleute in die Verschwörung gegen mich verwickelt ist, trifft mich sehr!«

»Mein Herzog, ich habe immer treu zu Euch gestanden. Ich habe im bayrischen Krieg in Eurem Heer gedient. Niemals würde ich etwas tun, was Euch schadet. Ich will Euch gerne erklären, warum ich hier bin und was es mit dem Gefäß auf sich hat, welches ich ins Feuer warf«, erklärte Simon.

So jetzt habe ich genug: »Ihr beide setzt euch zu mir an den Tisch, esst und trinkt. Dabei erzählt ihr mir eure Geschichte. Ich habe verstanden, es wird länger dauern.«

Die Gäste im Festsaal hatten sich wieder gesetzt und diskutierten heftig und laut über das Geschehene. Der Herzog legte den Arm um Benediktas Schultern und führte sie zu dem Sitzplatz an seiner Seite. Unvermittelt blieb er stehen und musterte sie aufmerksam.

»Ich glaube, du musst mir noch viel mehr erklären. Hinter meinem Rücken nennen sie mich und glauben ich weiß es nicht, den alten Franzosen. Diesen wird nachgesagt, dass sie besonders in der Liebe bewandert wären. Du bist zwar gekleidet wie ein Junge und behauptest, dein Name wäre Benedikt, aber ich sag es dir auf den Kopf zu: Du bist eine Frau!«

Benedikta brach in Tränen aus.

Im Saal entstand erneut Unruhe. Eine ältere Frau hatte sich von ihrem Platz erhoben. Sie ruderte mit den Armen in der Luft und rief: »Benedikta! Meine Tochter! Benedikta, alle dachten, du wärst tot!«

Mit diesen Worten fiel sie in Ohnmacht und in die Arme eines Mannes, der offensichtlich ihr Ehemann war.

Der Vater brüllte zornig in Richtung seiner Tochter: »Verflucht sollst du sein! Du hast unserem Herrn Jesu die Treue geschworen und ihn verraten, du Treulose. Ich wünschte, du wärest tot!«

Jetzt mischte sich der Herzog ein. »Haslanger, mäßige dich! Deine Tochter hat mir das Leben gerettet. Sie hat das für deine Familie getan, wofür du mir die Treue geschworen hast. Während du hier auf meine Kosten gesoffen und gefressen hast, hat sie sich dem Meuchelmörder entgegengestellt. Sie hat deine Ehre gerettet! Dir hingegen ist vielleicht vor Schreck das Hühnerbein im Halse stecken geblieben. Also setz dich und schweig.«

Benediktas Vater folgte mit hochrotem Kopf dem Befehl des Herzogs. Er schimpfte leise vor sich hin und hatte kein Auge mehr für seine gerade wieder erwachende Ehefrau.

»So, so! Die Tochter vom alten Haslanger bist du. Das wird ja immer lustiger. Eigentlich ist dein Vater ein wackerer Kämpfer, auf den ich mich verlassen kann. Da sieht man, der Apfel fällt nicht weit vom Stamm«, lachte der Herzog. »Dein Vater wird sich so schnell nicht beruhigen. Aber mit dem musst du alleine klarkommen.«

38

Benedikta, Simon und der Herzog steckten die Köpfe zusammen. Abwechselnd sprachen der Bader und seine Begleiterin. Der Fürst hörte beiden aufmerksam zu. Er wurde des Öfteren blass und unterbrach sie immer wieder mit Fragen. Zwischendurch konnte man die drei auch herzerfrischend lachen hören.

Im Festsaal wurde weiter gefeiert, als wäre nichts geschehen. Ganz im Gegenteil, jetzt galt es die wunderbare Rettung des Herzogs zu begießen. Einigen war jedoch die Lust am Feiern vergangen.

Da war der herzogliche Richter und Pfleger Leonard Sandizeller, der sich ernsthaft Sorgen um seine Zukunft machte. *»Dieser verfluchte Dreckskerl! Ich Trottel habe ihm das Kommando über die Waffenknechte der Burg anvertraut. Hätte ich nur nicht auf das Geschwätz dieses verdammten Mönchs gehört und das Gold von ihm angenommen. Der Dreckskerl trachtete unserem Herzog nach dem Leben. Gott sei Dank liegen jetzt beide tot im Saal und können nicht mehr reden. Seinen Bruder sollte ich für das Geld in Dienst nehmen, dieser wäre ein gottesfürchtiger und dem Fürsten treu ergebener Kämpfer. Dass ich nicht lache! Und ich habe ihm das geglaubt! Was für ein Narr ich war! Einen Halsabschneider und Mörder habe ich da ins Haus geholt. Verdammt noch einmal! Der Herzog wird mich für den Anschlag verantwortlich machen. Ich bin für seine Sicherheit in der Stadt zuständig. Vielleicht gelingt es mir die Schuld auf den Hauptmann der Stadtwache abzuwälzen. Irgendein Makel wird auf jeden Fall an mir hängen bleiben.«*

Der Richter starrte missmutig vor sich hin. *»Es war so ein schöner und einträglicher Posten hier in Aichach, bis der verdammte Bader anfing in alles seine Nase zu stecken. Auf einmal gab es Mord und Totschlag in diesem friedlichen Ort. Was auch immer dieser Kerl mit dem Anschlag auf den Herzog zu tun hat? Was plaudern er und das komische Weib so vertraulich mit dem Herzog? Jedenfalls scheint der Fürst den beiden sein Ohr zu schenken.«*

Er blickte verdrossen zum Tisch seines Regenten hinüber. Wie vom Blitz getroffen fiel ihm ein längst vergessener Vorfall wieder ein. *»Verdammt ......, jetzt weiß ich endlich, wer damals den Mord an dem Kaufmann Lallinger im Kerker der Burg begangen hat. Dieser verfluchte Hund, der Hauptmann der Burgwache hatte, in wessen Auftrag auch immer, dafür gesorgt, dass der Gefan-*

gene nicht mehr reden konnte. *Hoffentlich kommt diese Geschichte jetzt nicht ans Licht und niemand fragt mehr nach den Geschehnissen von damals.«*

Leonard Sandizeller bestellte sich einen neuen Krug Wein.

Dem Aichacher Stadtpfarrer machte das plötzliche Auftauchen des Badermeisters ebenfalls schwer zu schaffen.

»Hoffentlich hat der Bader die Gebeine des Heiligen Sebastian gefunden oder mir mindestens mein Gold wiederbeschafft. Und ich bete, dass er sich an seinen Schwur gebunden fühlt und über alle Vorgänge Stillschweigen bewahrt. Was hat er eigentlich die ganze Zeit mit dem Herzog zu bereden und wer ist diese Frau, die aussieht wie ein Mann? Sie unterhalten sich jedenfalls prächtig. Wenn der Kerl mich beim Herzog anschwärzt, dann Gnade mir Gott. Ich muss unbedingt heute noch mit dem Bader sprechen.«

Der Herzog war von den Erzählungen seiner beiden Retter tief erschüttert. »Ich kann mir überhaupt keinen Reim auf diesen Mordversuch machen. Mir wollten schon viele meiner Widersacher ans Leder, aber so einen hinterhältigen Anschlag traue ich keinem von meinen Feinden zu. Falls es stimmen sollte, dass diese Ratten den Schwarzen Tod in sich trugen, dann wollte er ja nicht nur mich töten, sondern auch meine Familie und all die Menschen in Stadt und Land. Wer um Himmelswillen ist zu so etwas fähig?«

»Wir wissen es auch nicht! Er nannte sich Alter vom Berge, vielleicht macht das für euch Sinn?«, rätselte Simon.

»Natürlich kenne ich die Geschichten über den Alten vom Berge. Der ist seit über hundert Jahren tot. Das sind Geschichten, die man kleinen Jungen erzählt, um sie zu erschrecken. Es muss noch etwas anderes dahinterstecken.«

»Der Mönch hat auch von einem Auftrag gesprochen, den er hätte. Ich glaube nicht, dass er ein persönliches Interesse an dem Anschlag auf Euch hatte«, warf Simon ein.

»Wer war dann sein Auftraggeber?«, wollte der Herzog wissen.

»Das konnten wir leider nicht herausfinden«, erwiderte der Bader.

Sie wälzten die Frage hin und her. Trotz alledem kamen sie zu keinem befriedigenden Ergebnis. Schließlich wandte sich der Bader an den Herzog. »Es ist schon spät und ich bitte Euch, mich entfernen zu dürfen. Meine Frau und Kinder leben in Aichach und ich habe sie seit vielen Tage nicht gesehen. Sie wissen noch nicht, dass ich wohlauf und wieder in der Stadt zurück bin.«

Benedikta schluckte und ihre Augen wurden feucht. Sie wusste in ihrem Herzen immer, dass dieser Moment eines Tages kommen würde. Weh tat es trotzdem!

»Sicherlich, das verstehe ich! Du kannst gehen! Ich möchte dir nochmals für das danken, was du für mich und das Land getan hast. Solche Leute wie dich kann ich brauchen. Willst du nicht nach Ingolstadt kommen und in meine Dienste treten?«

»Vielen Dank, Euer Angebot ehrt mich! Ich habe Euch im Bayrischen Krieg als Feldscher treu gedient, aber jetzt würde ich lieber hier in Aichach bleiben und meinem Gewerbe nachgehen.«

»Das ist schade! Üblicherweise schlägt man seinem Fürsten so eine Bitte nicht ab, aber sei´s drum! Ich werde meinen Pfleger beauftragen, dich für deinen Einsatz großzügig zu entlohnen.«

»Nochmals vielen Dank!« Damit machte sich Simon auf den Heimweg.

Herzog Ludwig sah die Tränen in Benediktas Augen. »Mein Mädchen, du hast dich wohl in den Kerl verliebt?«

Benedikta schluchzte und nickte. Der Fürst nahm ihre Hand in seine.

»Du tust mir leid. Höre auf meinen Rat und vergiss den Bader so schnell wie möglich. Für so eine Liebe gibt es keine Zukunft. Er ist verheiratet und ihr begeht Ehebruch. Das wird in meinem Herzogtum und auch überall sonst streng bestraft. Außerdem ist es keine standesgemäße Verbindung, du bist von edler Geburt. Davon, dass du eigentlich unserem Herrn Jesus Christus versprochen warst, wie dein Vater behauptet hat und davongelaufen bist, will ich gar nicht reden. Was denkst du, wie du dich aus dieser misslichen Lage befreien kannst?«

»Ich weiß es nicht!«

»Hier kannst du nicht bleiben. Mit deinem Vater ist nicht gut Kirschen essen. Er wird sich zwar irgendwann beruhigen, dich aber sofort ins Kloster zurückschicken. Dort wirst du Buße tun bis zu deinem Lebensende. Ich stehe in deiner Schuld, deshalb werde ich dir helfen.«

»Ich danke Euch, aber wie wollt Ihr mir denn helfen? Ich glaube, ich habe alles falsch gemacht!«, wieder brach sie in Tränen aus.

»Der Herr bestimmt deine Wege. Deshalb kannst du nicht alles falsch gemacht haben. Und wenn du nicht so gehandelt hättest, wie du es getan hast, wäre ich vermutlich nicht mehr am Leben.«

»Meint Ihr?«

»Ja! Das meine ich! Ich könnte dich mit an meinen Hof nach Ingolstadt nehmen. Dort ließe sich sicherlich ein standesgemäßer junger Mann finden, mit dem du glücklich werden könntest. Aber sag mir, was wünschst du dir selber für deinen weiteren Lebensweg. Antworte jetzt aber nicht, den Bader.«

»Darf ich offen sprechen?«

»Das erwarte ich sogar von dir.«

»Ich habe das Kloster, in das mich meine Eltern gesteckt haben, verlassen, weil ich lernen will. Deshalb habe ich mich auch als Mann verkleidet. Ich will Latein und Griechisch lernen. Ich will die Werke von Platon, Aristoteles und Heraklit an einem Ort der Gelehrsamkeit studieren.«

»Ein ungewöhnlicher Wunsch für eine junge Frau!«

»Mag sein, aber Ihr wolltet wissen, was ich mir wünsche!«

Der Herzog dachte nach: »Vielleicht gibt es eine Lösung. In Ingolstadt würde ich gerne eine Universität gründen, aber das ist noch nicht so weit. Und wenn wir eine solche Lehrstätte geschaffen haben, wären meine Untertanen nicht bereit, eine Frau als Studierende zu akzeptieren.«

Benedikta ließ den Kopf hängen.

»Ich könnte dich nach Paris schicken ...« Sie blickte ihn ungläubig an. »...zu Karl, dem Sohn meiner Schwester. Der kann dir sicher helfen deine Wünsche zu verwirklichen. In Paris könntest du dann möglicherweise an der berühmten Sorbonne studieren.«

»Das hätte ich nicht zu träumen gewagt. Ist Karl auch ein Herzog wie Ihr?«

Herzog Ludwig konnte sich ein Lachen nicht verkneifen. »Karl ist der König dort in Frankreich. Er wird dir weiterhelfen. Er hat eine Schwäche für starke Frauen. Vielleicht hast du schon einmal von einer Johanna aus Orleans gehört, sie hat den Krieg gegen die Engländer für ihn geführt.«

Der Herzog widmete sich nun auch den anderen Gesprächspartnern am Tisch. Benedikta war einfach nur glücklich. Ihr Leben würde sich zum Besseren wenden.

39

Der Bader stieg gerade die Treppe hinunter, da vernahm er hinter sich eine bekannte Stimme.

»Simon Schenk, warte!«

Der Angesprochene drehte sich um und der Stadtpfarrer Hanns Frankfurter eilte ihm die Stufen hinterher.

»Gelobt sei Jesus Christus!«

»In Ewigkeit! Amen! Schön dich zu sehen.«

»Ich bin ebenfalls froh, wieder zu Hause in Aichach zu sein.«

»Ich dachte, du meldest dich zuerst bei mir!«

»Die Dinge haben sich anders entwickelt.«

»Hast du denn die Reliquien des Heiligen Sebastian gefunden?«

»Nein, das habe ich nicht!«

»Ich habe es inständig gehofft und alles Vertrauen in dich gesetzt. Bringst du mir dann wenigstens das Gold zurück?«

»Auch das habe ich nicht gefunden!«

»Ich kann es kaum glauben! Ich bin zutiefst enttäuscht von dir. Wozu habe ich dich denn fortgeschickt?« Zornesröte überzog das Gesicht des Pfarrers. »Hast du mir wenigstens den Esel zurückgebracht.«

Jetzt reichte es dem Bader. »Der steht in Augsburg und vermutlich ist er bereits verkauft. Statt mich um euren Esel zu kümmern musste ich unserem Herzog das Leben retten. Ich hätte natürlich auch bei dem Tier bleiben können. Tut mir wirklich sehr leid.«

Der Pfarrer merkte, dass er so nicht weiterkommen würde. »Du wirst hoffentlich verstehen, dass ich tief enttäuscht bin. 500 Goldgulden sind ein riesiger Verlust für mich und alle

Gläubigen der Stadt. Wenn wir dafür wenigstens die Reliquien des Heiligen Sebastian erhalten hätten.«

»Natürlich verstehe ich Euch! Das ist wirklich eine große Einbuße. Vor allem weil das Geld ja eigentlich für die Renovierung des Kirchturms bestimmt war.«

Der Geistliche kochte innerlich vor Wut. »Sei leise! Du hast auf die Bibel geschworen, diese Geschichte für dich zu behalten.«

»Hochwürden, ihr habt mir den Ablass versprochen. Ich habe alles unternommen, was mir möglich war. Ich habe mein Leben riskiert, um dieses Verbrechen aufzuklären. Der Mörder von Bruder Anselm hat seine gerechte Strafe erhalten. Nur das Geld konnte ich nicht wiederbeschaffen. Ich hätte es liebend gerne getan, denn es sind die Scherflein der Gläubigen unserer Stadt, die Ihr dem Verbrecher anvertraut habt. Die Reliquien des Heiligen Sebastian hat es übrigens nie gegeben. Ich denke, ich habe mir nichts vorzuwerfen.«

»Ihr habt das Gold nicht zurückgebracht!«

»Ich habe meinen Teil der Abmachung eingehalten. Jetzt ist es an Euch, den Euren einzuhalten.«

»Ich werde dir die Absolution erteilen! Du hast dein Leben riskiert, im Dienst für den wahren Glauben. Das sollte dir reichen.«

Simon knurrte unzufrieden. »Besser als nichts!«

»Du bist undankbar! Trotzdem, kannst du dir vorstellen, wo sich das geraubte Eigentum unserer Gläubigen befinden könnte?«

Der Bader dachte lange nach. »Ich bin mir natürlich nicht sicher, aber ich habe eine Ahnung, wo das Gold versteckt sein könnte. Ich hatte leider keine Gelegenheit, dem weiter nachzugehen. Dazu müsste ich erneut nach Augsburg reisen.«

»Dann macht euch unverzüglich auf den Weg!«

»Hochwürden, es tut mir leid. Ich bin todmüde und gehe jetzt nach Hause. Ich bin erschöpft und habe meine Frau und meine Kinder viele Tage nicht gesehen. Morgen können wir über alles Weitere reden.«

Simon ließ den Pfarrer stehen und ging in die Nacht hinaus.

Namensliste der handelnden Personen

Fiktive Personen:

Barbara und Simon Schenk Urban, Kathrin	Bader und Kriminalist, Ehefrau und Kinder
Bruder Gallus oder Johannes, oder der Alte vom Berg, oder Vetulus de Montanis	Ein dubioser Mönch, der unter vielen Namen unterwegs ist, mit einem feuerroten Mal auf der linken Stirn
Benedikta von Haslang	Tochter des Grafen von Haslangkreit, entlaufene Nonne aus dem Benediktinerinnenkloster Altomünster, versucht als Knecht Benedikt durchs Leben zu kommen
Ludwig Kroiß	Hauptmann der Stadtwache der Stadt Aichach
Emmeran Wagner	Büttel der Stadt Aichach
Korbinian Gulden	Wirt des Goldenen Stern (heute Gasthof Specht)
Josef	Älterer Knecht des Pfarrers
Georg	Knecht des Pfarrers
Jokel Schmidt	Stallknecht aus Königsbrunn beim Handelsherren Welser
Bruder Anselm	Ermordeter Augustiner-Mönch

Nathan Edelmann   Jüdischer Händler in Augsburg

Historische Personen (um 1440):

Chuntz Zellmaier   Bürgermeister von Aichach

Leonard Sandizeller   Pfleger und Richter in Aichach

Hanns (der) Frankfurter   Aichacher Stadtpfarrer

Ludwig im Barte   Herzog des Herzogtums
                                   Bayern-Ingolstadt, zeitweilig im
                                   Regentschaftsrat Frankreichs
                                   anstelle seines geisteskranken
                                   Schwagers, des französischen
                                   Königs Karl IV., faktisch der
                                   Regent Frankreichs.

Erhard Prunner   Propst des Augustinerstifts
                                   Indersdorf

Begriffserklärungen

Mikwe

Als Mikwe bezeichnet man im Judentum ein Tauchbad, durch dessen Wasser man rituelle Reinheit erreicht.

Eine Mikwe besitzt sieben Stufen, die hinab zum Wasser führen. Das Wasser muss »lebendiges Wasser« sein. Daher ging es oft über Treppen hinunter bis zum Grundwasser.

Im Judentum müssen alle Menschen oder Gegenstände die rituelle Reinheit erfordern durch Untertauchen im »lebendigen Wasser« von ihrer Unreinheit befreit werden. Die christliche Taufe geht vermutlich auf diese jüdischen Reinheitsvorschriften zurück.

Sodomiten

Mit dem Begriff Sodomie wurde vom Mittelalter bis in die frühe Neuzeit jegliche sexuelle Handlung beschrieben, die nicht der Fortpflanzung diente. So wurden homosexuelle Männer in dieser Zeit als Ketzer mit dem Tode bestraft, wie 1381 in Augsburg.

Assassinen

Die Kreuzritter und ihre arabischen Widersacher bezeichneten die Anhänger der schiitischen Glaubensgemeinschaft der Nizariten als Assassinen. Die Nizariten bilden eine von drei Richtungen der Konfession der Ismailiten. Das heutige spirituelle Oberhaupt der Nizariten ist der Milliardär Aga Khan IV. Er ist der 49. Iman dieser zweitgrößten schiitischen Glaubensrichtung und einer der Nachfolger des Alten vom Berge. Im 12. und 13. Jahrhundert verbreitete die

Gemeinschaft durch Selbstmordattentate Angst und Schrecken im Nahen Osten.

Der Alte vom Berge

Rachid ad-Din Sinan lebte etwa von 1133 bis 1193. Man nannte ihn auch den Alten vom Berge (lateinisch Vetulus de Montanis). Er war Oberhaupt der Religionsgemeinschaft der Nizariten in Syrien und lebte vor und zur Zeit des Dritten Kreuzzugs.

Sinan übernahm die Führerschaft der Nizariten in Syrien um 1162 und residierte seit 1164 auf der mächtigen Burg Masyaf. Er bediente sich seiner sogenannten Fedajin, um seine Feinde aus dem Weg zu räumen. Der Alte vom Berge betrieb eine Schaukelpolitik zwischen den Sunniten unter Sultan Saladin und den Kreuzfahrern, mit denen er zeitweise sogar verbündet war.

Was ich noch zu sagen hätte ....

Ihr musstet acht lange Jahre warten, bis unser Badermeister Simon Schenk einen weiteren kniffligen Fall lösen konnte. Nur trägt nicht der Bader die Schuld daran, sondern ihr dürft es dem Autor ankreiden. Die Idee für dieses Buch kam mir bereits während ich den letzten Roman geschrieben habe. Aber mit der Umsetzung haperte es. Ursprünglich nannte ich diesen Band »Die Wallfahrt«. Beim Schreiben entwickeln sich die Dinge oft anders als geplant und so blieb von der Wallfahrt unseres sündenbeladenen Baders nicht viel übrig. Ihr konntet es ja lesen. Ich verspreche euch, auf den nächsten Fall müsst ihr keine acht Jahre warten. Der Titel, der mir zurzeit vorschwebt, lautet: »Die Branntweinerin«. Die ersten Seiten sind geschrieben und der grobe Handlungsrahmen ist gezimmert. Aber wie gesagt, meine Protagonisten entwickeln sich häufig anders, als ich es für sie vorgesehen habe.

Bedanken muss ich mich natürlich auch. Wo fange ich an? In jedem Fall bei meinen lieben Lesern, die mich immer wieder angestoßen haben, endlich den beiden ersten Mittelalterkrimis einen weiteren folgen zu lassen. Hierbei haben sich Georg Laberger aus Aichach und Andreas Busch aus Lehre als besonders hartnäckig erwiesen. Lieben Dank euch beiden. Weiterhin hat Gisela Schroeder mich mit kritischen Anmerkungen auf Unstimmigkeiten im Text und im Layout aufmerksam gemacht. In meinen ersten Überlegungen hieß meine Protagonistin Franziska. Der Kontakt zur Autorenkollegin Benedikta zu Stolberg brachte mich auf die Idee, stattdessen ihren Vornamen zu benutzen. Und sie hat es mir nicht übelgenommen. Zuletzt möchte ich mich bei meiner Frau bedanken, die geduldig ertrug, dass meine Gedanken sich oft in der Welt meiner Bücher bewegten.

Michael Peters wurde 1952 im damals noch oberbayrischen Städtchen Aichach geboren. Heute genießt er zusammen mit seiner Frau den Ruhestand in Bad Harzburg am Nordrand des Harzes.

Der Autor studierte Technische Chemie in Nürnberg und war seit 1979 fünfunddreißig Jahre lang als Chemieingenieur bei Volkswagen in Wolfsburg tätig.

Nach »Homunculus – Das tote Mädchen vom Gerberhof« und »Donnerkraut – Das Geheimnis des Juden Typsiles« ist »Vetulus de Montanis und die Gebeine des Heiligen Sebastian« sein dritter historischer Kriminalroman in dieser Reihe. In den spannungsgeladenen Thrillern ist der Badermeister Simon Schenk skrupellosen Verbrechern auf der Spur. Zeitlich handeln die Geschichten im ausgehenden Mittelalter und räumlich im Wittelsbacher Land, in Augsburg und im Schwäbischen. Die ersten Seiten des vierten Bandes dieser Reihe nehmen bereits Gestalt an.

Vor diesem Roman veröffentlichte der Autor ein Sachbuch: »Räuber – Büßer – Unglücksraben, Geschichten und Geschichte aus dem Wittelsbacher Land«. Die Texte befassen sich mit bedeutenden geschichtlichen Ereignissen, Persönlichkeiten, längst vergessenen Bräuchen, aber auch der Kriminalgeschichte der Region zwischen Donaumoos, Dachauer Moos und Lech.